ハヤカワ文庫 SF
〈SF2111〉

破壊された男

アルフレッド・ベスター
伊藤典夫訳

JN246762

早川書房
7905

THE DEMOLISHED MAN

by

Alfred Bester

1953

ホーレス・ゴールドに

果てしない宇宙。そこに新しいもの、類《たぐい》ないものは、なにひとつない。人間の取るに足らぬ心に、どれほど奇異にうつる森羅万象も、すべてを見通す神の眼には、必然のものかもしれない。人生の、この奇妙な一瞬、あの異常な出来事、偶然の織りなす驚くべき状況、機会、邂逅《かいこう》……そのすべてが、二億年の周期をもって回転し、すでに九周目を終えたある銀河系の、一太陽をめぐるこの惑星上で、何回となく再現されているのかもしれない。

おのれの唯一性に、思いあがった妄想をいだきながら、この宇宙にかつて存在した世界、いまこの瞬間にも存在する文明は、数知れない。同じような誇大妄想に取り憑《つ》かれた人間——われこそ唯一無二のもの、置換できぬもの、再現できぬものと信じて疑わなかった人間——が、これまでいくたりいたことか。そして将来も、無限に無限を重ねて、彼らは生まれるだろう。これは、そのような時とそのような人間……**破壊された男**の物語である。

破壊された男

登場人物

ベン・ライク……………………………モナーク産業の社長
リンカーン(リンク)・パウエル……ニューヨーク市警心理捜査局総監
メアリ・ノイス…………………………リンクの恋人。二級エスパー
エラリイ・ウェスト……………………モナーク産業の娯楽部長
オーガスタス（ガス)・テイト
サミュエル(サム)・@《アト》キンズ ……医学博士。一級エスパー
ジェリイ・チャーチ……………………質屋。二級エスパー
キノ・クィザード………………………賭博の元締め
クレイ・ドコートニイ…………………ドコートニイ・カルテルの社長
バーバラ・ドコートニイ………………ドコートニイの娘
マリア・ボーモント……………………〈金ピカの死体《ほとけ》〉
ダフィ・ワイ&《ガンド》…………………………心理《サイク》ソング株式会社の経営主
チューカ・フラッド……………………占い師
ジョー・¼《クオーター》メン……………………弁護士。二級エスパー
クラッブ…………………………………ニューヨーク市警本部長
$《ジヤク》スン・ベック……………………………同警視。二級エスパー
ギュン・シャイ…………………………エスパー・ギルド総裁

1

〈爆発！　衝激！　大金庫の扉が吹っ飛ぶ。その奥には、札束が眠っている。掠奪《りゃくだつ》、強奪を待っていたように……。誰だ！　金庫の中にいるのは誰だ？　おお！　〈顔のない男〉だ。おれを見ている。沈黙したまま、闇にぼんやりとうかんで……。おそろしい。逃げろ……。走れ……

〈走れ。パリ気送特急《プヌマティック》に乗り遅れてしまうぞ。そうなれば、あの美人ともお別れだ。花みたいに愛らしいあの顔。情熱を秘めたあの姿態。走ればまだまにあう。だが、門の前にいるのは守衛じゃない。ちくしょう！　〈顔のない男〉だ。おれを見ている。沈黙したまま、闇にぼんやりとうかんで……。悲鳴をあげてはだめだ。あげるな……

〈だが、おれは悲鳴をあげてなんかいない。輝く大理石の舞台に立って歌っているのだ。伴奏が高まり、照明が燃える。だが、この円型劇場には、客は誰もいない。巨大な暗黒の洞《ほら》……いや、一人いる。沈黙したまま、おれをじっと見つめている。闇にぼんやりと

うかんで……。〈顔のない男〉だ）

こんどは彼の悲鳴も声となった。

ベン・ライクは目をさました。

彼は平静を装いながら、じっと水治療法《ハイドロパシック》ベッドに横になっていた。そのあいだ心臓は高なり、眼は視線のぶつかるものに行きあたりばったり焦点をあわせた。翡翠の壁、触れるといつまでも首を振っている磁器でできた中国人形、三惑星と六衛星の標準時を知らせる万能時計《マルティクロック》、ベッドは摂氏三十七・七二度の炭酸グリセリンを満たした水晶槽である。

ドアがそっとひらいて、ジョーナスが薄暗がりに姿を見せた。暗褐色の寝巻きにつつまれた黒い影。馬面《うまづら》の輪郭。葬儀屋の物腰。

「またか？」ライクはきいた。

「はい、ライク様」

「大声だったか？」

「大声でございました。それも怯えておいでで」

「くそ！　地獄耳め」ライクはどなった。「おれにこわいものなんかあるか」

「ございません」

「出ていけ」

「はい、ごゆっくりお寝みを」ジョーナスはあとずさりしてドアをしめた。

ライクがどなった。「ジョーナス！」

執事はまた顔を出した。

「わるかった、ジョーナス」

「よろしいです」

「よかあない」ライクはにやりと笑って、ご機嫌をとった。

「身内みたいに扱って悪かったな。高給をやってるわけじゃないから、おれにそんな権限はないんだった」

「とんでもございません」

「こんどなったら、どなりかえせ。おれだけ楽しむてはないぞ」

「いえ、ライク様……」

「どなれ。そうすれば昇給してやる」また例の笑い。「それだけだ。ごくろう」

「ありがとうございます」執事はひきさがった。

ライクはベッドから起きあがると、姿見の前に立って笑いかたの練習をしながら体を拭き、つぶやいた。「敵は選んでつくるべし。かりそめにつくるべからず」鏡の中の自分を見つめた。がっしりした肩、引きしまった腰、筋肉質のすらりとした足……つややかな顔——大きな瞳、のみで削ったような鼻、非情さの走る感受性の強そうな小さな口。

「なぜだ？」彼は問いかけた。「魔王になりたいと思ったこともない。神の位にのぼろうとしたこともない。悲鳴をあげる理由がどこにある？」

ガウンを着て、時計を一瞥した。昔の人間なら当惑してしまうような太陽系の時のパノラマを、馴れた目で造作なく読む。文字盤には——

2301年

金星	地球	火星
22日 （標準太陽日） 正午＋09	2月15日 0205時 （グリニッチ標準時）	24月35日 2220時 （中央シルチス標準時）

月	イオ	ガニメテ	カリスト	タイタン	トリトン
2D3H	1D1H	6D8H （掩蔽）	13D12H	15D3H （土星面通過）	4D9H

夜、昼、夏、冬……ライクは考えることなく、時間と季節を太陽系じゅうの天体のどの子午線にもいいかえることができるのである。ここニューヨークは、苦い悪夢からさめた。まだ明けきらぬ厳しい冬の夜であった。彼はおかかえの精神分析医に、二、三分診察してもらうことにした。なんとしても悲鳴をとめなければならない。

「Eはエスパー。エスパーは超感覚的知覚《エクストラ・センソリイ・パーセプション》」とつぶやく。「テレパス、読心者《マインド・リーダー》、のぞき屋《ブレイン・ピーパー》……読心医なら悲鳴がやむと思うだろう。エスパー医はそれで稼いでるんだ。頭の中をのぞいて、悲鳴は押さえこめるとな。しまいにはあのくそったれエスパー連中が、ホモ・サピエンスの進化《エヴォルーション》における最大の飛躍だとぬかす。Eが発展、向上、大躍進だって？　くだらん。Eが進化《エヴォルーション》であるものか。Eはしぼりとる、ぼったくる、すなわち搾取《エクスプロイテーション》、それだけだ」

　怒りに震えながら、彼はドアをおもいきり引っぱってあけた。

「だが、おれはこわくはないぞ」彼は叫んだ。「こわいものなんかなにもないんだ」

　家の者が眠っているのもかまわず、銀色の床にサンダルの高い音を響かせて、彼は廊下を歩いていった。カッタ、カッタ、カッタ、カッタ。早朝の、この骨のたたくような音が、目をさました十二人の心に憎悪と戦慄を呼び起こしたことも知らない。精神分析医の個室のドアを押しあけ、中に入るや長椅子に横になった。

　エスパー医学博士2、カースン・ブリーンは、起きてライクを待っていた。ライクお抱えの医師として、彼の眠りはいわゆる〈看護師の眠り〉であった。眠っていても、たえず患者と精神の接触を保ち、患者の必要に応じて目ざめるのである。あの悲鳴だけで、ブリーンには充分だった。刺繍入りのガウンを上品に着こなして（彼の年収は二万クレジットである）、患者に鋭い注意を払いながら（寛大な患者だが、あまりに多くを要求しすぎるのだ）、彼は長椅子のかたわらに腰をおろした。

「どうぞ、ミスタ・ライク」

「また〈顔のない男〉だ」ライクはうなり声でいった。

「悪夢ですか？」

「うすのろの寄生虫め！　自分でのぞいてさがせ。いや、悪いことをいった。わるかった。子供みたいだな。そう、またうなされたんだ。おれは銀行破りをしようとしていた。次には、列車にとび乗ろうとしていた。次には誰かが歌っていた。たぶん、おれだろう。できるだけ夢のとおりに見せてるつもりだ。抜かしたところはないはずだが……」長い間をおいて、だしぬけにライクはきいた。「おい、なにかわかったか？」

「あなたは〈顔のない男〉の正体を知らないと、いつまでもがんばるつもりですか、ミスタ・ライク？」

「どうしてわかる？　顔を見たことがないんだ。わかっているのは……」

「わかると思いますね。ただ、あなたは、それを拒んでいらっしゃる」

「いいか」うしろめたい怒りにかられて、ライクはどなった。「おれはきさまに二万払ってる。きさまがそんなたわ言をいうだけなら……」

「ミスタ・ライク。あなたは本気でそんなことをおっしゃるのですか？　それとも、これもまた、一般的な不安症候群のひとつですかな？」

「不安などない」ライクは叫んだ。「おれはこわくもない。ぜったい――」そして黙った。エスパーの巧みな思考が、虚勢を張った彼の言葉の背後を探っているあいだは、暴言を吐きちらしても無駄なことがわかっていたからである。「なんにしても、きさまは間違ってる」不機嫌に彼はいった。「誰だか、おれは知らん。ただの〈顔のない男〉だ。それだけだ」

「ミスタ・ライク、あなたは肝心な点をどうしても認めようとなさらないのですね。まず、それを認めてからです。すこし自由連想テストをやってみましょう。口に出さなくてけっこう。ただ考えてください。略奪……」

《宝石《ドート》――時計――ダイヤ――株――公債――ソヴリーン金貨――偽造――現金――純金――
――dort……》

「いまのは、なんですか？」

《言いまちがいだ。bort《ボート》……つまり、磨く前の宝石だ》

「言いまちがいではありません。重要な訂正、というより変化です。つづけましょう。気送列車《プヌマティック》……」

《長い――客車――客室《コンパートメント》――空気《エア》――換気装置のついた……》「くだらん」

「ミスタ・ライク、そんなことはありませんよ。男根と関係があります。〈空気《エア》〉を〈嗣《エ》子《ア》〉としてごらんなさい。そら、そのとおり。じゃ、つづけましょう」

「きさまらのぞき屋の抜け目なさは天下一品だな。ま、いい。気送列車《プヌマティック》……」《地下――圧縮空気――超音速――〝夢見ごこちであなたの旅を〟どこかの会社の宣伝文だ……あれは、ちくしょう、どこのだったか？　思い出せない。いったいどこから、こんなのが出てきたんだ？》

「前意識からですよ、ミスタ・ライク。もういちどやってみましょう。きっとわかりはじめます。円型劇場《アンフィシアター》……」

《座席――洞――バルコニー――桟敷――特別席《ストール》――馬小屋《ホース・ストール》――火星馬――火星パンパス……》

「それです、ミスタ・ライク。火星ですよ。この六カ月に、あなたは九十七回〈顔のない男〉の悪夢にうなされました。彼はあなたの宿敵であり、妨害者であり、〈資本〉〈輸送〉〈火星〉……の三つの最大公約数をふくむ夢に出現する恐怖の象徴でした。いつでも……〈顔のない男〉と〈資本〉〈輸送〉それに〈火星〉です」

「ぜんぜんわからん」

「ミスタ・ライク、なにかあるはずです。あなたは、あの恐るべき人物を確認できるはずです。なぜあなたはあの顔を避けて、逃げようとなさるのですか？」

「おれは避けてなんかいない」

「糸口がつかみやすいように、変化したdort《ドート》という単語の意味と、あなたが失念された会社の名称――その〝夢見ごこちであなたの――〟」

「何回もいうようだが、おれは知らん」ライクはふいに長椅子から起きあがった。「きさまの助言も無駄だ。確認なんかできっこない」

「あなたには〈顔のない男〉を恐れる理由がないじゃありませんか。顔なしなんですからな。あなたはその男を知っているのです。憎み、恐れてはいますが、確かに正体を知っているのです」

「きさまはのぞき屋だ。いってみろ」

「わたしにも限界があります、ミスタ・ライク。協力がなくては、これ以上ふかくは探れません」

「なんだ、その協力というのは？　きさまはおれがやとった最高のエスパー医だ。もし——」

「ミスタ・ライク、あなたはそんなことを考えてもいないし、本心からそういってるわけでもありませんよ。こういった緊急時に、自分の身を守るため、あなたはわざわざ二級エスパーを選ばれたのだ。それだけの代償を支払うのは当然です。悲鳴をとめたいのなら、一級の人に依頼されるんですな……たとえば、オーガスタス・テイトとか、ガートとか、サミュエル・@《アト》キンズとか……」

「考えてみよう」ライクはつぶやいて、踵《きびす》をかえした。ドアをあけたとき、ブリーンが呼んだ。「ところで……〝夢見ごこちであなたの旅を〟ですが、あれはドコートニイ・カルテルの宣伝文ですよ。bort《ボート》からdort《ドート》への変化が、これとどう結びつくんでしょうね？　考えてごらんなさい」
《〈顔のない男〉だ！》
　ひるむことなく、ライクは力まかせにドアをしめ、自分の心にブリーンの思考が入りこむ通路を塞いだ。よろめく足で自室へむかう。荒々しい憎悪の波が、心の中に湧きあがった。
《そうだ。あいつのいうことは本当だ。悲鳴の原因はドコートニイなのだ。おれがやつを恐れてるからじゃない。こわいのはこのおれだ。生まれたときから、ずっとつきあって奥の奥まで知っている。ドコートニイに会ったが最後、あのくそったれを殺さねばならんことも な。殺しの顔に顔がないのはあたりまえだ》

　身なりを整え、よこしまな思いを内に秘めて、ライクはアパートメントをとびだすと、通りにおりたった。そこで、彼を拾ったモナーク跳躍艇《ジャンパー》は、そのまま優雅にひととびして、数百の階に数千の社員を擁するモナーク社ニューヨーク・オフィスの巨大な塔に到着した。モナーク・タワーは、信じられぬほど厖大な企業体――輸送、通信、重工業、製造業、製品配給、研究、調査、輸入のすべてを統轄するピラミッド組織――の中枢神経系であった。モナーク産業資源開発会社は、売り、買い、取り換え、与え、作り、そして破壊していた。子会社と親会社との関係も複雑化し、資本金の入り組んだ流出路を追跡するのに、二級エスパー計理士のつきっきりの業務を必要とするほどだった。

　ライクは、主任（エスパー3）秘書と、その部下たちを従えて、彼の部屋へ入った。女たちは、午前中にかたづけてしまわねばならない反古《ほご》の束を抱えていた。

「置いて、消えろ」ライクはどなった。

彼らは、書類と録音クリスタルをデスクにのせると、顔色も変えずに、急ぎ足で立ち去った。ライクの癇癪《かんしゃく》には、もう慣れっこになっているのだ。怒りに震えながら、彼はデスクのうしろの椅子に腰をおろした。心の中では、ドコートニイはすでに冷たい骸《むくろ》と化している。やがて彼はつぶやいた。

「よし、あのじじいに、もういちどチャンスを与えてやる」

デスクの錠をはずし、引き出し金庫をあけると、エグゼクティヴ専用暗号書をひっぱりだした。これは、ロイズによりAAA-1-*と指定された会社の重役だけに所持を許される書物である。中ほどのページに、必要な暗号はみなそろっていた。

QQBA……共存
RRCB……増収
SSDC……減収
TTED……提案
UUFE……確実
VVGF……情報
WWHG……承諾

XXIH……周知
YYJI……合併
ZZKJ……極秘
AALK……即
BBML……契約

暗号書に目じるしをつけると、ライクは映話をつけ、交換手の映像にむかっていった。

「〈暗号〉頼む」

スクリーンが明滅し、本ともつれたテープの散乱する、紫煙のたちこめた部屋に切りかわった。色あせたシャツを着た、さらしたような顔色の男が、スクリーンを見あげた。そして、とびあがった。

「はい、ミスタ・ライク」

「おはよう、ハソップ。おまえ、すこし休暇をとったほうがいいぞ」（敵は選んでつくるべし）「スペースランドで一週間保養をしてこい。経費はモナーク持ちだ」

「ありがとうございます、ミスタ・ライク。ほんとうにすみません」

「いいか、これは極秘だ。クレイ・ドコートニイに送ってくれ――」ライクは暗号書のページを繰った。「文面はこうだ。YYJI、TTED、RRCB、UUFE、AALK、QQBA。返事がきたら、ロケットみたいにおれんとこへぶっとばすんだ。わかったな」

「わかりました、ミスタ・ライク。すぐぶっとばします」

ライクは映話を切った。デスクの上の書類とクリスタルの山に手をつっこむと、クリスタルのひとつを取って再生機《プレイバック》に落とした。主任秘書の声が流れてきた。「モナーク総益、二・一一三四パーセント減少。ドコートニイ総益、二・一一三〇パーセント増加……」

「あのくたばりぞこない！」ライクは呻いた。「おれのポケットの中身は、そっくりあいつのものか」再生機《プレイバック》を切って、いらいらと立ちあがった。返事が来るには、まだ数時間ある。彼の一生は、ドコートニイの返事いかんにかかっているのだ。部屋を出ると、ライクはいつもの情容赦《なさけようしゃ》ない見まわりを装って、モナーク・タワーの内部をうろつきはじめた。

エスパー秘書が、訓練された犬のように、そっと彼に従った。

《気のきく牝犬だ！》ライクは思った。そして、今度は大声で、「わるかった。のぞいてたのか？」

「いいんです、ミスタ・ライク。わかってますわ」

「わかってる？　おれはわかってないよ。ドコートニイのくそったれ！」

人事課では、例のとおり、押しかけた就職希望者を試験し、照合し、ふるいおとしていた。事務員、芸術家、特殊技能者、中間管理職、社員配置エキスパート、などなど……しかし、標準テストと面接による第一次選抜が終わっても、エスパー人事課長は鬱々《うつうつ》として、部屋を行ったり来たりしていた。そこへライクが入ってきた。秘書があらかじめテレパシーで連絡しておいたにもかかわらず、課長の機嫌はいっこうになおっていなかった。

「最終面接に、わたしはひとりあたり十分間つかってる」課長は部下にむかって吐きだすようにいった。「一時間、六人。一日、四十八人。六十五パーセント以上合格者がなければ、元はとれないんだ。わたしの時間の浪費——つまり、きみはモナークの時間を浪費していることになる。はじめから落ちるとわかってる者を落とすために、わたしはモナークに雇われてるんじゃない。それはきみの仕事だ。以後、注意したまえ」彼はライクに向くと、気どって礼をした。「おはようございます、ミスタ・ライク」

「おはよう。トラブルか？」

「ESPが奇蹟なんかじゃなくて、時間給で規制される技能にすぎないことを、部下たちがのみこめば解決する問題なんですがね。で、ミスタ・ライク、ブロンに対するあなたの決定は？」

主任秘書——《彼、まだ、あなたのメモ、読んでいないのよ》

《いいですか、マダム、わたしの能力をフルに生かさなくては、飼い殺しも同然だということは、あなたもおわかりでしょう。ブロン・メモは、ミスタ・ライクのデスクに、もう三日も前からおいてあったんですよ！》

「そのブロンというのは、誰だ？」ライクがきいた。

「ではまず、その背景から、ミスタ・ライク。現在、エスパー・ギルドには、ほぼ十万(100,000)の三級エスパーがおります。彼ら、すなわちエスパー3は、意識の表層をのぞき——その瞬間に相手の考えていることを知ることができます。テレパスのうちで最下級にあたるのが、エスパー3です。モナークの責任ある地位にある者のほとんどはこの3で、五百人を超える……」
《そんなこと、彼、知ってるわよ。誰だって、知ってるわ。結論だけにして、のんびり屋さん！》
《もうしわけないが、ここはわたしの思いどおりにさせていただけませんか》「さて、今日《こんにち》、ギルドにはほぼ一万人の二級エスパーがおります」人事課長は、そっけない調子でつづけた。「彼らは、このわたしのように、人間の意識の深層に潜む前意識まで到達することが可能なエキスパートたちです。これら二級の大多数は、知的職業人で……医師、弁護士、エンジニア、教育者、経済学者、建築家、など……」
「雇うだけでも、ひと財産いるわけだ」ライクがうなり声でいった。
「それが当然でしょう。われわれの仕事はユニークです。モナークも、それを認めているからこそ雇うのです。現在、百名を超える二級エスパーが、このモナークで働いております」
《そろそろ、結論をお出しになったらいかが？》
「そして、最後の一級エスパーですが、これはギルドにも千人足らずしかいません。この一級は、意識および前意識の層はいうにおよばず、無意識――人間精神の最下層、ごく原始的な基本的欲望といった類《たぐい》のもの――まで、透視《ピープ》することができます。この能力を持つ者は、みな名誉ある職についています。教育、特殊医療奉仕……テイトとか、ガート、@《アト》キンズ、モゼルなどの精神分析医……ニューヨーク市警心理捜査局総監のリンカーン・パウエルのような犯罪学者……政治分析家、国事調停官、閣僚会議特別顧問、などです。これまでモナークは、いちども一級を雇用する機会を持ったことがありませんでした」
「で？」とライクが小声でうながした。
「その機会がやってきたのです、ミスタ・ライク。ブロンはわれわれのものになるかもしれません。労することなく……」
《そこよ》
「ミスタ・ライク、労することなく、できるだけ多くのエスパーを雇用する方法はひとつ。わたしの言葉にしたがって、エスパーの面接専門の特別人事課を設け、ブロンのような一級を責任者にするのです」
《なぜ、あなたにできないのか、彼、ふしぎがってるわ》
「ミスタ・ライク、わたしがその任に不適格なことは、いま話した背景からもおわかりでしょう。わたしは二級エスパーです。ノーマルな応募者なら、時間をかけず、能率よくテレパスできます。しかし、ことと同じエスパーとなると、そうはいきません。エスパーはみな、その能力に応じて、それぞれ強さのちがう〈透視遮蔽〉を持っています。じゅうぶん満足のいく面接試験をしようとする場合、三級ひとりに、わたしだと一時間かかります。二級では、三時間。おそらく一級では〈遮蔽〉の奥を探ることはできないでしょう。この仕事はブロンのような一級でなければできません。むろん、経費はかかります。しかし、早急に必要なのです」

「どうして、そんなに急ぐんだ？」

《あ、いけないわ！　それを見せてはだめ！　正面衝突じゃないの。赤信号が見えないの？　彼、爆発寸前よ》

《いうべきことはいいますよ、マダム》そして、ライクにむかって、「その理由は、このモナークに、最高のエスパーがいないからです。一流どころは、これまでずっとドコートニイ・カルテルによこどりされてきました。ドコートニイが着々とエスパーのベスト・スタッフをそろえているあいだ、適当な機関がないばかりに、われわれは罠をかけられて、無能な人間を採用していたのです」

「うるさい！」ライクがどなった。「ドコートニイめ、くたばれ！　よし、決定だ。ブロンにドコートニイを罠にかける準備にかかれといっておけ。おまえもそうだ」

　人事課から走り出ると、ライクは広大な区《シティ》のひとつ――販売区へとびこんだ。そこにも同じような不快な情報が、彼を待っていた。モナーク産業資源開発会社は、ドコートニイ・カルテルとの消費地争奪戦に敗れつつあった。それればかりか、敗色は――宣伝、技術、調査、広報――すべての区におよんでいた。敗北は目に見えている。ライクは進退きわまったことを知った。

　部屋にもどった彼は、怒りにまかせて、まる五分間も室内を歩きまわった。「どうしようもない」彼はつぶやいた。「いつかは、殺さねばならん相手だ。合併に不承知なのはわかってる。承知する理由がどこにある？　あいつは、おれの息の根がとまりかけてるのを知ってるんだ。どうせ殺すなら早いほうがいい。それには助けがいる、エスパーのな」

映話のスイッチを入れ、交換手にいった。「〈娯楽〉を頼む」

スクリーンに、きらびやかなラウンジが現われた。クロムと琺瑯《ほうろう》をひいた室内には、ゲーム・テーブルがいくつかと、チップ分配機が見える。娯楽センターとして造られ、その目的で使われているように見えるが、実はこの部屋こそモナークの強力なスパイ網の本拠だった。チェスの詰め手の問題に没頭していた娯楽部長——ウェストという名の、あごひげを生やした学者——は目をあげると、直立姿勢をとった。

「おはようございます、ミスタ・ライク」

ここで〝ミスタ〟つきで呼ばれたときは要注意だ。ライクも挨拶をかえした。「おはよう、ミスタ・ウェスト。おきまりの見まわりだ。温情主義というやつだよ。どうだね、ちかごろの景気は？」

「まあまあですね、ミスタ・ライク。しかし、苦情なきにしもあらず。このところ、賭博《とばく》をする社員が多すぎるようです。ふたりの実直そうな社員が無心に酒を飲み終えるまで、適当な応待でごまかしていた」ウェストは、彼らが立ち去ると、ひと息ついて、椅子にふかぶかと腰をおろした。「オーケイ、ベン。もう話してもだいじょうぶだよ」

「エラリイ、ハソップはもう暗号を解読したのか？」

ウェストは首をふった。

「手はつけたのか？」

ウェストは微笑し、うなずいた。

「ドコートニイはいまどこにいる？」

「〈アストラ〉で地球《テラ》へ来る途中だ」

「これからの予定は？　どこに泊る？」

「知らない。知りたいかね？」

「いや。事情によっては……」

「どういった事情だい？」ウェストが知りたそうな顔をした。「TP《テレパシー》パターンが、Vフォーンで送れないのは癪《しゃく》だな、ベン。きみの考えていることが知りたいよ」

ライクは冷やかな笑いをうかべた。「こいつは助かった。テレパスから身を守る方法が、まだあったか。エラリイ、犯罪をどう思う？」

「鬼門だね」

「なぜだ？」

「ギルドがある。ギルドが、お気に召さないよ、ベン」

「エスパー・ギルドが、なぜそう大事だ？　カネや成功のありがたみを知らないわけでもないだろう。すこしは頭を働かせたらどうだ？　考えるのは自分だ。ギルドじゃない」

「きみにはわからないんだ。ぼくらは、ギルドの中で生まれ、ギルドとともに生き、ギルドの中で死ぬ。ぼくらにはギルド幹部を選挙する資格がある。それで全部だ。ギルドはぼくらの生活を管理してくれる。訓練し、等級をつけ、道徳規準を定め、そこからはずれないように見守ってくれる。正常人《ノーマル》を守ることにより、ぼくらを守ってくれる。医師協会みたいなものだ。〈ヒポクラテスの宣誓〉に相当する〈エスパー誓約〉というのもある。それを破ったら、おしまいさ……どうやら、きみは破れというつもりらしいな」

「かもしれん」意味ありげに、ライクはいった。「のぞき屋の誓約なんか破ったほうがいいぞと、ほのめかしてるのかもしれん。カネのことを考えているのかもしれん……エラリイ、きみやほかの二級ののぞき屋が、一生かかっても見ることができんようなカネのことをな」

「忘れてくれ、ベン。ぼくは興味はない」

「だが、もし誓約を破ったとする。どうなる？」

「追放される」

「それだけか？　それがそんなにたまらないか？　巨万の富を手に入れても？　前に頭のきれるエスパーでギルドをとびだしたのがいる。だが追放されただけだ。それがどうした？　頭を働かすんだ、エラリイ」

ウェストは苦笑いした。「ベン、きみにはわからない」

「わからせろ」

「ジェリイ・チャーチみたいな……きみがいまいった追放されたエスパーのことだが、彼らはそれほど頭がよかったわけじゃない。説明しよう……」ウェストはしばらく考えていた。

「手術法が見つかる前、世の中には聾唖《ろうあ》と呼ばれる一群の身体障害者がいた」

「耳と口が不自由な人間のことかい？」

「そうだ。彼らは身ぶり手ぶりで意思を通じあった。ということは、聾唖者以外の者と意思を通じあえなかったということだ。わかるか？　彼らだけの社会に住むしかなかった。さもなければ、存在しないのと同じだ。人は話すことを禁じられたら発狂してしまう」

「で？」

「その中から、悪事をはたらく者がでてきた。そいつらは、比較的収入の多い聾唖者の毎週の稼ぎから、少しずつピンハネをはじめたんだ。払わなければ追放される。だから、しかたなく払った。払うか、ひとりぼっちになって発狂するかの選択だった」

「つまり、エスパーは聾唖者と同じだというわけか？」

「そうじゃない、ベン。ここで言う聾唖者とは、きみたち正常人《ノーマル》のことなんだよ。もしきみたちだけと暮さなければならないとしたら、ぼくは発狂してしまうだろう。ぼくをほっといてくれ。きみのきたないたくらみなんて知りたくもない」

ウェストはライクの面前で映話を切った。激怒したライクは純金の文鎮をつかむと、クリスタル・スクリーンに投げつけた。破片が飛びちるより早く、彼は廊下にとびだし、ビルの出口へむかっていた。

エスパー秘書は、彼がどこへ行こうとしているか知っていた。エスパー運転手《ショウファー》は、彼がどこへ行きたいのか知っていた。アパートメントへ着いたライクを迎えたエスパー家政婦は、昼食の支度ができていることを告げ、ライクの無言の要求に応えた献立をダイアルした。いくらか気分もおさまって、大股に書斎へ入った彼は、片隅で淡い光を放つ金庫に近づいた。

それは、時間位相を一サイクルだけずらした蜂窩《ほうか》型の書類入れだった。毎秒、金庫の位相と時間位相が一致するごとに、明るい光が規則正しく漏れる。この世にふたつとないライクの左人さし指の気孔パターンにたいしてのみ開くのである。

ライクは指を光輝の中心に置いた。光が消え、蜂窩型の書類入れが現われた。指をそのままにして、片手をのばすと、小さな黒いノートと大きな赤い封筒をとりだした。人さし指をどけると同時に、金庫はふたたび位相をずらした。

ライクはノートのページを繰った……〈誘拐《アブダクション》〉……〈無政府主義者《アナーキスト》〉……〈放火犯《アースニスト》〉……〈贈賄《ブライバリ》〉（テスト済）……〈贈賄《ブライバリ》〉（テスト未済）……その（テスト未済）の欄に記載された五十七人の名士の中には、エスパー医学博士1、オーガスタス・テイトの名があった。

ライクは満足そうにうなずいた。

彼は赤い封筒の封を切って中味を調べた。数世紀前の書体でぎっしりと書かれた五枚の紙。ライク一門の初代であり、モナーク産業の創立者でもある人物が、子孫にあてたメッセージである。はじめの四枚の見出しは、それぞれ〈計画A〉〈計画B〉〈計画C〉〈計画D〉となっており、五枚目のあたまに〈序〉とあった。時代を経た、ひょろ長い筆記体を、ライクはゆっくりと読みはじめた。

わたしの後継者たちへ――知力は、明白な事実を嘲笑するか否かによって決まる。

この手紙の封が切られたとき、それはわれわれがおたがいを理解したときである。わたしは、おまえたちの役にたつかもしれない四つの一般的殺人計画を用意してみた。それらを、ライク家の遺産の一部として、おまえたちに遺そう。むろんそれらはあらましにすぎない。時代、環境、必要に応じて細部を埋めるのは、おまえたちの仕事だ。

注意――殺人の本質は変わらない。あらゆる時代を通じて、それは殺人者の社会に対する挑戦であり、その報酬として犠牲者を得るのだ。社会との闘争の手段に変化はない。大胆に、勇敢に、自信をもって行動せよ。成功はおまえたちのものだ。それさえ忘れなければ、社会はおまえたちの敵ではない。

ジェフリイ・ライク

ライクはたんねんに計画を読んでいった。あらゆる緊急事態を予想し、その対策をたてていたライク家の初代に対する讃嘆の念は、ますます深まった。計画は時代ずれしたものだった。しかし、それらは想像力を触発した。アイデアが形をとり、結晶化し、吟味され、破棄され、瞬間的に入れ換えられた。とある一節が彼の注意を惹いた。

もし自分を天性の殺人者だと思うなら、綿密な計画をたてるのは望ましくない。本能に従うのだ。理性は破滅へ導きかねない。しかし、殺人者の本能は無敵である。

「殺人者の本能か」ライクは息をついた。「こいつが、おれにはあるんだ」

チャイムがいちど鳴って、オートマチック・スイッチが入った。カタカタという速い音。そして、レコーダーがテープを吐きだした。ライクは大股にデスクに近づいて、テープを見た。文面は短く、痛烈だった。

ライクへの暗号──回答ＷＷＨＧ。

「WWHG。〈合併拒否〉。拒否! **拒否!** そんなことはわかってる!」ライクは叫んだ。「よし、ドコートニイ。合併がいやなら、きさまを殺すだけだ」

2

一級エスパー、オーガスタス・テイト博士は、一時間の診察に一千クレジットを受けとっている……貴重な時間をついやして患者を治療するのに、一時間以上要した例が稀なことを考えれば、それほど高い額ではない。しかしそれでも、日収八千クレジット。年にすれば、二百万はかるい。テレパスの教育と、全人類に超感覚的知覚《エクストラ・センソリイ・パーセプション》を頒《わか》ち与えようとする優生計画推進のために、エスパー・ギルドに支払われる金額が、そのうちのどれくらいを占めているか知る者は少ない。

オーガスタス・テイトはそれを知っていた。九十五パーセントというその数字は、彼にとって不満の種だったのである。結果として、彼は、上級エスパーの専制と定所得確保を目標とする、ギルドの中の最右翼団体〈愛国エスパー連盟〉に属していた。ベン・ライクの〈贈賄〉（テスト未済）リストに彼の名があるのは、このためだった。豪華な診察室に入ってきたライクは、テイトの小柄な体――プロポーションからして、そもそもおかしいのだが、それは仕立て屋の念入りな仕事でわからなくなっている――にちらっと目を走らせた。腰をおろすと、彼は腹だたしげにいった。

「さっさとのぞけ」

ライクの眼光をまともに受けながら、その上品な小男のエスパーは、瞳を輝かして診察していたが、突然早口でしゃべりはじめた。「あなたはモナークのベン・ライク。資本金は百億。ほう、あなたと懇意になっておいたほうがよさそうだ。なるほど、あなたはドコートニイ・カルテルとの競争で、どうにもならない状態に追いこまれている。まちがいないね？　ドコートニイに激しい敵意をいだいている。まちがいないね？　今朝、合併を申し出た。暗号文は――YYJI、TTED、RRCB、UUFE、AALK、QQBAだ。申し出は拒否された。まちがいないね？　死にものぐるいになったあなたは――」ティトは急に黙った。

「先をいえ」ライクがいった。

「あなたは、カルテル乗っ取りの第一歩として、クレイ・ドコートニイの殺害を決意した。そして、わたしの助けを……ミスタ・ライク、そりゃむちゃだ！　いつまでもそんな考えをお持ちだと、あなたのことを警察に話さねばならなくなる。法律はご存じのはずだ」

「テイト、利口になれ。どのみち、おれのいうとおりになるんだ」

「だめだ、ミスタ・ライク。とてもあなたのお役にはたてない」

「本気か？　一級エスパーのあんたが？　おれがそんなことを信じると思ってるのか？　あんたに太刀打ちできる相手が、団体がどこにある？　全世界をむこうにまわしたって、ひけをとりっこない」

テイトは微笑した。「猫にまたたびだ。そうやって釣って――」

「じゃ、のぞけ」ライクがさえぎった。「そのほうが手間がはぶける。おれの心を読んでみろ。あんたの能力、おれの財産、負けっこない組み合せだ。はっ！　ひとり殺せばすむんだから、この地球も運がいい。おれたちなら、全宇宙を支配できる」

「いや」テイトは心をきめたようにいった。「それはだめだ。ミスタ・ライク、わたしは警察へ行く」

「待て。おれがいくら出すか知りたくないか？　もっと深くまでのぞいてみろ。さあ、いくらだ？　上のキリはどれくらいだ？」

テイトは目を閉じた。マネキン人形のような顔が、見た目にも痛々しくこわばった。と、びっくりしたように目を開いた。「わたしをからかってるんだな」彼は大声でいった。

「おれはまじめだ」ライクは腹だたしげにいった。「それにあんたは、おれが嘘をいってないことを知っている。そうだな？」

テイトはゆっくりとうなずいた。

「そのうえ、モナークとドコートニィがひとつになったときには、払いがもっとよくなることも知っている」

「信じたくなった」

「信じていい。おれは五年も、あんたの〈愛国エスパー連盟〉に出資してる。あんたと同じに、おれもあのくそいまいましいエスパー・ギルドが嫌いなんだ。ギルド倫理は商売の役にたたない……金儲けの邪魔だ。それをつぶせるのは、あんたの〈連盟〉だけだ……」

「わかった」テイトはすばやくいった。「モナークとドコートニイがおれのものになったときには、ギルドをつぶす手助けをするだけじゃない。あんたを新エスパー・ギルドの総裁にしてやろう。永久的にだ。これは誓ってもいい。ひとりではできっこない。だが、おれとならできる」

テイトは目を閉じてつぶやいた。「この七十九年、謀殺が成功したためしはない。エスパーのおかげで、殺人の意図をひた隠しにすることは不可能になった。もし、エスパーを回避できたとしても、罪の意識は隠せない」

「エスパーの証言は法廷では認められていないよ」

「そうだ。しかし、ひとたび罪の意識が暴かれたら、透視した事実を支える証拠物件も発見される。ニューヨーク市警心理捜査局の総監リンカーン・パウエルにかかったら致命的だ」

テイトは目をあけた。「こんな話は忘れてくれ」

「いやだ」ライクはうなるようにいった。「いいか、じゃ、おれと考えよう。なぜ、これまで殺人が失敗した？　なぜなら、世界じゅうをエスパーがパトロールしてるからだ。エスパーはどうやったら阻止できる？　毒には毒だ。これまでの犯人は、のぞき屋をやとって透視を妨害させることまでは思いつかなかった。もし思いついたとしても、契約することができなかった。おれは、できた」

「まだだよ」

「おれは戦争をするつもりなんだよ」ライクはつづけた。「おれがこれからやろうというのは、この社会との壮烈な前哨戦だ。戦略および戦術の問題として考えてみよう。おれの抱えている問題は、どんな軍隊を例にとっても変わらない。図太さ、勇気、自信。もちろん、それだけじゃ充分じゃない。軍隊には、情報機関がいる。情報機関があってこそ、はじめて戦いに勝利をしめられる。だから、おれのG2として、あんたが必要なんだ」

「わかった」

「戦闘はおれがやる。あんたはその〈情報〉を提供するんだ。ドコートニィがどこへ行くか、どこで襲ったらいいか、いつ襲ったらいいか、おれは知りたい。殺しはおれがやる。だが、その機会が、いつ、どこでできるか教えるのはあんたの仕事だ」

「了解」

「まず、侵入することが肝心だ……ドコートニィのまわりに張りめぐらされた防御網を破る。それにはあんたの偵察が必要になる。正常人《ノーマル》を調べ、エスパーを発見し、おれに知らせる。もし避けられないようだったら、遮蔽をつくって、彼らの透視を妨害する。殺したあとは、また別の正常人《ノーマル》やエスパーの捜査網をまかなくてはならない。あんたは後衛の仕事をするのだ。殺しのあとも、現場に残る。そして、警察が、誰を、どんな理由で疑っているかさぐる。容疑がおれにかかっていたら、それはおれが脇にそらす。もし、おれ以外の者にかかっていたら、脇にそらさない。あんたという情報機関さえあれば、この戦いは勝てる。嘘かどうかのぞいてみろ」

長い間をおいてテイトがいった。「本当だ。われわれならできる」

「やるか？」

テイトはためらっていたが、とうとううなずいた。「オーケイ、手を貸そう」

ライクは大きく息を吸った。「よし。これから段取りを話す。〈サーディン〉という昔のゲームが、このさい、役にたつ。それを使えば、ドコートニイのところまでたどりつくチャンスができる。殺しかたもひとつ考えた。弾丸なしで大昔の火薬武器を使う方法だ」

「待ってくれ」テイトが鋭くさえぎった。「だがその意図を、偶然出会ったエスパーたちからどうやって隠すんだね？　妨害できるのは、わたしがそばにいるときだけだ。いつもいっしょにいるわけにはいかないぞ」

「一時的にならおれも遮蔽をつくれる。それに、メロディ・レーンにおれの知っている作曲家がいる。そいつの手を借りる」

「それでいいだろう」しばらく透視したあと、テイトはいった。「だが、いまひとつ気になることがある。もしドコートニイに、ボディガードがいたらどうする？　そいつらもいっしょに殺すのかね？」

「いや、その必要はないだろう。ジョーダンという生理学者が、ごく最近、モナーク産業のために、視覚ノックアウト剤をこしらえた。暴動鎮圧用に作ったものだ。それをボディガードに使う」

「なるほど」

「偵察兼情報係として、これからずっとおれと組むわけだが、最初に情報をひとつほしい。

ドコートニイは地球《テラ》へ来ると、いつもマリア・ボーモントの屋敷に泊る」

「あの〈金ピカの死体《ほとけ》〉?」

「そう。おれが知りたいのは、やつが今度もそうするかどうかということだ。成功か否かは、それだけできまる」

「おやすいことだ。ドコートニイの行き先や予定はすぐわかるさ。今夜リンカーン・パウエルの家でパーティがある。ドコートニイの主治医もおそらく来るだろう。彼はいま、一週間の予定でこの地球《テラ》に滞在してる。そこからはじめてみよう」

「あんたはパウエルがこわくないのか?」

テイトはさげすむような笑いをうかべた。「ミスタ・ライク、もしこわがってたら、あんたとこの取引をするかね? わたしは失敗はしない。ジェリイ・チャーチの二の舞は踏みたくないからな」

「チャーチ!」

「そうさ。そう驚いたふりはしなくてもいい。二級エスパーのチャーチだ。彼は十年前、あんたのたくらみに荷担して、ギルドから追放された」

「くそッ! おれの心にあったのか、え?」

「あんたの心と経歴にちゃんと書いてあるよ」

「あんなドジは二度と踏まない。あんたはチャーチよりタフだし、頭もきれる。パウエルのパーティに出るのに、なにかほしいものはないか? 女か? 服か? 宝石か? カネか?

なんでもモナーク産業がだす」

「なにもいらないよ。しかし、とにかくありがとう」

「腹は黒いが、気前はいい。それがおれさ」ライクはうすら笑いをうかべて立ちあがると、出ていこうとした。握手もしない。

「ミスタ・ライク！」テイトがふいに大声で呼んだ。

ドアのところで、ライクはふりむいた。

「悲鳴はとまらないよ。〈顔のない男〉は、殺しの象徴じゃない」

《なんだって？　くそっ！　あの悪夢がまだつづく？　くそったれののぞき屋め。どうしてそれがわかった？　どうして――》

「しらばくれなくてもいい。一級エスパーをごまかせるとでも思っていたのかね？」

《ごまかすとはなんだ？　くたばりそこない！　悪夢がどうした？》

「いや、ミスタ・ライク、それはいえないね。これがわかるのは、おそらく一級エスパーだけだろう。これをおさえておけば、別の人間に話をもちかける心配もないわけだ」

《なんだと？　それでもおれを助けてるというつもりか？》

「いや、ミスタ・ライク」テイトは悪意のこもった微笑をうかべた。「これはわたしのささやかな武器だよ。これで立場は対等だ。力のバランスというものだ。依存しあうということは、おたがいの誠意をたしかなものにする。腹は黒いが、のぞきはお手のもの……それがわたしさ」

すべての上級エスパーの例にもれず、一級エスパー、リンカーン・パウエル博士も、私邸に住んでいた。このことから、彼を贅沢だと結論するのは早計といえよう。むしろ、これはプライバシーの問題だった。思考波は石造建築も通り抜けられないほどかすかなものだが、脆弱な標準プラスチック・アパートは、それさえ遮蔽できないのである。エスパーにとって、そのような多層住宅での生活は、むきだしの感情の世界に暮らしているのと変わりなかった。

　ハドソン坂の途中にあるノース河《リバー》を望む石灰岩造りの家、それがニューヨーク市警心理捜査局総監リンカーン・パウエルのすみかだった。部屋はわずかに四つ。二階は寝室と書斎、下は居間とキッチンで、召使いはいない。多くの上級エスパーの例に漏れず、パウエルに必要なのは、ありったけの孤独だった。彼はなんでも自分でするようにこころがけていた。その夜も彼は、ひとりキッチンで調子はずれの悲しいメロディを口笛で吹きながら、パーティに出す食事のダイアル調整に余念がなかった。

　彼は三十のなかばをすぎた、やせた男だった。背が高く、身だしなみに無頓着で、動作はまのびしている。いつも笑いだす寸前のように見える大きな口は、そのときは悲しげな後悔の表情をのぞかせていた。彼は、自分の最大の悪癖がもたらした愚かな哀れむべき行為を、内心戒《いまし》めているところだった。

　エスパーは、いうなれば感受性のかたまりなのだ。その人格は、周囲に感応して、絶えず変化する。パウエルの欠点は、その途方もないユーモアのセンスだった。それが彼の反応を必ず誇張させるのである。その発作を、パウエル自身は〈うそつきエイブ〉と呼んでいた。誰かが彼に罪のない質問をする。すると答えるのは、〈うそつきエイブ〉なのだ。エイブは、その豊かな想像力を駆使して、途方もないほら話をでっちあげる。しかも、顔色ひとつ変えず、まじめくさって……。パウエルは、内に潜む嘘つきの本能を、どうしてもおさえられないのだった。

今日の午後もニューヨーク市警本部長のクラッブに、よくある脅迫事件のことでたずねられ、クラッブが名前の発音を間違えていったことから、たちまち劇的な事件を捏造し、しゃべりまくってしまったのである。嘘八百の犯罪、決死的な深夜の手入れ、コペニックという架空の警部補の英雄的行為。市警本部長はとうとうコペニック警部補に、褒章《メダル》を与える気になってしまった。

「〈うそつきエイブ〉め」パウエルは苦々しくつぶやいた。「おまえのおかげで、おれは冷や汗をかくよ」

呼鈴が鳴った。パウエルは、びっくりして腕時計を見ると（客の到着にしては早すぎる）、TP《テレパシー》感応錠にハ調シャープで《ひらけ》の合図をおくった。音叉が特定の音調を受けると共鳴するように、思考パターンに感応した玄関のドアは、音もなくあいた。

その瞬間、彼のよく知っている感覚の衝激が襲った――雪／ハッカ／チューリップ／琥珀《タフ》織《タ》。

《メアリ・ノイス。いまパーティのしたくをしているとこなんだ。ひとりものの救援に来て

くれたのかい？　**祝福あれ！**》
《リンク、あたしがいたほうがいいんでしょ？》
《もちろんさ。ホステスがいなくちゃ話にならない。メアリ、カナッペをどうしよう《SOS》？》
《新しい作りかたを考えだしたところよ。作ってあげるわ。炒ったチャトニイ（調味料の一種）と》
《と？》
《あとは秘密！》
　彼女はキッチンに入ってきた。外見《そとみ》は小柄だが、内心《なかみ》は背が高く、ゆらゆらと揺れている。うわべは色の浅黒い娘だが、その思考パターンは霜のようにまっ白だった。黒ずんだ肌とはうらはらに尼僧のように清純無垢。しかし、心こそ真実なのだ。思考——それが人をきめる。
《ダーリン、あたし思考パターンを変えたくなったわ。魂をみがきなおして》
《自分を（ぼくはいまのきみにキスしたい）変える？》
《そうし（リンク、そんなこと思ってもいないくせに）たいわ。あたしたちが逢うとき、あなたが感じるのは、いつもハッカよ。それがいやになったの》
《じゃ、このつぎはブランデーと氷を加えよう。よくシェイクすると、そら《ヴォワラ》！　スティンガー・メアリだ》
《それがいいわ。それから雪もね》
《なぜ、雪を消すんだい？　ぼくは雪が好きなのに》
《でも、あなたを愛してるから》

「メアリ、ぼくもきみが好きだ」

《ありがとう、リンク》だが、それは彼の口から出た言葉だった。いつでもそうなのだ。心からの言葉ではない。彼女はあわてて横をむいた。彼女の心から溢れでる熱い涙が、パウエルを激しく責めた。

《またかい、メアリ？》

《またじゃないわ。いつもよ。いつもよ》そして、その奥深くで、彼女の心は叫んでいた。

《リンカーン、あなたを愛してるわ。愛してるわ。あたしの父の面影――安息と愛情とあたしを守ろうとする情熱の象徴。あたしを愛して……愛して……いつまでも……》

「いいかい、メアリ……」

《話さないで、おねがい、リンク。声はいや。あたしたちのあいだに声が入るなんて、がまんできない》

《メアリ、ぼくはきみの友だちだ。いつもね。悲しいときも、嬉しいときも》

《でも、それは愛じゃないわ》

《そう、確かに愛じゃない。そんなに悲しまないでくれ。どうしても、きみを愛せないんだ》

《慈悲ぶかい神さま、でも、あたしには、ふたりが愛するだけの愛は充分あります》

《メアリ、愛はひとつだけでは足りないんだよ》

《リンク、あなたは四十になるまえに、エスパーと結婚しなくてはいけないのよ。ギルドが

そうきめているわ。それは知っているでしょ？》
《知ってる》
《じゃ、友情と思って答えて。リンカーン、あたしと結婚して。ね、一年だけでいいわ。一年のあいだ、あなたを思いきり愛したい。そしたら自由にしてあげる。未練がましくしたりしないわ。決して、あたしを嫌いになるようにはさせないわ。ダーリン、おねがいはこれだけ……あなたは、ほんのすこし与えるだけでいいの……》
呼鈴が鳴った。パウエルは途方にくれて、メアリを見た。
「客だ」そういうと、TP《テレパシー》感応錠に八調シャープで《ひらけ》と命じた。同時に彼女が、五度上の《しまれ》の合図をおくった。パターンがかみあって、ドアは閉じたままになった。
《リンカーン、その前に答えて》
《メアリ、きみのほしがっている答えはあげられないよ》
呼鈴がまた鳴った。
パウエルは彼女の肩をしっかりとつかむと、近くへ引きよせて、その瞳をじっと見つめた。
《きみは二級だ。ぼくの心をできるだけ深く読んでみたまえ。なにが見える？　なんと書いてある？　ぼくの答えは？》
彼は遮蔽をみんな取りのぞいた。その吸いこまれるような底知れぬ深みから、彼の思考が温かな奔流となって、彼女の中に流れこんだ……ぞっとするような、それでいてなぜか心を惹かれる好ましい流れ——しかし……「雪。ハッカ。チューリップ。琥珀織《タフタ》」疲れきったように、彼女はつぶやいた。
《ミスタ・パウエル。お客を入れてもいいわよ。あたし、カナッペを作るわ。あたしにできるのはそれだけね》
彼はメアリの唇に軽くキスすると、居間のほうを向いて、玄関のドアをあけた。その瞬間、目もくらむような輝きが部屋じゅうに満ちわたった。つづいて客がなだれこんできた。エスパー・パーティがはじまった――

《率直にいってね　　　《カナッペいかが?》　　　《ああ
エラリイ、　　　《ありがとう　　　おいしいよ》　　　テイト
あんたが　　　メアリすごく　　　わたしは
《おいわい　　　これから先ずっと　　　ドコートニイの
しようと　　　モナークに　　　主治医だからね
思って　　　いるとは　　　《カナッペいかが?》　　　彼は
連れてきたよ　　　思えないな》　　　もうじき
ゲイレンを》　　　《試験《イグザム》を受けて　　　この市に
《彼は、　　　ギルド　　　二級と　　　来る
《パウエル、　　　じゃ　　　きまった　　　はずだ》
あんたに　　　モナークの　　　ばかり

その気が　スパイ行為を　なんだ》
あるんなら　倫理規定に　《カナッペいかが？》
ギルドの　反するとして
総裁に推す　取り締まる　《カナッペいかが？》
計画がある　《カナッペいかが？》
そうじゃないか》　んだぜ》　《ああ、ありがとう
メアリ……》

《@《アト》キンズ！　チャーヴィル！　テイト！　お行儀がわるいな！　きみたちの作ってるパターン（？）をよく見たまえ》

TP《テレパシー》会話がやんだ。客たちはしばらく考えていたが、どっと笑いだした。

《これじゃ、昔かよった幼稚園と同じだ。ホスト役の身にもなってくれ。そんなめちゃくちゃがつづいたら、どうかなっちまう。すこし整理するんだ。美しくしろとはいわないからさ》

《リンク、どんなのがいい？》

《ご用意の品は？》

《籠織り？　数学曲線？　音楽？　建築デザイン？》

《さあさあ、どれでもいいから、ぼくの脳がくすぐったくない程度にしてくれよ》

《すまん、リンカーン。　そういえば、エチケットに反してたな　すこし
テイト、　見えない　は無理しても、
だが　わね、　独身の
いくら　ひいき目に見ても　アラン　っていうのは、イヤな　やつ
きかれても　シーヴァーが。　らに結婚を強制
話せないよ　きっと　したらいいの
ドコートニイ　は　来る　よ。予定どおり　にね。
のこと　と　でないと
だけは　思って　優生計画は
な　にしても、独身で　いた　んでは、総裁にする計画も　おじゃんだ
のに》

爆笑がまた起こった。〈のに〉が、網からはみだして、メアリ・ノイスが宙ぶらりんになってしまったからだ。呼鈴がまた鳴って、太陽系平衡法弁護士2が、連れといっしょに入ってきた。連れは、目のさめるように美しい、取りすました小柄な娘だった。TP《テレパシー》パターンはまだあどけなく、感応性もそれほど強くない。明らかに三級だった。

《これは、これは、みなさん、おそろいで。遅れたことに対して、苦しい弁明をひとつ。理

由はほかでもない、オレンジの花（純潔の象徴として花嫁が結婚式のとき髪にかざる）とウェディング・リングさ。来る途中でプロポーズしたんでね》

「彼、とても強引なんです」うれしそうに、娘はいった。

《声を出すんじゃないよ》弁護士がたしなめた。《ここは三級の連中のどんちゃん騒ぎとはちがうんだ。さっきあれほどいっておいたのに》

「忘れたの」娘がまた口をすべらした。部屋の温度が、彼女の恐怖と羞恥で一瞬上昇した。パウエルは前に出て、彼女の震える手をとった。

《気にしない、気にしない。こいつだって、二級になったばかりなんだからね。ぼくは、このパーティのホスト役、リンカーン・パウエルだ。警官たちがシャーロックっていってるのは、ぼくのことさ。もしこんど、きみのフィアンセがつらくあたったら、しかえしの手伝いをしてあげるよ。さあ、ほかの連中を紹介しよう……》パウエルは、娘を案内して部屋をまわった。《こちらは、やぶ医者のガス・テイト。そのお隣りは、サム＆サリイの@《アト》キンズ夫妻。サムも同業だ。サリイは保育医2。金星から着いたばかりなんだ。用事でね……》

「ど――どうぞ……」《あの……どうぞよろしく》

《フロアにすわってるでぶちんは、建築家2のウォリイ・チャーヴィルだよ。その(膝)^{2}にいるのは、奥さんのジューン。ジューンは編集者2だ。あそこでエラリイ・ウェストと話してるのは、その息子のゲイレン。ゲイレンは工科大学生3で……》

ゲイレン・チャーヴィルは憤然として、自分が最近二級になったこと、この一年言葉を使っていないことを指摘しようとした。パウエルは、それをさえぎると、彼女の感応域の外で、この計画的なまちがいの理由を説明した。
「おお」と、ゲイレンがいった。「やっと三級の同志が見つかった。きみが来てくれてうれしいよ。上級エスパーばかりで、こわくなっちゃってたところなんだ」
「まあ、あたしもはじめはこわかったけど、もう慣れましたわ」
《それから、こちらはホステス役のメアリ・ノイス》
《いらっしゃい。カナッペいかが？》
《どうもありがとう。とってもおいしそうですわ、ミセス・パウエル》
《ゲームをしないか？》あわてて、パウエルが話に割りこんだ。《〈判じ絵《リーバス》〉したい人？》
　家の外、石灰岩アーチの影の中で、庭木戸に体を押しつけたまま、ジェリイ・チャーチは一心にその会話に聴きいっていた。言葉もなくうずくまっている彼を、寒さと飢えが責めさいなむ。怒りと憎しみと屈辱と飢えが、彼の体を掻きむしった。彼は飢えたエスパー2。追放の烙印が、その飢えの源だった。
　薄い楓の木の扉越しに、パーティのTP《テレパシー》パターンが漏れてくる。からみあい、絶えず形を変える、楽しそうなデザイン。この十年間、声による並以下の会話にしかありつけなかったエスパー2、チャーチは、同じ仲間に——彼が失ったエスパーの世界に、飢えているのだった。

《最近、よく似た患者にぶつかってね。それでドコートニイのことをきいたんだが》
@《アト》キンズに喰いさがろうとするオーガスタス・テイトの思考だ。
《ほんとかい？　そいつは興味あるね。カルテを見たいものだ。実は、わたしが地球《テラ》にいるのもドコートニイが来るからなんだが、あいにく彼のほうに——その、都合がつきそうもないんでね》@キンズには、明らかに警戒の様子が見える。テイトには、なにか下心があるらしい。それとも——。チャーチは考えた。しかし、複雑な電流回路を通して闘われる決闘のように、思考遮蔽、対思考遮蔽が優美に繰りひろげられていることは確かだった。
《おい、あのかわいそうな娘《こ》に、もうすこしやさしくしてやったらどうだい》
「あのおせっかいめ」チャーチはつぶやいた。「おれをおっぽりだしたら、こんどは人の説教だ」
《かわいそうな娘？　パウエル、それはまぬけな娘という意味だろう？　まったく、無作法もいいかげんにしろ！　っていいたいくらいだ》
《あの娘はまだ三級なんだ。いたわってやるのが本当じゃないか》
《あいつといると、気がむしゃくしゃしてね》
《きみはそれでもいいのか……これから結婚しようって娘に》
《パウエル、甘ったるい話はよしてくれ。おれたちはエスパーと結婚しなくちゃいけないんだ。だったら、おれはなるべく見られる顔にするね》
居間では判じ絵遊び《リーバス・ゲーム》がはじまっていた。メアリ・ノイスは昔の詩からカムフラージュしたイメージをつくるのに夢中だった。

今宵　　　　　　　　　　　　入江を
海　　　　　　　　　　　　　なりて
静まりて　　　つつむ。　　　つら
潮　　　　窓辺に寄れば,　　しるく
満ち,　　　　夜の気　　　あたりに
清き　　　　　甘し　　　　　目の
月　　　　　　　　　　　　　石壁は
瀬戸の　　　　　　　　　　　消ゆ
空にあり——遥か外《と》つ国の岸に,　灯輝き

なんだいこれは? グラスの中の眼? え? ああ。グラスじゃないんだ。スタイン（ビール用のコップ）か。眼だね、スタインの中の《アイ・イン・ナ・スタイン》。アインスタインだ。簡単さ。

《エラリイ、その仕事、パウエルにどうだろう?》

法王のような太鼓腹をつきだし、つくりものじみた微笑をうかべて問いかけたのはチャーヴィルである。

《ギルド総裁に?》

《そうだ》

《憎らしいほどのやり手さ。ロマンチストだけど、有能だね。結婚しさえすれば第一候補だ》

《そのロマンチストというのが問題だね。いい娘が見つからなくて困ってる》

《あんたたち上級エスパーは、みんなそうじゃないのかい? 一級じゃなくて、ぼくは助かった》

そのときキッチンでグラスの砕ける音。説教師パウエルは、こんどは小男の最低紳士ガス・テイトに一席ぶっている。

《グラスのことは気にしなくていいよ、ガス。注意を惹こうと思ってしたんだ。きみは新星《ノヴァ》みたいに不安を放射してるぜ》

《そうかね》

《そうだよ。ベン・ライクがいったいどうしたんだ?》

小男は明らかに警戒していた。思考の殻が硬化していくのがわかる。

《ベン・ライク? いったいなんで彼がまた?》

《きみとさ、ガス。来たときから、きみの頭の中でもやもやしてる。見ずにはいられないよ》

《パウエル、わたしじゃないよ。だれかのTP《テレパシー》にチューンしてあるんだろう》

笑っている馬のイメージ。

《パウエル、そんなことは――》

《ガス、ライクにかかわりあっているんだな？》

《いいや》だが遮蔽が轟然《ごうぜん》と下りたのがわかる。

《ガス、ぼくの忠告を聞いておいてくれ、ライクとかかわりあうと、必ずわるいことになる。気をつけるんだな。ジェリイ・チャーチを覚えているだろう？　彼を破滅させたのは、ライクだ。きみにあんなことが起こってほしくない》

テイトはそ知らぬ顔で居間へもどっていった。パウエルはキッチンにのこって、無表情にゆっくりとガラスの破片を掃いた。チャーチは煮えたぎる憎しみを抑えながら、凍りついたように裏木戸にはりついていた。チャーヴィルの息子は、弁護士の連れの娘に、視覚的パロディと並行させてラヴ・ソングを唄っている。青くさい唄だ。奥さま連は、正弦曲線で火がついたような言いあいの最中。@《アト》キンズとウェストは、感覚イメージのうっとりするような、こみいったパターンをからみあわせながら、交差会話をつづけていた。それがチャーチの飢えをますます耐えがたくさせるのだった。

《ジェリイ、一杯飲まないか？》

庭木戸が開いた。泡だった液体の入ったグラスを持ったパウエルが、明かりを背にして立っていた。その深くくぼんだ眼は、同情と理解に溢れていた。チャーチは呆然と立ちあがると、与えられた酒をとった。

《ジェリイ、これをギルドにいうなよ。タブーを破るとうるさいんだ。だいたい、ぼくはすぐタブーを破るから。ジェリイ、苦しいだろう？　なんとかしてやりたいな。十年は長すぎる》

チャーチはふいにパウエルの顔に酒を浴びせると、背を向けて闇に消えた。

3

月曜の朝九時、テイトのマネキンのような顔がライクの映話のスクリーンに現われた。

「この回線はだいじょうぶかね？」彼は抜け目なくきいた。

返事のかわりに、ライクは〈証印〉を指さした。

「よし」とテイト。「ひと仕事終わったよ。ゆうべ@《アト》キンズをのぞいた。だが、その前にいっとくことがある。一級の透視にはエラーがつきものだ。@キンズの遮蔽も相当てごわかった」

「それは考えにいれる」

「クレイ・ドコートニイは、今週の水曜の朝、〈アストラ〉で火星から着き、そのままマリア・ボーモント邸にむかう。お忍びの客としてな。泊まりはひと晩だ――それ以上はいない」

「ひと晩か」ライクはつぶやいた。「で？　目的はなんだ？」

「わからん。なにか大事《おおごと》を構えようとして――」

「このおれにか！」ライクはどなった。

「だろうね。@《アト》キンズをのぞいたところでは、ドコートニィはなにが原因か知らんが、ひどくおかしくなっているようだ。適応パターンが崩れかけている。〈生の本能〉と〈死の本能〉が分離したんだ。性格破綻をきたして、いまこの瞬間にも心理的に退行しつつある……」

「くそ！　それでおれはどうなる？」ライクはあたりちらした。「わかるように説明しろ」

「簡単なことだ。人間は、ふたつの衝動……〈生の本能〉と〈死の本能〉がつりあって生きている。それらの衝動のめざすところはひとつ……〈涅槃《ねはん》〉に入ることだ。〈生の本能〉は、すべての障害を克服することにより〈涅槃の境地〉に到達しようとする。〈死の本能〉はみずからを滅ぼすことにより〈涅槃〉に入ろうとする。人間では、これらの本能が融合しているのが普通だ。だが、圧迫が加えられると分離する。ドコートニィに起こっているのは、それだ」

「それでわかった！　やつはおれを破滅させる気だ！」

「木曜の朝、@キンズはドコートニィを諫止《かんし》しに出かける。成り行きを心配して、ドコートニィがなにを考えているにせよとめる決心をしたんだ。金星から飛んできたのは、そのためだ」

「その手間はいらん。おれがとめてやる。あいつの世話はうけん。自分の身ぐらい自分で守るさ。テイト、これは自己防衛だ……殺人じゃない！　自己防衛だ！　よくやってくれた。これで、ほしいものは全部そろった」

「ライク、まだ足らないものがある。まず時間だ。今日は月曜。期限は水曜までだということを忘れんようにな」

「用意はできてる」ライクはどなった。「用意するのは、あんたさ」

「ライク、失敗してる余裕はないんだ。もしそうなったら——破壊だ。わかってるな？」

「破壊はおたがいさまだ。わかってるさ」ライクの声はしだいにかすれていった。「テイト、あんたとおれは組んだんだ。おれはとことんまでやる……破壊されようが、どうしようがな」


月曜をまる一日ついやして、彼は大胆に、そして自信たっぷりに計画を練った。まず彼は、画家が太い輪郭線を入れるまえに、紙の上に薄い線でおおよその形を描くように、計画のあらましをつくった。しかし、最終的な太線は入れなかった。それは殺人者の本能にまかせたほうがいい。彼は計画書を脇にどけると、ベッドに入った……そして〈顔のない男〉の悪夢に、ふたたび悲鳴をあげながら目を覚ました。

火曜の午後ライクは、はやばやとモナーク・タワーを出ると、シェリダン・プレイスにあるセンチュリー・オーディオ・ブックストアに立ち寄った。そこは圧電気録音クリスタル各種——小さな宝石をはめこんだエレガントな装置——をおもに取り扱っている。最新流行は、ご婦人向けのブローチ・オペラ。（『どこへ行くにも音楽がいっしょ』）センチュリーには、そのほかいまは使われていない、印刷された書物をおさめた棚もあった。

「いままで疎遠にしていた友人に、なにかいい贈り物をしたいんだが」ライクは店員にいった。

たちまち、目の前に品物が山とつまれた。

「もっと変わったものはないかな？」彼は苦情をいった。「どうしてのぞき屋をやとって、客の手間をはぶこうとしないんだね？　あんたたちの商法は、まるで古くさいよ」彼は心配そうな面持《おももち》の店員たちを従えて、店内をまわりはじめた。

適当にとぼけて、困りきったセールス・マネジャーがエスパーを呼びにいこうとするころをみはからって、ライクは本棚の前に立った。

「これはなんだね？」びっくりしたように、彼はきいた。

「稀覯書《きこうしょ》です、ミスタ・ライク」店員たちは昔の視覚書の理屈と読みかたをとくとくと説明しはじめた。そのあいだにゆっくりと、ライクは目的の茶色に変色したぼろぼろの本をさがした。彼の記憶にそれははっきりと残っていた。五年前に目を通して、自分の小さな黒いメモ帳にノートしたことがあったからである。準備が肝心なことを知っているのは、なにもライク家の初代ジェフリイ・ライクだけではなかった。

「おもしろい。なるほど。実にすばらしい。これはなんだ？」ライクは茶色の本をひっぱりだした。「『パーティをしましょう』か。出たのはいつかな？　まさか。こんな昔からパーティがあったのかい？」

店員たちは、昔の人間にも、意外に現代的な一面があったのだと説明した。

「さて、中身は、と」ライクは含み笑いをした。「〈ハネムーン・ブリッジ〉……〈プロシャふうホイスト〉……〈郵便局〉……〈鰯《サーディン》〉。これはなんだ? 九十六ページ。どれ」ライクはページをめくって、〈おもしろい男女混交のパーティ・ゲーム〉と大きな活字の見出しのあるところをあけた。「こいつはいい」驚いたふりをして、彼は笑い、忘れもしない問題の個所を指さした。

サーディン

まず、ゲームに参加する人たちの中から、ひとりを選びだします。そして明かりを全部消し、その人は家の中のどこかに隠れます。数分したら、残った人たちは別々にその人をさがしにいきます。見つけても、そのことは人にいわずに、いっしょに隠れてしまいます。こうして〈鰯の群《サーディンズ》〉を見つけた順に一個所に集まり、最後の人、つまり負けた人は、闇の中にひとりぼっちで残されるのです。

「これを買おう」ライクはいった。「ちょうどほしかったところだ」

その夜、彼は三時間かかって、その本のほかのページを念入りにつぶしていった。ゲームの説明は、熱と酸としみと鋏で満足に読めなくなった。どの焦げ跡も、どの切取りも、どの汚れも、苦悶するドコートニイへの一撃であった。殺人の予行演習が終わったときには、どのゲームも不完全な断片となっていた。ただ〈サーディン〉だけが、無傷のままのこされた。

ライクはその本を包装紙につつむと、鑑定人のグレアムに宛てて、気送スロットに放りこんだ。それはバーンという音とともに風にのって飛んでいったが、一時間後、グレアムの公認鑑定書といっしょにもどってきた。ライクが手を加えたことは発覚していなかった。

彼はその書物を、（慣習に従って）鑑定書を同封したうえで贈答用の包装紙につつむと、マリア・ボーモント邸に送った。二十分後、返事が来た。「ダーリン！　ダーリン！　ダーリン！　わたし遺方がすっかりこのセクシーなあたしを（どうやらこの誤字のようすから、マリアは自分で手紙を書いたとみえる）忘れちゃったとばかり思ってた。すばらしいわ！　今夜ボーモント・ハウスえ行らして。パーティがあるの。遺方のすてきな送り物でゲームするから」メッセージ・カプセルの中には、星形の巨大な合成ルビーが入っていて、その中心にマリアのポートレートが貼ってあった。むろん、ヌード。

ライクは答えた。「いま、たいへんなところだ。今夜は行けない。おれの百万クレジットが見えなくなった」

彼女が答えてきた。「じゃ、水曜ね。わたしの百万あげるわ」

彼は返事を送った。「喜んでご招待をうける。友人も連れていくつもり。きみのすべてに幸いあれ」そしてベッドに入り……。

〈顔のない男〉に悲鳴をあげた。

水曜の朝、ライクはモナーク産業の科学区を訪れた。(「温情主義というやつだな」)そして、有望な若い研究員たちと、感激的な一時間を過ごした。彼らの仕事について討論し、モナークに忠実であるかぎり、輝かしい未来が約束されていると語った。つづいて彼の持ちだした下卑《げび》た冗談——宇宙空間を漂っていた霊柩船に、独りものの開拓者が不時着したという話(すると、死人のいうことには「旅行の邪魔をしないでくれ!」)——に、有望な若い研究員たちは、これが自分たちのボスかと、ちょっと幻滅を感じながらも卑屈そうに笑った。

この非公式な訪問を利用して、ライクは〈立入禁止〉の部屋へ入ると、視覚ノックアウト・カプセルをひとつ掠《かす》め取った。外見は銅で外装した立方体。大きさは雷管の半分ほどだが、威力はその倍もある。一個所が破れると、目もくらむ閃光がほとばしり、ロードプシン——網膜の中で、光に反応する視紅素——をイオン化させる。犠牲者は、視力を奪われると同時に、時空に対する感知力も失ってしまうのである。

水曜の午後、ライクは劇場街の中心部にあるメロディ・レーンに足を向け、心理《サイク》ソング株式会社に立ち寄った。経営主は、モナーク産業の販売部のためにすばらしい歌をいくつかものしたことがあり、モナークが猫の手も借りたいほどてんてこまいをしていた昨年の労働争議のさいに、プロパガンダ部のために壮烈なスト破りの歌を提供したこともある頭のきれる若い娘だった。名前はダフィ・ワイ&《ガンド》。ライクにとって、彼女は現代のキャリア・ガールたち——男たらしのヴァージン——の縮図にも見えた。

「どうだい、ダフィ？」といって、ライクはなにげなく彼女にキスした。売り上げのグラフのようなすばらしい曲線。かわいい。だが、ほんのちょっと若すぎる。

「あなたは、ミスタ・ライク？」彼女はおかしな目つきで彼を見た。「いつか恋愛相談エスパーでもやとって、あなたのキスを吟味してもらうわ。ビジネスで来たんじゃないと思いたいな」

「ビジネスじゃないよ」

「うそばっかり」

「ダフィ、男は早いうちに心を決めなきゃならない。恋人にキスしたときが、おカネにハイチャしたときになる」

「でも、あなた、いまキスしたわ」

「それはきみが、クレジットの肖像になってるお女性とそっくりだからさ」

「ピップ」と彼女。

「パップ」と彼。

「ビム」と彼女。

「バム」と彼。

「こんな流行をこしらえたベムを殺してやりたいわ」そして、ダフィは真顔にもどっていった。「オーケイ、ハンサムさん。用はなんなの？」

「賭博《とばく》だ。娯楽部長のエラリイ・ウェストが、社内での賭博《ギャンブル》で苦情を持ちこんできた。目にあまるっていうんだ。おれ個人としては、気にしてないが」

「社員に金を貸しておけば、昇進させろなんていってこないわけね」

「ヤング・レディ、きみはちょっと頭がきれすぎるところがあるぞ」

「で、あなたは、ギャンブルやめろ式の歌がほしいわけ？」

「そんなものだ。おぼえやすいのがいいが、あまりピンと来てもいけない。正攻法なプロパガンダより、むしろ効き目の遅いやつだ。ある程度、無意識のうちにしみこんだほうがいい」

　ダフィはうなずいて、すばやくノートをとった。

「それに聴く値打ちがなくてはこまる。おれはこれから、歌や口笛やハミングで何回聞くことになるかわからないからな」

「いやな人。あたしの歌は、みんな聴く値打ちがあってよ」

「いちどはな」

「それでもあなたのふところに一千クレジットがころがりこむんじゃない」

ライクは笑った。「単調なことは――」彼はスムーズにつづけた。

「それはないわ」

「きみがこれまで書いたうちで、いちばんしつっこいのはなんだ？」

「しつっこい？」

「つまりさ。わかるだろう。聞いたら頭から離れなくなる例のコマーシャル・ソングみたいなのだ」

「そういうのね。ペプシスって呼んでるのがあるわ」

「理由は？」

「さあね。何世紀も昔にペプシという人が発明したとかいう話よ。あたしはきらい。ひとつ書いたことあるけど……」ダフィはいやなことでも思いだしたように顔をしかめた。「いまになっても思いだすのイヤ。一ヵ月は取っ憑《つ》いて離れないこと保証するわ。あたしのときなんか、一年もついてまわったもの」

「だから、とんとん出世したんじゃないか」

「ミスタ・ライク、これもあなたのおかげね。〈緊張、と張筋が〉っていう題なの。頭のおかしい数学者がでてくる、ひどく評判のわるいショウがあったでしょう。あれに書いたの。なるべくうるさいのがいいっていうもんだから、そのとおりに書いてあげたわ。聞いた人がおこっちゃって、しぶしぶ打ち切りよ。大損してね」

「それを聴こうじゃないか」

「そんなことできないわ」

「やれよ、ダフィ。聴きたくてしょうがない」

「後悔するわよ」

「まさかね」

「いいわ、おばかさん」と彼女はいうと手元にパンチ・パネルをひっぱり寄せた。「いまの誠意のないキスのおかえしよ」

　彼女の手はパネルの上を優雅に動いた。おそろしく単調な旋律が、気の狂いそうな忘れがたい陳腐さをともなって、部屋じゅうに満ちわたった。どんな歌を思いだそうとしても、みないつのまにか〈緊張、と張筋が〉になってしまう。と、ダフィが歌いだした。

日月火
水木金
土日月
火水木！
緊張、と張筋が
緊張、と張筋が
緊張と窮境と
紛糾のはじまりや

「くそっ！」とライクは叫んだ。

「この歌にはね」音楽をかけたまま、ダフィがいった。「すごく頭にくる仕掛けがしてあるの。〈火水木〉のあとの一拍に気がついた？　それが半休止になっているの。それから〈はじまりや〉のあとの一拍。これがまた歌のおしまいを半休止にしているから、そこでとまらなくなるの。こんなふうにぐるぐるまわりだして――緊張と窮境と紛糾のはじまりや。ＲＩＦＦ（反復）。緊張と窮境と紛糾のはじまりや。ＲＩＦＦ。緊張と窮――」

「この阿魔《あま》！」耳をたたきながら、ライクは立ちあがった。「取っ憑《つ》かれちまった。いつまでこんなふうなんだ？」

「一ヵ月たらずよ」

「緊張と窮境と紛――まいった。どうにかできないか？」

「あるわ」とダフィ。「簡単よ。あたしを陥落させて」そしてライクに体を押しつけると、初々《ういうい》しい真剣なキスをした。

「おばかさん」彼女がささやいた。「のろまのまぬけのおたんちん。いつになったら、あたしをひっぱってってくれるの？　さあ、頭を働かせて。どうしてあなたって、あたしが思ってたほどおりこうじゃないのかしら？」

「思ってた以上におりこうだからさ」というと、ライクは部屋を出た。

彼の計画どおり、その歌は心の中にがっしりと根をおろし、通りに出る道すがら何回も何回も谺《こだま》した。（緊張、と張筋が。緊張、と張筋が。緊張と窮境と紛糾のはじまりや。ＲＩＦＦ）正常人《ノーマル》のための完璧な思考遮蔽。これを看破できるのぞき屋がいるだろうか？　（緊張と窮境と紛糾のはじまりや）

「はるかにおりこうなのさ」ライクはつぶやくと、跳躍艇《ジャンパー》に合図して、ウエスト・サイドの高台にあるジェリイ・チャーチの質店に赴いた。

(緊張と窮境と紛糾のはじまりや)

商売がたきのいうことはともかくとして、質屋業が世界最古の職業であることは、いまでも変わりなかった。軽便な抵当物とひきかえに現金を貸しだす仕事は、いつの世にも人間の暮らしになくてはならぬものなのである。千古の昔からはるかな未来にいたるまで、それは質店のたたずまいとともに、決して変わることはなかった。時の塵に埋もれたガラクタがところ狭しと積まれているジェリイ・チャーチの店に入る。それは永遠の博物館へ入ったようなものだった。闇の中で、目だけをギョロギョロと光らせている痩せこけたチャーチの顔も、内からつきあげる苦悩に疲れはて、黒ずんではいるが、やはり金貸しの顔にはちがいなかった。

チャーチは足をひきずりながら闇から出てくると、カウンターに斜めにさしこむ陽の光を背にうけてライクの前に進み出た。驚きもしない。ライクの顔を確かめようともしない。この十年間の宿敵を、彼は完全に無視した。そしてカウンターに体を押しつけ、口をひらいた。

「なにか」

「よお、ジェリイ」

目をあげずに、チャーチはカウンターの上に手を置く。ライクはそれを握ろうとした。その手はふりはらわれた。

「よしてくれ」なかばヒステリックな笑いのまじった声で、チャーチはどなった。「あいさつなんかいらない。質にするものを見たいね」
それは、チャーチのしかけたへたくそな罠だった。ライクはその罠にすっぽりはまってい
た。だが、そんなことは問題ではない。
「質にするものなんかないよ、ジェリイ」
「そんなに貧乏してるのかい？　大金持もおちたもんだ。だが、おれたちはみんなそんなも
んだろうね。え？　おれたちはみんなおちるんだ。みんなおちるんだ」チャーチは横目で見
ながらライクがなにを考えているか透視しようとした。させておけ。（緊張と窮境と紛糾の
はじまりや）このイカれた歌の奥を見透せるならやってみろ。
「みんなおちるんだ」チャーチはいった。「みんな」
「そうさ、ジェリイ。だが、おれはまだだ。ついてるよ」
「おれはついていなかった」のぞき屋の眼が光った。「あんたと会ったからな」
「ジェリイ」ライクは辛抱づよくいった。「おれに会ったのが悪運だといわれるおぼえはな
いぜ。破滅したのは、自分の運だ。おれは――」
「このくたばりぞこないのくそったれ」チャーチは不気味なほど静かな調子でいった。「生
まれそこないの犬畜生。生きたまま、腐っちまえばいい。出てってくれ。きさまなんかとか
かわりたかあない。かかわりたかあないんだ！　わかったな？」
「おれがカネを出してもかね？」ライクはポケットから十枚のきらきら光るソヴリーン金貨
をとりだし、カウンターに置いた。それはちょっとした衝撃だった。クレジットとちがい、

ソヴリーン金貨は暗黒街の通貨だからである。（緊張と窮境と紛糾のはじまりや……）

「きさまのカネなんかもらうもんか。きさまの心臓をかっさばいてやりたい。きさまの血を地面にぶちまけてやりたい。蛆虫《うじむし》にきさまの眼玉をえぐらせてやりたい……だが、きさまのカネなんかほしかない」

「じゃ、なにがお望みなんだ、ジェリイ？」

「いったはずだ！」チャーチは声をはりあげた。「いったはずだ！　くそったれの豚野郎——」

「なにがお望みなんだ、ジェリイ？」やせこけた男を見据えたまま、ライクは冷やかにいった。（緊張と窮境と紛糾のはじまりや）まだ、チャーチを支配できる。チャーチが二級だったことがなんだ。支配に肝心なのは、ESPじゃない。肝心なのは、人格だ。（日月火　水木金）……これまでもそうだった……チャーチは逃がさん。

「あんたはなにがお望みなんだ？」チャーチは不愛想にきいた。

ライクは軽蔑するように、「のぞき屋じゃないか。いったらどうだ」

「わからない」しばらく間をおいて、チャーチはつぶやいた。「読めないんだ。へんてこりんな歌で、あんたの頭の中はめちゃくちゃだ……」

「じゃ、いおう。おれは拳銃《ガン》がほしい」

「なんだって？」

「GUN。拳銃《ガン》。昔の武器だ。爆発で弾丸を射ち出す」

「そんなものはないね」

「いや、ある。いつかキノ・クィザードから聞いた。ちゃんと見たそうだ。鋼鉄製で折りたたみできる。おもしろいものだ」

「なんでそんなものがいるんだ？」

「おれの心を読めよ、ジェリイ。隠してることなんかない。やましいところはどこにもないんだ」

チャーチは顔をひきつらせて透視していたが、やがてうんざりしたようにあきらめた。

「勝手にしろ」

ロの中でもぐもぐというと、彼は足をひきずって闇の中に消えた。金属の引き出しを乱暴に閉じる音が遠くで聞こえた。チャーチは、手のひらにのるくらいの銹びついた鋼鉄の塊《かたまり》を持ってもどると、金貨のわきにおいた。飾り鋲を押すと、金属がとびだしナックル・リングになった。リヴォルヴァーと短剣。二十世紀のナイフ・ピストル……殺人のエッセンス。

「なんでそんなものがいるんだ？」チャーチはもういちどきいた。

「これが脅迫のネタになればいいと思ってるんだろう？」ライクは笑った。「おあいにくだが、これは贈り物だ」

「ぶっそうな贈り物だな」チャーチは横目で、またさっきの軽蔑と嘲笑のいりまじった視線を向けた。「誰かを破滅させる気だろう、え？」

「とんでもない。これはおれの友人への贈り物だよ。オーガスタス・テイト博士へのな」

「テイトだって！」チャーチは彼を凝視した。

「知ってるのかね？　骨董品集めが、彼の趣味だ」

「知ってるさ。もちろん知ってるさ」チャーチは狂ったようにくすくす笑いだした。

「だが、いまになって、もっとよくわかってきたよ。あの男がかわいそうになってきたぜ」

そして、ふいに笑うのをやめると、見すかすようにライクを見た。「こりゃ、いいや。ガスにはたまらない贈り物だ。願ってもない贈り物だよ。弾丸《たま》は入ってるしな」

「なんだと？　弾丸《たま》が入ってる？」

「そうさ。弾丸《たま》が入ってる。ちんまりしたカートリッジが五つもな」チャーチはまたくすくす笑った。「ガスへの贈り物か」彼はカムにさわった。拳銃の片側が開いて、真鍮のカートリッジのおさまったシリンダーが現われた。「ガス様へお贈りする五つの蛇の牙か」

「やましいところはどこにもないといったはずだ」ライクはきびしい調子でいった。「そんな牙は抜かなければ」

チャーチはびっくりしたようにライクを見ていたが、すぐ通路をかけおりていくと小さな道具をふたつ持ってもどった。彼はすばやい手つきでカートリッジを抜きだし、カートリッジ・ケースを輪胴にかえすと、シリンダーを元にもどして、拳銃を金貨のわきに置いた。

「これで安全」チャーチはばればれしたようにいった。「親愛なるガス様もご安泰だ」彼は待ちうけるようにライクを見た。ライクは両手を伸ばした。そして一方でチャーチの前に金貨を押しだすと、もう一方で拳銃をひきよせた。その瞬間、チャーチの表情が変わった。

常軌を逸したような快活さが消えた。彼は鉄の爪でライクの手首をおさえると、ギラギラした視線を向けて、カウンターからのりだした。

「ちがう、ベン」と彼はいった。名前を呼んだのははじめてだった。「代金はこれじゃない。わかってるはずだ。頭の中のへんてこりんな歌がどうあろうと、あんたは知ってるはずだ」

「よし、ジェリィ」拳銃を持った手をゆるめず、ライクは無表情にいった。「代金はなんだ？　いくらだ？」

「おれは復権したいんだ」チャーチはいった。「おれはギルドにもどりたい。生きかえりたいんだ。それが代金だ」

「おれになにができる？　おれはのぞき屋じゃない。ギルドにも入っていない」

「うつ手がないわけじゃないだろう、ベン。あんたにはなにか方法があるだろう。ギルドにも声をかけられるはずだ。おれを復権させられるはずだ」

「不可能だね」

「あんたなら、買収できる、脅せる、すかせる……恵んだっていい、目をくらませたっていい、うっとりさせたっていい。ベン、あんたならできるじゃないか。きっとできる。ベン、助けてくれよ。前に助けてやっただろ？」

「その報酬はちゃんと払ったよ」

「じゃ、おれは？　おれはなにを払った？」チャーチは金切り声をあげた。「一生を払いこんじまったんだ！」

「自分の愚行に払ったんだ」

「たのむから、ベン。助けてくれ。助けるか、殺すかしてくれ。おれはもう死んでるも同然なんだ。ただ、自殺する勇気がないんだ」

間をおいて、ライクが冷酷にいった。「ジェリイ、最上の方法は自殺のようだな」

チャーチは烙印を押されたようにとびさがった。うちひしがれた顔に、眼だけがうつろにライクを見つめた。

「さあ、代金はいくらだ?」

チャーチはわざとらしく金貨に唾を吐くと、燃えるような憎しみの眼でライクをにらんだ。

「代金なんかいらん」そういうと、背を向けて、地下室の闇に消えた。

4

二十世紀末期の曖昧模糊《あいまいもこ》とした混乱のなか、謎の理由によって破壊されるまで、ニューヨーク市のペンシルヴァニア駅は、何百万の旅行者の無知をよそに、時の絆の役割を果していた。その巨大な終着駅の内部は、古代ローマの壮麗なカラカラ浴場を模したものだったのである。それは、数千人のごく内輪の敵に〈金ピカの死体《ほとけ》〉として知られるマダム・マリア・ボーモントの大邸宅についても同様であった。

ベン・ライクは、テイトを脇に、殺人をポケットにして、東側の斜路を下りながら、自分の五感と間歇《かんけつ》的に通信をはかっていた。

下のフロアの客たち……ユニフォームとドレスと燐光性の肌と柱にぶらさがって揺れる淡いライトのきらめき……（緊張、と張筋が）

雑談と音楽と告示機の声と谺《こだま》……（緊張と窮境と紛糾のはじまりや）……香水のにおう肌と食物とワインと金ピカの虚飾のすばらしい混成曲《ポ・プーリ》……（緊張と窮境と……）

金ピカの死の罠……七十年も成功したためしがないとは……失われた芸術……刺胳や外科医術や錬金術みたいな過去の遺物……だが、おれは死を復活させてやる。サイコパスやゴロ

ツキのせっかちでクレイジーな殺しじゃない……もっと正常な、慎重な、冷静な、計画的な
「ライク！」テイトがつぶやいた。「気をつけるんだ。殺しが表面に出てる」

（日月火……）

「それならいい。そら、エスパー秘書の片割れがやってきた。パーティ荒らしがいないか調べている。歌をやめるな」

すらりとした華奢な男。短く刈った金髪、紫の上着、銀のスラックス。そして、感きわまったように、「テイト博士！　ライク様！　なんと申したらいいのでしょう。感激です。言葉もありません。どうぞ、お入りください！　どうぞ！」

（水木金……）

マリア・ボーモントが客をかきわけて現われた。彼女は、両手を、眼を、はだかの乳房を、ライクにむかってさしのべた……インドの仏像を誇張したような空気整形で変形させた肉体……はちきれそうな尻、はちきれそうな太腿、はちきれそうな金ピカの乳房。ライクにとって、彼女は春画《ポルノグラフィ》に描かれた船の、色もあざやかな船首飾り……かの有名な〈金ピカの死体《ほとけ》〉だった。

「ベン、愛《いと》しい人！」彼女は圧縮空気のようにライクを抱きしめた。そして、胸の谷間に彼の手を押しつけようとする。

「とっても、とってもすてき」

「とっても、とってもやわらかいよ、マリア」ライクは彼女の耳にささやいた。「なくした百万、もう見つけたの？」

「いま、ちょうどさわったところさ」

「注意して。むこうみずね。この神聖なパーティの記録は、残らずとってあるのよ」

彼女の肩越しに、ライクはテイトをちらっと見た。テイトは、異常なしというようにうなずいた。

「さあ、いらして、みんなといっしょになって」マリアはいった。彼女はライクの腕をとった。「ふたりきりになる時間はまだたっぷりあるわ」

頭上の穹窿《きゆうりゆう》になった天井の明かりがまた変化して、スペクトルの波長を短くした。コスチュームの色が変わった。ピンクの真珠のように輝いていた肌は、いまは不気味な冷光を帯びている。

左側から、テイトが、あらかじめ打ち合せておいたサインを送ってきた。(危険！危険！危険！)

(緊張と窮境と紛糾のはじまりや。RIFF。緊張と窮境と紛糾のはじまりや……)

マリアが、またひとり中性的な男を紹介した。短く刈った銅色の髪、紫紅色の上着、紺青のスラックス、感きわまったような表情。

「ラリイ・フェラーよ、ベン。あたしのもうひとりの社交秘書。あなたに死ぬほど会いたがってたの」

（土日月……）

「ライク様！　もう胸がいっぱいです。なにを申してよいかわかりません」

（火水木！）

ライクの微笑を見て、若者は去った。テイトは警戒するように周囲をじりじりとまわりながら、ライクに大丈夫とうなずいた。頭上の明かりが、また色を変えた。客のコスチュームが一部溶けたようだった。服に紫外線で透明化するような窓をあける流行には断固抵抗していたライクは、不透明なスーツを着たまま、周囲の詮索と称讃と比較と欲望の入りまじったすばやい視線を軽蔑するように見た。

テイトがサインを送った。（危険！　危険！　危険！）

マリアのそばに秘書が寄ってきた。「マダム」と、ぼそぼそいう。「ちょっとお耳を」

（緊張、と、張筋が……）

「なあに？」

「チャーヴィルの息子です。ゲイレン・チャーヴィル」

テイトの顔がこわばった。

「彼がどうしたの？」マリアは客をうかがった。

「噴水の左側です。かたりです、マダム。彼を透視してみました。招待状を持っていません。大学生です。パーティをつぶすという賭けをやってるんです。証拠にあなたの肖像画を盗む気でいます」

「あたしの？」チャーヴィルの服にあいている窓をのぞきながら、マリアがいった。「あたしをどう思ってるのかしら？」

「それが、マダム、あの男は非常に透視しにくいのです。わたしの思うところでは、彼はあなたの肖像画より、むしろあなたを盗もうとしているようです」

「あら、そう？」マリアは嬉しそうに、けたけたと笑った。

「そうです、マダム。外へ出しますか？」

「いいえ」マリアはもういちどそのたくましい若者を一瞥すると、秘書に顔を向けた。「証拠をあげてもよくてよ」

「そうはさせない」ライクがいった。

「やきもち！　やきもち！」耳ざわりな声で、彼女は叫んだ。「お食事にしましょ」

テイトの緊急のサインに、ライクはしばらく脇にしりぞいた。

「ライク、あきらめたほうがいい」

「どうした……？」

「チャーヴィルの息子だ」

「そいつはなんだ？」

「二級だ」

「ちくしょう！」

「早熟で、すごく頭がきれる……このあいだの日曜日、パウエルの家で会ったんだ。マリア

・ボーモントは、自宅へエスパーを招ばない。わたしがいるのは、あんたのおかげだ。それがこっちのつけめだったのに」

「じゃ、そののぞき屋の小僧は、パーティ荒らしに来たんだな。くそったれめ！」

「あきらめろ、ライク」

「顔をあわさないようにすればいいだろう」

「ライク、秘書なら、わたしが思考遮蔽できる。三級だからな。だが、二級までは保証できない……たかが子供でもだ。まだ若いし、神経質だから、抜け目ない透視は無理かもしれん。だが、約束はできない」

「おれはやめんぞ」ライクはうなり声でいった。「そんなことはできっこない。こんなチャンスは二度とない。たとえ、あるとしても、おれはやめん。そんなことができるか？ドコートニイのにおいが、ぷんぷんにおってるんだ。おれは――」

「ライク、あんたは決して――」

「つべこべいうな。おれはやる」ライクは、テイトの怯えた顔をにらんだ。「あんたがどうにかしてこいつから手を引こうとしてることぐらいは知ってるさ。だが、そうはさせん。おれたちは同じ穴のムジナなんだ。最後までおつきあいねがうぜ――破壊されるまでな」

ゆがんだ顔に凍った微笑をうかべると、ライクは、テーブルのそばのソファーに横たわっているホステスに寄り添った。男女がむつまじくおたがいの口に食物や飲物を運びあう習慣は、まだなくなっていなかったが、東洋的な丁重さと寛大さに起源を発するこの行為は、いまでは猥褻《わいせつ》な遊戯に堕落していた。食物は指を添えて舌の上にのせられ、唇と唇とで受けわたしされる場合も少なくなかった。ワインは口うつしで味われ、ケーキなどにはもっと親密な方法がとられた。

ライクは煮えたぎるようなもどかしさを感じながら、そのすべてに耐えて、テイトからの決定的な言葉を待った。テイトの情報採取の仕事の中には、ドコートニイの隠れ家をこの屋敷からさがしだすこともあった。小男のエスパーが寄り集まった客のあいだを、のぞき、すかし、うかがいながら歩きまわっているのが彼の目にうつった。だが、そのうちにとうとう首を横にふると、マリア・ボーモントをそれとなくしめした。情報の唯一の供給源はマリア・ボーモントだという意味である。けれども、官能に酔っている彼女をさぐることは容易であると同時に、危険でもあった。殺人者の本能に頼るべき危機の連続のひとつが、いま到来したのである。ライクは立ちあがると、噴水にむかって歩きだした。テイトがそれをさえぎった。

「ライク、なにをする気だ？」

「わからないか？　チャーヴィルの小僧の関心を、彼女からそらすのさ」

「どうやって」

「ほかに方法でもあるかね？」

「やめてくれ、ライク。彼に近づくな」

「ひっこんでろ」ライクは荒々しい脅迫的思考を放射して、エスパーをすくみあがらせた。

テイトは恐怖にかられて必死にサインを送る。ライクは自己制御しようとした。「危険なことぐらい知ってるさ。だが、あんたの心配するほどじゃない。第一に、彼はまだ年端もいかない小僧だ。第二に、パーティ荒らしだから、びくびくしてる。第三に、透視に全力を注いでるわけじゃない。もしそうだったら、あんな三流秘書にそう簡単に透視されるはずはない」

「あんたはすこし意識的な自己制御をやれるのか？　二重思考はできるのか？」

「おれの心の中にはあの歌がある。それに、考えることが多すぎて、二重思考が楽しくなってるくらいだ。さあ、そこをどいてマリア・ボーモントをのぞくチャンスを待ってろ」

チャーヴィルは噴水の傍らでひとりでなにかを食べていた。お客になりすまそうとしているのだが、どこかぎごちない。

「ピップ」とライク。

「パップ」とチャーヴィル。

「ビム」とライク。

「バム」とチャーヴィル。

最新流行の略式挨拶がすむと、ライクは若者の隣りにゆったりと腰をおろした。「わたしはベン・ライクだ」

「ぼくはギャリイ……そのう、正式には……ゲイレン・チャーヴィルです。ぼく――」ライクの名を聞いて、感激してしまったらしい。

（緊張と窮境と紛糾のはじまりや）

「いまいましい歌だ」ライクはつぶやいた。「このあいだはじめて聞いてね。それ以来、頭から離れないんだ。チャーヴィル、マリアはきみがニセの客だということを知ってるぜ」

「ほんとですか？」

ライクはうなずいた。（緊張と窮境と……）

「逃げたほうがいいですか？」

「肖像画も持たないでかね？」

「それも知ってるんですか？　エスパーがいるんだな」

「二人ね。彼女の社交秘書だ。きみみたいなのをつまみだすのが、彼らの仕事さ」

「絵、どうにかなりませんか？　五十クレジットをなくすかなくさないかという瀬戸ぎわなんです。賭けのことはわかるでしょう。あなたは、博打《ばくち》——その、資本家だから」

「わたしがエスパーじゃなくてよかっただろう？　気にしなくていい。侮辱されたとは思ってないから、あそこにアーチが見えるな？　あれを通って、右に曲がるんだ。すると書斎がある。壁にはずらりと人造石でできたマリアの肖像画がかかってる。勝手に取っていい。マリアはそんなものに未練はないよ」

若者はとびあがるようにして立ちあがった。食物が足元にちらばった。「ありがとう。このお礼はいつかします」

「どんなふうに」

「きっと驚きますよ。ぼくは——」彼はあわてて口をとじると、顔をあからめた。「そのうちにわかりますよ。ほんとうにありがとう」チャーヴィルは書斎をめざして、人ごみの中を縫うように進んでいった。

（土日月　火水木！）

ライクはホステスのところへもどった。

「この浮気者」と彼女。「いったい誰に食べさせてやってたの？　その女の眼をえぐりだしてやるから」

「チャーヴィルの息子さ」ライクは答えた。「きみの絵がどこにあるか訊かれたよ」

「ベン！　いわなかったでしょうね？」

「いったよ」ライクはにやりと笑った。「いま取りにいってるところだ。用がすんだら消えるだろうね。おれは嫉妬ぶかいんだ」

彼女は長椅子からとびおきると、書斎へすっとんでいった。

「バム」とライクはいった。

十一時。食事の儀式の緊張は頂点に達し、一同に孤独と闇の必要なときがやってきた。マリア・ボーモントは、客を失望させたことはなかった。今夜もそうであればいいがと、ライクは思った。必ず〈サーディン〉をはじめるはずだ。テイトがドコートニイの隠れ家へのわかりやすい道を教えに書斎からもどってきたとき、彼はそれが間違っていなかったことを知った。

「なんともないのがふしぎなくらいだ」テイトがささやいた。

「あんたはありったけのTP波長《テレパシー》で、血に飢えた思考を放射してるぞ。ドコートニイはこの家にいる。ひとりきりでな。召使いはいない。マリアがいいつけた二人のボディガードだけだ。@《アト》キンズのいったとおりだ。彼の病状はひどい……」

「くそくらえ。おれがなおしてやる。で、どこだ?」

「西のアーチをくぐって、右に曲がる。二階へあがって、渡り廊下をとおったところで、また右。画廊がある。『ルクレチアの凌辱《りょうじょく》』と『サビニの女たちの略奪』のあいだのドアだ……」

「象徴的だな」

「ドアをあける。階段をあがると控えの間だ。ボディガードがふたりいる。ドコートニイは中だ。そこは、マリアの祖父が造った古い新婚の間だ」

「はっ! またあの部屋を使うのか。よし、血まみれの結婚式をあげてやる。おれはヘマはやらんぞ、ガス。失敗なんか考えるな」

〈金ピカの死体《ほとけ》〉が客の注意を自分に向けようとしていた。ピンクの照明の下、ふたつの噴水のあいだの壇に立った彼女の肌は紅潮し、汗でてらてらと輝いていた。マリアは手をたたいて、みなを静かにさせた。汗ばんだ手が打ちあわされるたびに、その谺《こだま》はライクの耳に〝死、死、死〟という音となって響いた。

「みなさん! みなさん! みなさん!」マリアは叫んだ。

「これからとってもおもしろいことがはじまります。あたしたちみんなでするとってもおもしろい遊びです」客たちのあいだから低い呻き声が起こった。酔っぱらった声が叫んだ——「旅行の邪魔をしないでくれ！」

大笑いの中で、マリアがいった。「お行儀のわるい人ばかり。でも、がっかりするのは、まだ早いのよ。とってもすてきな昔のゲームです。まっ暗闇の中でするんですよ」

頭上の明かりが薄れ、消えると、一同は元気を取りもどした。壇はまだ輝いていた。光の中で、マリアはぼろぼろの本を取りだした。ライクが贈ったものだ。

（緊張と……）

慣れない活字に目をぱちくりさせながら、マリアはゆっくりとページをめくっていった。

（窮境と……）

「それは」とマリアが大声でいった。「〈サーディン〉というゲームです。かわいらしい名前でしょ？」

（餌《えさ》を呑んだ。とうとう釣針にかかった。三分したら、おれは消えよう）ライクはポケットをまさぐった。拳銃。ロードプシン。（緊張と窮境と紛糾のはじまりや）

「ゲームに参加する人たちの中から」マリアは読みはじめた。「ひとりを選びます。それはあたしね。明かりを全部消して、その人はこの家のどこかに隠れます」彼女が説明書に悪戦苦闘しているうちに、ホールは漆黒の闇に包まれた。ただ壇上のピンクの照明だけが灯《とも》っていた。

「こうして〈鰯《サーディン》〉を見つけた順に一個所に集まり、最後の人、つまり負けた人は、闇の中にひとりぼっちで残されるのです」マリアは本を閉じた。「それから、みなさん、負けないようにがんばってね。どうしてかっていうと、わたしたちは、とってもすてきな新しい趣向をこらして、このおかしな昔のゲームをするからです」

壇上の最後の明かりが薄れていく中で、マリアはガウンを脱ぎすてると、空気整形の奇蹟ともいうべき目のさめるようなヌードを一同の前にさらした。

「わたしたちは、こうやって〈サーディン〉をするんです！」マリアは叫んだ。

最後の明かりが消えた。勝ち誇ったような笑いと歓声につづいて、服を脱ぎすてるガサゴソという音がそこかしこでおこった。ときどき、服の裂ける音。かすかな驚きの声。そして、笑声。

ライクの姿はとうとう闇に呑まれた。

こっそりといなくなって、ドコートニィを見つけて殺し、ゲームにもどるまで三十分。エスパー秘書を彼の通り道の外に釘づけにしておく仕事は、テイトが受けもっている。そちらは心配ない。チャーヴィルの息子のことを除けば、計画は完璧だった。そのくらいの賭けはしかたがない。

大広間を横切ると、西のアーチのところで裸の体と押しあった。アーチをくぐって音楽室へ入ると、右に曲がって、階段を手さぐりした。

階段の下で、タコのような腕をからみつけてひきずりおろそうとする、たくさんの裸体を無理やりに押しのけてとおった。彼は階段をのぼっていった。永遠とも思える十七段。そして、手さぐりのまま、ベロアを敷いた狭いトンネルのような渡り廊下をわたった。そのとき、ふいに彼をつかまえた者がいた。ひとりの女が体を押しつけてきた。

「ヘロー、サーディン」耳元でささやき声。そして、肌が彼の服に気づいた。「オウウウ！」叫んだとたんに、胸のポケットにある拳銃の固い外形に触れた。「それ、なあに？」

ライクは女の手をピシャリとたたいてどかした。

「頭を働かせな、サーディン」女はくすくす笑った。「ここから出るんだ」

女を引き離した彼は、渡り廊下のつきあたりにぶちあたって鼻のあたまをすりむいた。右に曲がってドアをあけると、そこは十五メートルほどの奥行きをもったガランとした画廊だった。ここも明かりは消えていたが、紫外線のスポットライトに照らされた冷光性絵具のおかげで、部屋は陰惨な輝きに満ちあふれていた。誰もいない。

青ざめたルクレチアとサビニの女たちのあいだに、磨かれた青銅の赤味を帯びたドアがあった。ライクはその前で立ちどまり、尻ポケットから小さなロードプシン・イオン化剤をとりだすと、親指と人差し指のあいだにその銅の立方体をはさもうとした。手は猛烈に震えていた。怒りと憎しみが、彼の内部でぐつぐつと煮えたぎり、殺人に飢えた欲望は、次々と心の眼に苦悶するドコートニイの姿をうつしだした。

「神さま！」彼は叫んだ。「あいつがしかけたんだ。あいつがおれの喉笛を掻っ切ろうとするんだ。おれは生き残るために闘ってるだけだ」彼は三シラブルと九シラブルの祈りを狂ったように繰りかえした。「おれについててくれ、キリスト様！　きのうも、きょうも、あしたも。おれについててくれ！　おれについててくれ！　おれについててくれ！」

　指の震えがとまった。ロードプシン・カプセルを指にはさむと、青銅のドアを押しあけ、控え室へ通じる九段の階段の前に出た。ライクは、月まで貨幣をはねあげるような勢いで、銅の立方体を親指の爪ではじいた。ロードプシン・カプセルは、控え室へとんでいった。ライクは顔をそむけた。冷たい紫色の閃光。ライクは虎のように階段をかけあがった。ボーモント邸のふたりのボディガードは、はじめ見たとおりベンチにすわっていた。顔の肉はたるみ、視覚は破壊され、時間感覚はなくなっている。

　もし誰かが入ってきて、事がすむ前にボディガードが発見されたら、破壊への道がはじまるのだ。事がすむ前にボディガードが息をふきかえしても、破壊への道がはじまるのだ。なにごとが起ころうと、それが破壊との最後の賭けであることにちがいはなかった。最後の一片の正気をあとに残して、ライクは宝石をちりばめたドアを押しあけ、新婚の間に入った。

5

　そこは、巨大な蘭の内部のように設計された球形の部屋だった。壁はカールした蘭の花弁、床は黄金の萼《がく》、椅子もテーブルもソファーも、みな純金の蘭だった。しかし、部屋そのものは古く、花弁は色あせ、はげかけており、黄金のタイルの床も時代ずれして、モザイクのところどころに亀裂が走っていた。ソファーには、ひとりの老人が横たわっていた。そのしぼんだ、カビのはえたような姿は、枯れた雑草を思わせた。死体のように手足をひろげた男、それがドコートニイなのだった。

　ライクは怒りにまかせて、ドアを力いっぱいしめた。「まだくたばっていないのか、死にそこないめ」怒りが爆発した。「きさまが死ぬわけがないな」

　枯木のような男は、はっとして彼を見つめると、ソファーから必死に起きあがろうとした。表情がくずれて、顔に微笑みがうかんだ。

「まだ生きてたな」ライクは勝ち誇ったように叫んだ。

　ドコートニイは、まるで放蕩《ほうとう》息子を迎えるように手をさしのべると、微笑みながらライクに歩み寄ってきた。警戒心を取りもどすと、ライクはどなった。「きさまは耳がきこえないのか？」

老人は首をふった。

「じゃあ話せよ」ライクは叫んだ。「おれのいうことがわかるくせに、なにもいわない。おれはライクだ。モナーク産業のベン・ライクだ」

微笑をうかべたまま、ドコートニイはうなずいた。口が動いたが、声は出ない。老人の眼に、ふいにきらきらと光る涙がたまった。

「いったいどうしたんだ？　おれはベン・ライクだ。ベン・ライクだ！　おれを知ってるのか？　答えろ」

ドコートニイは首をふると、喉に何回も手をあてた。口がまた動いた。ぜえぜえという音。つづいて、塵《ちり》のようなかすかなかすかな声——

「ベン……ベン……長いあいだ、待っていた。いまは……話せない。わたしの喉……話せない」そして、またライクを抱きしめようとする。

「うわっ！　どけ、うすのろのおいぼれめ」髪を逆立て、殺人の意志を血の中に煮えたぎらせながら、ライクはけだもののようにいまにもとびかからんばかりに、ドコートニイのまわりをまわった。

ドコートニイの口が言葉をつくった。「ベン……」

「おれが来たわけを知ってるな？　いったいきさまはなにをする気だ？　おれと寝ようとでもいうのか？」ライクは笑った。「ずるがしこい老いぼれの淫売屋め。きさまの甘言に、おれが軟化するとでも思ってるのか？」平手打ちがとんだ。老人はよろめくと、傷口のような蘭の椅子にへたりこんだ。

「聞けよ——」ライクはドコートニイにつきまとい、彼の前に立ちはだかった。そして、支離滅裂にどなりはじめた。

「おれはこの殺しを何年も考えていた。きさまはユダの接吻《せっぷん》で、おれからなにもかも奪いとろうとするんだ。**殺し**が、もう一方の頬を出すと思うか？　もしそう思うなら、おれを抱きしめろ、殺し屋の兄弟。死に接吻するんだ！　死に愛することを教えてやれ。信心と恥と血を——おお。待て。おれは——」彼は急に黙ると、首に巻かれた狂乱の絞首索をふりおとそうとでもするように頭をふった。

「ベン」恐怖にすくんだ声で、ドコートニイがささやいた。「聞いてくれ、ベン……」

「きさまはこの十年、おれを脅かしつづけてきた。おれたち、モナークとドコートニイが共存できる場はたっぷりあるというのに……。この時空は、おれたちのものなのに。だが、あんたはおれの血がほしかった。そうだな？　おれの心臓。おれの腹わたを、そのきたない手にほしかったんだ。〈顔なし男〉め！」

ドコートニイはうろたえたように首をふった。「ちがう、ベン。ちがう……」

「おれをベンなんて呼ぶな。きさまの友だちなんかじゃない。先週、おれはきれいに事をおさめようと、きさまにもういちどチャンスを与えてやった。おれが、このベン・ライクがだ。きさまに休戦を願い出たんだ。平和を懇願したんだ。合併を。おれは泣き叫ぶ女みたいに物乞いした。親父が生きていたら、おれに唾を吐きかけただろう。どの闘いのときも、親父は軽蔑の目でおれの顔がまっ黒になるまでたたきのめしただろう。だが、おれは平和を請うた。そうだろ？　え？　そうじゃなかったか？」ライクは荒々しくドコートニイをこづいた。

「答えろ」

ドコートニイは顔を蒼白にして、ライクを凝視していた。やがて彼はやっと聞こえるくらいの声でいった。「そうだ。それを読んで……わたしは承諾した」

「きさまがどうしたって？」

「承諾した。何年も待っていた。わたしは承諾した」

「承諾しただと！」

ドコートニイはうなずいた。唇が文字を作った。「ＷＷＨＧ」

「なんだって？　ＷＷＨＧ？　承諾？」

老人はふたたびうなずいた。

ライクは狂ったように笑った。「うすのろの老いぼれのうそつきめ。それは拒絶だ。拒否だ。却下だ。戦争だ」

「ちがう、ベン。ちがう……」

ライクは手を伸ばすと、ドコートニイのえりもとをつかまえてひっぱりあげた。老人の体はいまにもこわれそうにかるかった。しかし、その重みがライクの腕に苦痛を与えた。老いた皮膚に触れているライクの指は、灼けつくようだった。

「戦争なんだな？　え？　死なんだな？」

ドコートニイは首をふり、彼に身ぶりで知らせようとする。

「合併はしない。平和はくそくらえ。死だ。そっちをとったんだな？」

「ベン……ちがう」

「降参するか？」

「する」ドコートニイはかすれた声でいった。「イエスだ、ベン。イエスだ」

「うそだ。うすのろの老いぼれのうそつき野郎」ライクは笑った。「きさまは危険だ。おれにはわかる。保護擬態というやつだ。それがきさまの手なんだ。きさまはうすのろを装って、のんびりとおれたちを罠にかけるんだ。だが、おれはちがう。その手にはのらん」

「ベン、わたしは……敵ではない」

「そうさ」ライクは唾を吐いた。「くたばってるんだから、敵であるわけがない。おれがこの蘭の棺桶に入ったときに、きさまは死んだんだ。〈顔なし男〉！　おれがこのあいだ悲鳴をあげたのが聞こえたか？　きさまもこれで永遠のおわりだ！」

ライクは胸ポケットから拳銃を抜いた、飾り鋲に触れる。それは真紅の鋼鉄の花のようにひらいた。武器を見た瞬間、ドコートニイのかすかな呻き声がとまった。老人は恐怖におののきながらあとずさりした。ライクはそれをつかまえると、力まかせにおさえた。ライクの腕の中で、老人は身悶《みもだ》えた。涙に濡れた眼はどんよりとくもり、その顔はしきりと憐れみを請うた。ライクはつかんでいた手をドコートニイの細い首に移すと、正面を向くようにそれをねじまげた。トリックを成功させるためには、あいた口に拳銃を射ちこまなければならないのだ。

その瞬間、蘭の花弁のひとつがひらいた。とびこんできたのは、ほとんど裸同様の娘だった。驚きの劫火の中に、彼女の背後にある廊下が見えた。寝室のドアが、その奥でひらいていた。その娘は、あわてて肩にかけてきたらしい霜のような絹のガウンのほかには、なにも着ていなかった。風に舞う金色の髪、大きく見ひらかれた黒い瞳……野性の美の一瞬の閃《ひらめ》き。

「おとうさま！」彼女は叫んだ。「まあ、なんということを！　おとうさま！」

彼女はドコートニイにかけよろうとした。ライクは急いで体の向きを変え、老人をつかんだ手をゆるめようともせず、ふたりのあいだに立ちはだかった。娘は立ちどまると、あとずさりして、叫びながらライクの左にまわろうとした。ライクもくるりと体をまわすと、短剣で憎々しげに彼女に切りつけた。彼女はかわしたが、ソファーにつまずいてしまった。ライクは短剣のきっ先を老人の歯のあいだに入れると、無理やりに口をあけさせた。

「いけません！」彼女が叫んだ。「いけません！　おねがいですから！　ああ、おとうさま！」

彼女はよろめきながらソファーをまわると、また父親にかけよろうとした。ライクはドコートニイの口に銃口を押しこむと、引金をひいた。こもったような爆発音が聞こえ、ドコートニイの後頭部から血潮がほとばしった。ライクは死体から手を離すと、娘にとびかかった。彼は、悲鳴をあげ、抵抗する彼女をつかまえた。

は、娘をはなしてしまった。彼女はへたへたとくずおれると、死体に這っていった。悲しみに呻きながら、彼女は父親の口に押しこまれたままになっていた拳銃をつかみとった。そして、まだひくひくと動いている死体にかがみこむと、身動きもせず、黙ってその蠟のような顔をのぞきこんだ。

ライクはあえぎながら、苦しそうに両拳《こぶし》を打ちあわせた。耳なりがおさまると、彼は理性を取りもどそうと努力しながら、計画を急遽変更して娘に襲いかかった。目撃者がいようとは思ってもいなかったのである。誰も娘のことはいわなかったからだ。テイトのくそったれめ！　この娘も殺さねばならない。だが——

彼女はふりむくと、肩越しに射るような恐怖の視線を向けた。そしてまた、金色の髪と黒い瞳と黒い眉と野性の美の一瞬の閃き。彼女はふいにとびおきると、ライクのうろたえた手をふりきって、宝石をちりばめたドアに走っていった。彼女はドアをあけて、控えの間にとびこんだ。ゆっくりとしまるドアの隙間からベンチにのびているふたりのボディガードと、拳銃を……破壊を持って、音もなく階段をかけおりていく彼女の姿が見えた。

ライクも走りだした。かたまっていた血が、ふたたび血管の中で脈打ちはじめた。三歩でドアにとびつくと通り抜け、画廊めがけて階段をとびおりた。中は空《から》っぽだったが、陸橋へ通じるドアがしまりかけているのが見えた。まだ物音ひとつ聞こえてこない。彼女の悲鳴で屋敷がひっくりかえるのはいつだろう？

画廊を走りぬけると、渡り廊下に入った。中はまだまっ暗だった。ライクは暗闇の中を手さぐりで音楽室へ出る階段の手前までやってきた。そこで、もういちど立ちどまった。まだなにも聞こえない。警報も。

階段をおりていく。沈黙した闇が恐怖を呼びさました。なぜ悲鳴をあげないのだ？　どこにいるのだ？　西のアーチへむかったライクは、噴水のひそやかな水の音が聞こえる大広間の入口に来たことを知った。どこにいるのだ？　このまっ暗な沈黙のどこに隠れているのだ？　あの拳銃《ガン》！　ちくしょう！　あの仕掛けをした拳銃《ガン》！

一本の手が彼の腕に触れた。ライクは驚いて手を引いた。テイトがささやいた。「ずっとそばにいたんだ。終わるまでにちょうど——」

「ばかやろう！」怒りが爆発した。「娘がいたぞ。きさまはなぜ——」

「静かに」テイトが制した。「透視するからちょっと待て」燃えるような十五秒の沈黙がすぎると、彼はふるえだした。

「ああ、なんということだ。なんという……」

テイトの恐怖が触媒となって、彼は自制心を取りもどした。彼はふたたび考えはじめた。

「だまれ」とどなる。「まだ破壊じゃない」

「女を殺さなきゃだめだ、ライク。女を——」

「だまれ。まず見つけるんだ。この屋敷のどこかだ。パターンはおれの脳にある。さがすんだ。おれは噴水のところで待っている。急げ！」

ライクはテイトを放りだすと、よろめきながら噴水へむかった。碧玉《へきぎょく》のへりにかがみこんで彼は燃えるような顔を冷やした。水はブルゴーニュワインだった。プールの反対側から聞こえるかすかな水音を無視して、ライクは顔を拭いた。ひとりかそれ以上なのかはわからないが、誰かがワインの中で沐浴しているのだ。

彼はすばやく考えをめぐらした。娘を見つけて殺すことには一も二もない。テイトが見つけたとき、まだ銃を持っていたら、それが役にたつ。もし、そうでなかったら？　どうするのだ？　絞め殺すか？　ちがう……噴水だ。絹のガウンの下はすっぱだかだった。それを脱がせて、溺れさせる……ワインの中に長くいすぎた客という役まわりだ。だが、早く事を運ばなくてはいけない……早く……早く……あのあほくさい〈サーディン〉が終わってしまったらおしまいだ。テイトはどこなんだ？　それに、女は？

テイトは闇の中を手さぐりでやってきた。ぜえぜえとあえぐ音が聞こえる。

「どうだ？」

「消えた」

「まださがしたりないぞ。もし裏切る気なら――」

「誰が裏切る？　わたしだって、あんたと同じ穴のムジナだ。消えたんだ」

「それに気づいたやつはいないか？」

「いない」

「くそ！　屋敷を出たな！」

「われわれも出たほうがいい」

「そうだ。だが、慌ててはだめだ。ここを出たら、今夜ひと晩はさがせる。だが、出るときは、知らん顔をきめこむんだ。〈金ピカの死体《ほとけ》〉はどこにいる？」

「映写室だ」

「ショウでも見てるのか？」

「いや。まだ〈サーディン〉をやってる。缶詰の中の魚みたいに押しくりあいをやってるよ。ふらふらしているのは、もうほとんどいない」

「〝闇の中にひとりぼっちで残されるのです〟ってやつか？　来い」

彼はテイトの震える肘をとると、映写室へむかった。歩きながら、哀れっぽい声で呼ぶ。

「おおい……みんなどこなんだ？　マリア？　マアリイアアア！　みんなどこにいるんだ？」

テイトがヒステリックにすすり泣きをはじめた。ライクは荒っぽくテイトをゆすった。

「じたばたするな！　五分でここを出られる。そうしたら心配をはじめろ」

「だが、ここで動けなくなったら、女もつかまらない。ふたりとも――」

「そんなことはない。ＡＢＣだ、ガス。図太く《オーダシアス》、勇気《ブレイブ》をだして、自信たっぷり《コンフィデント》にやるんだ」

ライクは映写室のドアを押しあけた。ここも暗いことには変わりなかった。だが、たくさんの人間の放射する熱。「おおい」彼は叫んだ。

「みんなどこだ？　おれはひとりぼっちなんだ」

答えはない。

「マリア。暗闇の中でひとりぼっちなんだ」

くぐもったつぶやき。そして、爆笑。

「ダーリン、ダーリン、ダーリン！」マリアが叫んだ。「とってもおもしろかったのに、かわいそうな人」

「どこなんだ、マリア？　お別れに来たんだよ」

「まあ、いま帰るなんてひどいわ」

「すまない。だが、もう遅いぜ。あした、友だちをひとりペテンにかけないといけないんだ。どこなんだ、マリア？」

「ステージにあがってらっしゃいよ、ダーリン」

廊下を通っていくと、階段があった。ライクは舞台にあがった。背中に映写球の冷たい表面が触れた。誰かの声が叫んだ。「よし。いたぞ。明かりだ！」

白色の光が球から溢れでて、ライクの眼をくらませた。ステージの周囲の椅子にかけていた客たちは、いっせいに大笑いしようとした。だが、それは失望のどよめきにかわった。

「まあ、ベン。だましたのね」マリアが嬌声《きょうせい》をあげた。「まだ服を着てる。ずるいわ。みんな神さまがおつくりになったままでつかまえっこしたのに」

「いつかしよう、マリア」ライクは手をのばすと、優雅に別れの礼をしようとした。「敬愛するマダム。ここにわたくしめは慎んで――」彼は驚いて言葉をきった。カフスのきらきら光る白いレースに、赤いしみが現われたのだ。

麻痺したような沈黙のなかで、それは二つ三つと数を増した。手をどけると、前のステージに赤い液体がとびちった。やがてそれは、ゆっくりした、絶えまない、輝く真紅のしたたりとなっていった。

「血だわ！」マリアが悲鳴をあげた。「血よ！　誰かが上で血を流してる。おねがい、ベン……行っちゃいや。明かり！　明かり！　明かり！」

6

午前〇時三〇分、分署からの連絡を受け、非常パトロールがボーモント邸に到着した。「GZ。ボーモント、YLP―R」翻訳すると、「公園《パーク》南九、ボーモント邸より、違法行為発生の通報あり」

〇時四〇分、パトロールの報告を聞いて、公園分署の警部も到着。「犯罪行為。AAA級重罪の疑いあり」

一時〇〇分、リンカーン・パウエルもボーモント邸に着いた。一人の警視のひどく興奮した、こんな呼びだしを受けたからだった。

「確かに、三《トリプル》A級重罪ですよ。誓ってもいいです。息がとまっちまいました。喜べばいいのか、こわがればいいのか、見当もつかない。だけど、少なくとも、お手あげだってことはいえますね」

「なにがお手あげだって?」

「いいですか? 殺しはアブノーマルなんですよ。歪んだTP《テレパシー》パターンでなければ、暴力で人を殺せない。そうでしょう?」

「そうだ」

「だから、ここ七十年以上も、三《トリプル》Aが成功したためしがないんです。いまでは、殺しの計画を練りながら、歪んだパターンをしょってあるいてて、見破られないやつなんかいやしません。頭を三つ持ってるのと同じですよ。実行に移すまえに、必ず、あなたたちエスパーが見つけてしまう」

「そうしようと努めてる……コンタクトできさえすればね」

「それに近ごろでは、隠れるにも、エスパーが多すぎます。隠者にでもならないかぎり、ま、無理でしょう。だが、隠者がどうやって殺しをやります？」

「やれない」

「ところが、周到に計画されたらしい殺人が、ここに発生しました……それも、誰にも気づかれずに。犯人を見破った者すらいません。マリア・ボーモントのエスパー秘書でもです。とすると、殺人者にはべつに変わったところはなかったということになります。そいつは、ふつうのパターンを持ってて、しかも、殺しをやるほどアブノーマルなんですよ。このパラドックスをどうやって解決します？」

「そうか。で、見通しは？」

「かたづけなくてはならない問題が、いくつか出てきました。一つ、ドコートニイ殺害の凶器がわかりません。二つ、彼の娘が失踪しています。三つ、ドコートニイの護衛が一時間意識を失っていたのですが、その手口がつかめません。四つ——」

「それ以上、数えなくてもいい。すぐ行く」

ボーモント邸の大広間は、強烈な照明で輝いていた。制服の警官たちは、いたるところにいた。白い上っぱりを着た鑑識官たちが、カブトムシのようにあちこちをかけまわっている。広間の中央では、（服を着た）客たちが数人の警官に囲まれて、解体処理を待つおびえた牛みたいに寄り集まっていた。

白と黒のペン画のような、長身のすらりとしたパウエルの姿が、東側の斜道《ランプ》に現われると、敵意の波が彼を迎えた。彼は急いで、警視2、$《ジャク》スン・ベックに問いかけた。《情況はどうだ、ジャックス》

《盗視妨害《スクランブル》してください》

変化させたイメージと逆の意味と秘密の記号を用いた非公式の暗号に切りかえて、ベックはつづけた。《エスパーがいます。気をつけてください》彼は一秒足らずで、パウエルにいままでの経過を説明した。

《わかった。上出来だ。みんなフロアにかたまってなにをしてるんだ？　たくらんだのは、きみか？》

《善玉悪玉ごっこですよ》

《必要なのか？》

《腐りきった連中です。あまやかされて、落ちるところまで落ちています。協力なんかしませんよ。あの連中からなにか引きだすには、うまくおだてあげなければだめです。今夜はこの手でいくにかぎると思いますね。わたしが悪玉になります。あなたが善玉をやってください》

《わかった。よし。記録をとってくれ》

坂の途中まで来て、パウエルはとまった。ユーモアが消えた。深く澄んだ瞳から、親しみも消えた。代わりに、驚きと怒りが顔に現われた。

「ベック」彼はピシッといった。その声は谺《こだま》となって大広間にとびちった。死んだような静けさ。どの眼も、彼のほうを見た。

ベック警視はパウエルに向いた。荒々しい声で、彼はいった。「なんですか？」

「担当はきみかね、ベック？」

「そうです」

「じゃ、きくが、これが捜査の正しいやりかたかね？　無実の人々を家畜のように見張るというのは？」

「無実ではありません」ベックはどなった。「殺人が行なわれたのです」

「ベック、この家にいる人々は、みな無実だ。真実が明らかになるまでは、全員が無実として、丁重に扱われるのだ」

「なんですって？」ベックは嘲けるようにいった。「この嘘つきどもを？　丁重に？　この腐りきった、けがらわしい、お高いハイエナどもを……」

「よしたまえ！　すぐ詫《わ》びるんだ」

ベックは大きく息を吸うと、拳を握りしめた。

「ベック警視、聞こえたのか？　紳士淑女のかたがたに、すぐにあやまるんだ」

ベックはパウエルをにらむと、こちらを見つめている客たちのほうを向いた。「まことに失礼しました」彼はぶつぶつといった。

「ベック、警告しておくぞ」パウエルがたたきつけるようにいった。「もしこんなことが二度と起こったら、きさまを免職させる。きさまが這いだしてきたドブの中へ、もういちどつき落としてやるからな。さっさと消えろ」

パウエルは大広間へおりると、客たちに笑顔を向けた。突然、彼は再び変貌した。その態度は、客たちに、彼が真に彼らの味方であるようなほのかな暗示をあたえた。その言葉には、上流社会の頽廃《たいはい》さえかすかに現われていた。

「みなさん。もちろんわたくしは、あなたがたのお顔を存じあげております。こちらは、それほど有名ではございませんので、まずは自己紹介を。ニューヨーク市警心理捜査局総監、リンカーン・パウエルともうします。心理捜査局だの総監だの、まったく古めかしい肩書きですな。こんなものは気になさらないでいただきたい」彼は片手を伸ばして、マリア・ボーモントに近づいた。

「マダム・マリア、あなたのすばらしいパーティに、なんというはなばなしいクライマックスでしょう。あなたがたが、ねたましくさえ思えます。歴史の一ページをかざる大事件です」

嬉しそうなざわめきが、客たちのあいだにひろがった。さっきよりも薄れていた敵意は、これでほとんど感じとれないほどになった。マリアはうっとりとしたようにパウエルの手をとると、機械的に身づくろいをはじめた。

「マダム……」彼は父親のような愛情をこめて、彼女の額にキスし、彼女を喜ばせ、当惑させた。「不愉快な目にはあいませんでしたか？　制服を着た連中は礼儀知らずばかりで」

「総監さん……」マリアは彼の腕にしがみつく小娘だった。「とってもこわかったわ」

「みなさんが楽になられて、この惨憺《さんたん》たる経験に耐えられるような静かな部屋が、どこかにありませんか？」

「そうそう。書斎があるわ、パウエル総監さん」舌がもつれはじめている。

パウエルはうしろにむかって、指を鳴らした。進み出た警部に、「マダムとお客さまたちを書斎に案内してくれ。見張りは必要ない。プライバシーを侵害しないように」

「ミスタ・パウエル……」警部がせきばらいした。「マダムのお客さまのことですが。犯行の通報があってから、また一人到着しました。弁護士の¼《クオーター》メン氏です」

パウエルは客の中から、弁護士2、¼《クオーター》メンをさがしだして、テレパシーで挨拶した。

《ジョー！》

《よお》

《どうしてこんな騒ぎにとびこんだんだ？》

《仕事さ。お得（ベン・ライク）意さんに呼ばれてね》
《あの悪党に？　怪しいぞ。ライクといっしょに残ってくれ。ひととおり調べる》
《ベックとやったあのお芝居、たいしたもんじゃないか》
《おい。おれたちの盗視妨害《スクランブル》を見破ったのか？》
《いや。だが、ご両人を知ってるからね。おりこうさんのジャックスが、横暴な警官役をやるには、なにかわけがあるはずさ》
大広間のむこうで渋面をつくっていたベックが、割って入った。《ジョー、ばらすんじゃないぞ》
《このわたしが？》¼《クオーター》メンは、ギルドの神聖な倫理をどれひとつとしておかしてはいけないと念を押されたときのような反応を示した。彼の思考が放射する爆発的な怒りに、ベックはにやりと笑った。
そのわずかの間に、パウエルはもういちどマリアのひたいに、つつましい、心をこめたキスをすると、彼女の震える抱擁から、そっと身を引き離した。
「みなさん、どうぞ書斎でお待ちください」
警部に引率されて、客たちは動きだした。彼らはもう、夢中になっておしゃべりをはじめていた。事件はかつてない新形式の娯楽になりそうなのだ。パウエルは、その話し声と笑い声の中に、何者も寄せつけない、硬化した感応遮蔽があることに気づいた。彼はその主を知って、あからさまな驚きを示した。

《ガス！　ガス・テイト！》
《やあ。こんちは、パウエル》
《あんたなのか？　こそこそ隠れて、こっちをうかがってるのは》
《ガス？》ベックが、ひょっと入った。《ここに？　わたしは、ぜんぜん気がつかなかった》
《あんたは、いったいなんで隠れてるんだ？》
混沌とした返答。怒りと失望と、名声が失われることへの恐れと、自己憐憫と恥辱と――
《黙りたまえ、ガス。あんたのパターンは、フィードバックで右往左往してる。ちっとやそっとのスキャンダルで、あんたの生活がどうなることもないさ。それで、すこしは人間らしくなる。ここにいて、助けてくれ。もう一人、一級がいりそうなんだ。どうやら、こいつは三《トリプル》Aくさいからな》

大広間に人影がなくなると、パウエルは、彼といっしょに残った三人の男を観察した。ジョー・¼《クオーター》メンは、どっしりした男。毛深い、たくましい体に、てらてら光る禿頭と、人なつっこそうな大作りな顔がのっかっている。小男のテイトは、神経質にもぞもぞと身じろぎをしていた……それがいつもよりかなり目立つ。

そして、悪名高いベン・ライク。この男に会うのは、パウエルもはじめてだった。長身で、肩幅が広く、断固とした面《つら》がまえ。魅力と権力を目もくらむばかりに発散している。権力の中には、やさしさもあった。しかし、それは長年の専制によって腐食されていた。そして、澄んだ、鋭い二つの眼。しかし、その口は、不自然に小さく、感受性が強そうで、奇妙にも顔にできた傷跡を思わせる。磁石のように人を惹きつける男ではあるが、その思考の内部には、パウエルをはげしく反発させる得体の知れないものがあった。

彼はライクに微笑をおくった。ライクが微笑をかえした。どちらともなく、二人は手をのばした。

「ライク、だれにでもこんなふうに気やすく接するのかい?」

「それが成功の秘訣さ」ライクはにやりと笑った。パウエルのいった意味がわかったのだ。二人は完全に気ごころが通じあっていた。

「じゃ、ぼくがあんたにいかれちまったことを、ほかの客たちに知られないようにしてくれ。なれあいだと思われると困る」

「その心配はないさ。パウエル、あんたはみんなを一杯くわせられる。一人一人がみんな、あんたとなれあいだと信じこむだろう」

二人はまた微笑した。予想もしなかった屈化性が、おたがいを惹きつけたのだ。むろん危険なことだ。パウエルはそれをふり払うため、¼《クオーター》メンに向いた。「さて、ジョー?」

《透視のことだが、リンク……》

「ライクにもわかるように、言葉でやってくれ」パウエルがさえぎった。「公明正大にやろう」

「法定代理人になるように、ライクに呼ばれてきたんだ。リンク、TP《テレパシー》はおことわりだ。正常人《ノーマル》にもわかるようにやってほしい。それを確かめるのが、わたしの仕事だ。どの捜査にも、みんな立ちあう」

「透視にまで口出ししてもらいたくないな、ジョー。きみにその権限はない。真相がわかるまで、とことん――」

「しかし、参考人の承諾がいる。オーケイかどうかをおまえさんに伝えるのも、わたしの仕事だ」

パウエルはライクに向いた。「事件のはじまりは？」

「まだ知らないのか？」

「あなたの口からききたいんだ」

ジョー・¼《クオーター》メンが大声でいった。「なぜ特別にライクを選ぶ？」

「なぜ、こんなに急いで弁護士を呼んだのかききたくてね。この事件にかかわりあいがあるんじゃないか？」

「かかわりあいは、どっさりあるさ」ライクがにやりと笑った。「モナーク産業をやってくには、秘密が山ほどいる」

「だが、その中に殺しはないだろうね？」

《よせったら、リンク！》

《ジョー、やたらに遮蔽するのはやめてくれ。この男が好きだから、ちょっとのぞいたん

だ》

《それもいいが、わたしのいないときにしてもらいたいね》

「あなたを好きになったというのに、ジョーはそれがお気に召さないらしい」パウエルはライクに微笑した。「弁護士を呼ばなければよかったのに。あんたが信用できなくなる」

「それは警官の職業病というんじゃないか？」ライクは笑った。

「いや」〈うそつき〉エイブが、あとをうけた。「あなたは信じないだろうが、警官の職業病というのは、きき手に出てくるんだ。右ききとか、左ききとかいうのにね。警官というのは、不思議なことに、たいていきき手がかわってしまう。ぼくは生まれつき左ききだったんだが、パースンズ事件のとき――」

不意にパウエルは、言葉をきって、うそを喉の奥に押しこんだ。彼は魅了された聴衆に背を向けて二歩さがると、大きなため息をついた。ふたたび振りかえったとき、〈うそつきエイブ〉はその顔のどこにも見えなかった。

「それはともかくとして、マリアと客たちが、あなたの袖に落ちてきた血を見てからのことを話してほしいな」

ライクは袖の血痕に眼を落とした。「マリアが人殺しだ人殺しだとどなるので、われわれは二階の〈蘭の間〉にかけあがった」

「暗闇でどうして道がわかった？」

「明るかったよ。マリアが明かりをつけろとどなったから」

「明かりがついてたというだけで、部屋はかんたんに見つかったのか?」

ライクは不気味な笑いをうかべた。「おれが見つけたんじゃない。秘密の部屋だからな。マリアが案内したのさ」

「ボディガードもいたんだろう……気絶かなにかしていたのかな?」

「そんなものだ。死んでるみたいに見えた」

「ぜんぜん動かずにか、ええ? 筋肉もなにも?」

「おれは知らんよ」

「そうだろう」パウエルは厳しい眼をライクに注いだ。「ドコートニイはどうだった?」

「死んでるみたいだった。ところが、そのとおりだったんだ」

「で、みんなはまわりにつっ立ってたわけか?」

「いや、もうひとつの部屋に行ったやつもいた。娘をさがしにな」

「それがバーバラ・ドコートニイか。誰もドコートニイと彼の娘が、この屋敷に泊っていることを知らなかったんだろう? どうしてさがしにいった?」

「知らなかったさ。マリアが言ったんでさがしたんだ」

「いなかったので驚いただろうね?」

「驚いたなんてもんじゃない」

「どこに行ったか見当はつかないか?」

「親父を殺して逃げたんだろうって、マリアはいってたな」

「それをあんたは信じるのか？」
「さあね。なにもかもが気ちがいじみてる。なんにもいわずに屋敷を抜けだして、はだかで街中《まちなか》を逃げてくんだから、親父の頭の皮ぐらい持っててておかしくないさ」
「背景と、細かい点を透視したいんだが、お許しいただけるかな？」
「弁護士にきいてくれ」
「答えはノーだ」1/4《クオーター》メンがいった。「誰でも自分の権利を侵害することなく、エスパーの訊問を拒否できると、憲法に定められている。ライクは、拒否している」
「それで、こちらの糸は絶たれたというわけか」パウエルはため息をつくと、肩をすくめた。
「よし、捜査をはじめよう」
彼らは向きを変えると、書斎へむかった。大広間のはずれから、ベックが盗視妨害の暗号で問いかけた。《なぜ、ライクのいうなりになってるんですか、リンク？》
《そんないうなりになっていたか？》
《そうですよ。あの悪党は、あなたの鼻先でせせら笑ってます》
《ジャックス、ナイフを研いでおいたほうがいいぞ。あの悪党は、もう破壊の一歩手前だ》
《ええ？》
《彼のごまかしの中に、穴がひとつあったのに気がつかなかったか？ ライクは娘がいることを知らなかった。これは誰も知らなかったことだ。だから、ライクは彼女の姿を見ることはできない。ほかの連中も同様。それでも、殺しが失踪の直接原因だということはできる。

これは誰だっていえるさ。だが、彼女がはだかだったことを、ライクはどうして知ってたんだ？》

一瞬、唖然としたような沈黙。そして、西のアーチをくぐって書斎へ入ろうとするパウエルの背に、熱烈な称讃のパターンがおくられてきた。《脱帽です、リンク。完全に脱帽です》

ボーモント邸の〝書斎〟は、浴場《ハンマーム》のあった場所に構築されていた。床は、ヒヤシンス石と尖晶石と日長石のモザイク。金線の網目の入った壁は、埋めこまれた合成貴石できらめいている……ルビー、エメラルド・ガーネット、貴橄欖石《きかんらんせき》、紫水晶、トパーズ……そのひとつひとつに、マリアのさまざまな肖像画が内蔵されていた。ほかに、何枚かの小型絨緞、椅子とソファが数脚。

パウエルは部屋に入ると、ライク、テイト、¼《クオーター》メンを残して中央にまっすぐ進んだ。雑談がやんだ。マリアが立ちあがりかけたが、パウエルは、そのままに、と合図した。彼は快楽主義者たちの集団心理を推しはかり、使うべき戦術を検討しながら、周囲を見まわしていたが、やがて口をひらいた。

「法律というのは、死に対して不必要なバカ騒ぎをやらかすものですな。毎日、何千人という人間が死んでいるというのに、たまたまエネルギーと冒険心を持った誰かが、お年寄りのドコートニイの冥土行きに手を貸したりすれば、たちまち法律はその人間を民衆の敵と断定してしまう。わたくし個人としては、じつにばからしいと思いますね。おっと、こんなことをわたくしに聞いたなんて、くれぐれもおっしゃらないように」

　彼はそこで言葉をきると、タバコに火をつけた。「わたくしがエスパーであることは、むろん、あなたがたもご承知でしょう。それを不愉快に思われているかたもいるかもしれません。ここに、怪物みたいにつっ立って、あなたがたの心の奥底まで見すかしてるんじゃないか。そのことですが……たとえ、わたくしにそれができたとしても、ジョー・1/4《クォーター》メンの許可を得なければならないのです。正直いって、それができるようなら、わたくしはこんなところにおりませんよ。神同様になって、宇宙を支配しているはずです。わたくしが神に似ているとおっしゃったかたは、まだないようですが……」

　かすかな笑声。パウエルも愛想よく笑って、あとをつづけた。

「実をいうと、集団透視のできるエスパーはいないのです。一人でも透視するのはたいへんなのに、ＴＰ《テレパシー》パターンが一ダースも集まってイメージを混乱させたら、不可能にきまっています。しかも、相手があなたがたのようにユニークで、独立した個性を持っておられるかたときては、わたくしたちにも手のうちようはありません」

「そのうえ、このわたくしには魅力があるんだそうだ」ライクが小声でいった。

「今夜」と、パウエルはつづけた。「〈サーディン〉というゲームをやっておられたのでしたね。マダム、わたくしも招待していただきたかった。今後、お見知りおきを……」

「もちろんですわ」マリアはいった。「必ずお招びしましてよ、総監さん……」

「そのゲームのあいだに、ドコートニィは殺されました。それがあらかじめ計画されたものであると、わたくしたちは考えています。鑑識の結果がでたら、はっきりするでしょう。いま、それを仮りに三《トリプル》A級の重罪だとします。すると、もうひとつゲームを楽しむことができますよ……〝殺人《マーダー》〟というゲームをね」

客たちは、あいまいな返事をした。パウエルはなにげない調子で、この七十年間に起こったもっともショッキングな事件を、非現実のころもで注意ぶかく包みながら、先をつづけた。

「〝殺人《マーダー》〟というゲームでは、一人が仮りに殺される役にまわります。仮りの探偵は、仮りの加害者を見つけなくてはなりません。探偵は、仮りの容疑者をつぎつぎと訊問します。うそが許されるのは犯人だけで、ほかはみんな真実を話さなければなりません。探偵は容疑者たちの話を総合し、うそをついている人間を推論して、加害者を見つけだすのです。おもしろいゲームだと思いますがね」

声。「どこが？」

別の声。「おれはただの見物人がいいな」

大笑い。

パウエルも微笑した。「殺人の捜査には、犯行の三つの局面が対象になります。その一、動機。その二、手段。その三、機会、です。二、三は、鑑識課の人間が受け持ちます。一は、わたくしたちがゲームの中で見つけるわけです。もし見つかれば、鑑識官がいまのところまごついているあとの二つの問題も解決してしまいます。彼らにも、ドコートニィを殺した図器が見当もつかないのを知っていましたか？　ドコートニィの娘が失踪したのを知っていましたか？　彼女は、あなたがたが〈サーディン〉をしているあいだにいなくなりました。それから、ドコートニィのボディガードが原因不明の失神を起こしたのを知ってましたか？　そのとおりなんです。だれかが、丸一時間、彼らから時間を奪ったのです。どうしてそんなことが起こったのか知りたいでしょう？」

客たちは、罠のすぐ手前で、息を呑んで、魅入られたように立ちつくしている。細心の注意をこめて、とびかからなくてはならない。

「死、失踪、時間の略奪……それらは動機からすべて割りだせます。わたくしが、仮りの探偵。あなたがたが、仮りの容疑者というわけです。真実を話すだけでいいのです……むろん、犯人は別にして。犯人がうそをつくことは、こちらも予期しています。しかしそれも、テレパシー訊問を許可させていただけるなら、たちまちいけどりにして、このパーティを勝利のうちに終わらせることもできるのです」

「まあ！」マリアが警戒の叫びをあげた。

「マダム。お考えになってください。あなたがたの許可さえいただければいいのです。透視するまでもありません。なぜなら、無実の容疑者たちがみなイエスと答えたなかで、ノーといったのが犯人にきまってるんですから。そうでしょう？　透視されてぐあいのわるいのは、そいつだけです」

「うまくいくかな？」ライクが1/4《クオーター》メンにささやいた。

1/4《クオーター》メンはうなずいた。

「では、ひとつの場面を心に描いてください」パウエルは部屋を舞台に代えて、ドラマを盛りあげようとしていた。「形式的に、わたくしがききます。〝TP訊問《テレパシー》を許可願えますか？〟そして、部屋をひとまわり……」彼はつぎつぎと客たちに礼をしながら、ゆっくりとまわった。「すると、みなさんの返事は……〝イエス……イエス……もちろん……いいとも……どうぞ……イエス……イエス……〟そして突然、劇的な沈黙」パウエルは、気迫をみなぎらせて棒立ちになっているライクの前でとまった。「〝あなた〟と、わたくしは繰りかえす。〝TP訊問を許可願えますか？〟」

催眠術にかかったように、全員が彼を注視した。ライクさえ、突きだされた指とすさまじい表情に、あっけにとられている。

「すると、このかたはためらい、顔を紅潮させ、すぐまた血の気が失せて、まっ青になる。そして、苦しまぎれの拒否。〝ノー！〟……」パウエルはくるっとふりむくと、全員を包みこむように感動的に両手をひろげた。「その息づまるような瞬間、犯人をいけどりにしたことがわかるのです」

それはほとんど成功したかに見えた。ほとんど。むこうみずな、新しい、痛快な冒険。衣服と皮膚の下から突然現われてくる目に見えぬ窓を通って、心の内部へ……しかし、マリアの客たちはしんそこから低劣だった……いつわり……みだら——悪魔。そのときみんなの心のうちから、恥辱が恐怖にかられてうかびあがった。

「やめて！」マリアがかなきり声をあげた。とたんに全員がとびあがって叫んだ。「ノー！ノー！ノー！」

《お見事だったよ、リンク。だが、返事はこのとおりさ。このハイエナどもから動機をさぐりだすのは無理だね》

しかし、敗れたとはいえ、パウエルはまだ魅力を失ってはいない。「たいへん失礼を申しあげました。しかし、考えてみますと、あなたがたを責める気にはなりません。警官を信用するのは、愚か者だけですからね」彼はため息をついた。「口頭で証言をなさりたいかたのためには、わたくしのアシスタントがテープをとります。助言と保護は、1/4《クオーター》メン氏におまかせください」

彼は悲しげに1/4《クオーター》メンをちらっと見た。《それから、ぼくの失敗もな》

《おいおい、そう哀れっぽい言いかたをするなよ、リンク。この七十年間ではじめての三《トリプル》A級の重罪だ。わたしだって出世したいからな。これはいい機会なんだ》

《出世したいのは、こっちだって同じさ、ジョー。もし、ぼくの局で解決できなければ、失職だ》

《どのエスパーだって変わらんよ。リンク、それじゃ、きみの出世に乾杯》

「くそったれめ」パウエルはそういうと、ライクにウィンクして、呑気そうに部屋を出ていった。

蘭形の新婚の間では、鑑識官たちが仕事を終えたところだった。腹をたてているのか、デ・サンティスはむずかしい顔をして、ぶっきらぼうにパウエルに報告書をわたした。そして、うんざりしたようにいった。「こいつはどうしようもないぜ！」

パウエルはドコートニイの死体に目をやった。「自殺の線は？」彼はやりかえした。この男といると、いつもいらいらしてくるのだ。一方、デ・サンティスにはこれ以上の上機嫌はないのだった。

「はっ！　まさかね。武器がない」

「死因は？」

「わからん」

「まだ、わからないのか？　三時間もかかってるのに！」

「わからん」デ・サンティスはやつあたりした。「だから、どうしようもないっていってるんだ」

「だが、死体の頭には通り抜けられるくらいの穴があいてるぜ」

「ああ、わかった、わかった。口蓋垂《こうがいすい》の上部から、泉門《せんもん》の下部へ抜けてる。即死だ。だが凶器は？　やっこさんの頭に、どうやってあんな穴をあけたんだ？　なんでもききな。おこたえするぜ」

「硬い放射線は？」

「火傷がない」

「結晶化は？」

「氷結がない」

「ニトロの蒸気の噴射は？」

「アンモニアのかすがない」

「酸は？」

「傷口が大きすぎる。酸を噴射させると、これに似た穴はできるが、後頭部があんなこなごなにはならない」

「突き刺す武器は？」

「というと、短剣とか、ナイフとかだな？」

「そんなものだ」

「不可能だよ。こんなふうにするには、どれくらい力がいると思う？　できっこない」

「すると……もう、ないじゃないか。いや、まて。発射体は？」

「なんだって？」

「昔の武器だよ。爆薬を使って、弾丸を発射させたんだ。音は大きいし、臭いも強い」

「ま、望みないね」

「どうして」

「どうして？」デ・サンティスは、吐きだすようにいった。

「発射体がないからさ。傷口にもない。部屋の中にもない。どこにもないんだ」

「くそくらえ！」

「同感」

「まるっきり、なにもないのか？　なにも？」

「そうさ。死ぬ前にキャンディを食ってた。口の中にゲルのかけらが見つかった……それから、ふつうのキャンディの包み紙のきれっぱし」

「で？」

「部屋にキャンディはなかった」

「みんな食っちまったんだろう」

「胃にもない。どっちにしても、あんな喉でキャンディは食えないね」

「なぜだ？」

「心因性のガンだよ。悪い。食うはおろか、話すこともできん状態だった」

「くそくらえだ。その武器がどうしてもいる……それがなんにしても」

　パウエルは検証レポートをぱらぱらとめくると、蠟のような死体に視線を落とし、調子はずれの口笛を吹いた。以前、彼は音声書《オーディオ・ブック》で、死人の心を読むエスパーの話を聞いたことがあった……古い伝説にある、相手の姿を焼きつけた死人の網膜のように。それができさえすれば、と彼は思った。

　やがて、大きなため息をつくと、「動機もだめ、手段もだめか。では、機会に最後の望みをかけよう。でないと、ライクに逃げられてしまうからな」

「ライク？　ベン・ライクか？　彼がどうした？」

「それよりも気になるのは、ガス・テイトだ」パウエルはつぶやいた。「ぐるでなければいいが……なに？　ライクのことか？　殺したのはあいつだよ、デ・サンティス。マリア・ボーモントの書斎で、ジョー・¼メンをごまかしたんだ。ライクはへまをやった。こちらの芝居にジョーが惹きつけられているあいだに、それをたしかめた。むろん、公式には通用しないが、これでライクがめざす相手だということは確信できたよ」

「たいしたもんだ！」デ・サンティスは歓声をあげた。

「だが、法廷を納得させるには、まだまだだ。ライクの**破壊**は、まだ遠い先だよ。遠い遠い先のことだ」

憂鬱《ゆううつ》そうな顔で、鑑識課のチーフとわかれたパウエルは、ぶらぶらと控えの間を通り抜けると、捜査本部のある画廊へおりていった。

「それに、おれはあの男が好きなんだ」彼はつぶやいた。

　蘭の間を出たところにある画廊は、臨時の捜査本部となっていた。そこでパウエルはベックと打ち合せをした。二人の思考交換は、TP《テレパシー》会話特有の電撃的なテンポで行なわれ、かっきり三十秒後に終わった。

《ライクの**破壊**は確定だ、ジャックス。答えているうちにやったへまを、マリアの書——

斎でこっそりのぞいて確かめたよ。ベンは、われわれのさがしてる相手だ》

《ボディガードは役にたたないか？》

《なるほど》

《たいした警戒だよ！》

《〈金ピカの死体《ほとけさま》〉がどうやってかなきり声をあげるんだ》

《だが、やったのはライクなんだ》

《でも、証拠がありませんよ、リンク》

《無理ですね。一時間まるっきり記憶をうしなっています。網膜中のロードプシンが破壊されたんだと、デ・サンティスはいってました。視紅素というのです……眼で物を見るときに必要な。彼らが、義務を怠りなく警戒していたのは確かなようです。突然、どっと人びとがとびこんでくるまで、気がつかなかったらしいです。マリアが、職務中に居眠りをしていたといって、かなきり声をあげて……彼らはそんなことはないと否定するんですが》

《あなたは知っていても、ほかは誰も知りませんよ》

《客たちが〈サーディン〉をやってるあいだに、彼はうえにあがったんだ。そして、ボディガードの視紅素をなにかで破壊し、丸一時間を奪った。蘭の間へ入ったあとは、ドコートニイを殺した。そこへ、娘がどうかしてとびこんできた。だから彼女は逃げたんだ》

《さあね。三つともわからない……いまのところはな》

《いや、それは安心したまえ》

《それから?》

《なにか、とは?》

《どうやって彼はドコートニイを殺したんですか?》

《最後にもうひとつ。なぜ、彼はドコートニイを殺したんですか》

《それでは、破壊することもできないじゃないですか》

《客観的な動機と手段と機会が必要なんです。いま、あなたの手許にあるのは、ドコートニイ殺しの犯人がライクだというエスパーとしての直感だけでしょう》

《そうだ》

《あまり深くは探れなかった……ジョー・¼メンがいるんでね》

《いいかげんにしろ！　$《ジャク》スン、女をさがすんだ》

《そうだ。鍵は、彼女だ。なにを見たか、なぜ逃げたかを彼女が話せば、法廷も納得する。いままでにわかったことを全部調べて、ファイルしろ。女が見つからなくては、こちらも手を出せない。局内の人間をみんな動員するんだ。むこうも女なしでは手が出せない。

　ライクの過去をあらって、副次的な証拠を見つけるんだ。だが――》

《手段と動機は透視できたんですか？》

《おそらく、今後もだめでしょうね。ジョーは、慎重だから》

《バーバラ・ドコートニイですか？》

《そうですね》

《そのとおりです》

《彼女に腹がたってきましたよ》

《こんなときには、こっちも女どもに腹がたってくるよ、ベック先生。なぜ、やつらはぼくを結婚させたがるんだろう？》

《辛辣な（検閲済）しっぺ返し》

《（検閲済）》

《だが、あのバカ娘がいないことには、どうにもならない》

《笑っている馬のイメージ》

《嘲笑的な（検閲済）返答》

最後の言葉を終えると、パウエルは立ちあがって、画廊を出た。渡り廊下を抜けて、音楽室へ下り、大広間に入る。ライク、¼メン、テイトは、噴水のそばで話に熱中していた。ふたたびテイトの恐ろしい問題が、彼の心を乱した。パウエルがその前の週に推測したように、この小男のエスパーがライクとどこかでかんでいるのが事実だとすれば、殺しにも当然かんでいなければならないのだ。

ギルドの柱である一級エスパーが、殺人の片棒をかつぐなどというのは考えられないことだった。だが事実だとすれば、いやでも捜査しなくてはならない。一級を透視するには、相手の承諾がいる。しかも、もしテイトが（信じられない……ありえない……可能性は百に一つ）ライクに協力しているなら、ライク自身も攻め落とすことは不可能になるのだった。捜査官としての行動にうつる前に、最後のプロパガンダ攻撃をしかける決心をすると、パウエルは向きを変えて三人に近づいた。

目があったところで、彼は二人のエスパーにすばやい命令を与えた。《ジョー。ガス。消えてくれ。きみたちに聞いてもらいたくないことで、ちょっとライクと話したいんだ。のぞきはしないし、彼の言葉も記録にとらない。それは誓う》

¼メンとテイトはうなずいて、ライクに何事かささやくと、静かにひきさがった。ライクは、不思議そうに二人を見ていたが、やがてその眼をパウエルに向けた。「脅したのか？」

「注意したのさ。かけたまえ、ライク」

二人は友好的な沈黙の中でおたがいを見つめながら、プールのへりに腰をおろした。

「いや」ややあって、パウエルがいった。「のぞいてはいないよ」

「だろうと思った。だが、マリアの書斎ではのぞいただろう、え？」

「感じたか？」

「いや。推量さ。おれだって、そうしたろう」

「おたがいに信用できそうな相手じゃないな、え？」

「ふん！」ライクは力をこめていった。「おれたちのゲームは、女子供のルールじゃないんだ。どちらもとことんまで勝負するんだ。フェアプレーとルールの蔭に隠れるのは、臆病者と弱虫としみったれだけだ」

「面目と道徳についてはどうなんだ？」

「誰にでも、面目はあるさ。だが、そのルールは自分だけのものだ……弱虫どもが弱虫どものために作ったにせのルールじゃない。誰にでも、自分だけの面目と道徳がある。それにしがみついているかぎり、どこからもうしろ指はさされない。その男の道徳が、あんたの気にいらなくても、そいつを非道徳的という権利はないんだ」

パウエルは悲しげに首を振った。「ライク、きみの中には、人間が二人いる。一人はいいやつだが、もう一人は腐りきっている。きみがまるっきり人殺しだったら、別に問題はない。だが、半分はくそったれで、半分は聖者なんだ。だから、どうしようもないんだ」

「さっきウィンクしたときから、悪くなりそうだと思ってたよ」ライクはにやっと笑った。「パウエル、あんたは小細工がきく。おれが震えあがったくらいだ。パンチがどこからとんでくるか、どうよけたらいいか、さっぱり見当がつかない」

「じゃ、頼むからよけるのはよして、おしまいにしてくれ」パウエルの声には、炎があった。その眼も燃えていた。その熱っぽい光が、ライクをまた震えあがらせた。「ベン、おれは必ず、きみに勝ってみせる。きみの中の、腐った人殺しを絞め殺してやる。残った半分を、おれは尊敬しているんだ。これは終わりの始まりなんだぜ。それはわかっているはずだ。なぜ、早く肩の荷をおろしてしまわないんだ？」

ほんのひととき、ライクは降服の瀬戸ぎわをさまよっていた。だが、やがて心を決めると、攻撃をむかえる姿勢をとった。「生涯にまたとない対決を棒にふるのか？　いやだ。百万年にいちどのチャンスだぜ、リンク。最後の最後まで闘うんだ」

　パウエルは腹をたてたように肩をすくめた。二人は同時に立ちあがった。それぞれの両手が無意識にのびて、最後の別れを告げるようにしっかりと握りあった。

「偉大なパートナーもこれで失ったわけだ」ライクがいった。

「ベン、きみが失った偉大な人物は、きみ自身なんだ」

「これからは敵か？」

「敵だ」

　それが破壊のはじまりだった。

7

一千七百五十万の人口を擁する大都会ニューヨークの市警察心理捜査局総監は、いっときもデスクに縛りつけられてはいない。むろん、ファイル、メモ、ノート、テープのたぐいはいっさいない。その代わりとなるのは、三人のエスパー秘書だ。みな記憶術の天才で、仕事の細部までことごとく知りつくしている。捜査本部がおかれるところでは、必ず三人が、三冊一組の索引のようにそのあとについてまわった。これらの特務警官たち（局内では、ウィンケン、ブリンケン、ノッドというニックネームがついている）を両脇に従えて、闘いのための資料を総合しながら、パウエルは中央通路を全速でつっ走った。

やがて、市警本部長クラッブの前に現われた彼は、あらためて事件のあらましの説明をはじめた。「われわれに必要なのは、動機と手段と機会です。機会については、いちおう可能性のある答えを見つけたのですが、成果といえるのはそれだけ。ところが、例の〈長老モーゼ〉ときたら、厳然たる事実以外は、証拠として受けつけそうもありません」

「長老の誰だって？」クラッブははじめて聞くような顔をした。

「〈長老モーゼ〉ですよ」パウエルはにやっと笑った。「〈モザイク多重起訴コンピューター〉につけたニックネームです。まともな名で呼ばないといけませんか？　舌がもつれてしまいそうだ」

「あのくそいまいましい足し算機械か！」クラッブは舌うちした。

「そうです。これから、ベン・ライクとモナーク産業に関することを根こそぎほじくりだして、〈長老モーゼ〉のために証拠をとってみようと思います。で、率直におききしたいのですが、根こそぎほじくりだしてさしつかえありませんか？」

内心エスパーに憤りと憎しみを抱いているクラッブは、まっ青になって、黒と銀色のオフィスの黒檀のデスクのうしろにある黒檀の椅子からとびあがった。「パウエル、それはどういう意味だ？」

「悪気があっていったわけじゃありません。あなたが、ライクとモナーク産業になんらかの形でつながりがあるかおききしただけです。事が起こったら、あなたの立場がわるくなるようなことはありませんか？　ライクがやってきて、圧力をかけるような心配は？」

「そんなことはない」

《総監》ウィンケンがパウエルに告げた。《昨年の十二月四日、モノリス事件に関して、クラッブ市警本部長はあなたと話しあいをなさいました。そのときの抜粋です——

パウエル　「この事件には、財界関係の黒幕がありますよ。モナークが抗弁を提出して、妨害する可能性があります」

クラッブ「ライクはそんなことはせんとうけあった。それに、わたしは、ベン・ライクを信頼してる。郡検事にわたしを推してくれたのは、彼だ」

――以上》

《わかった、ウィンケン。クラッブにはなにかあると思ってたんだ》パウエルは作戦を変えて、クラッブをにらみつけた。「そんな約束をしていいですか？　郡検事の選挙のときはどうです？　ライクが応援してくれたでしょう？」

「してくれた」

「それ以来、つながりは絶えたと信じていいのですか？」

「だまれ、パウエル――ああ、いいとも。そのときは応援してくれた。以来、つながりを持ったことはない」

「では、ライクに総攻撃をかけたとしても、異議はないわけですね？」

「なぜ、ベン・ライクが犯人だといいはるんだ。ばかばかしい。証拠はどこにある。きみの言葉だけだぞ」

クラッブへ向けたパウエルの視線は動かない。

「殺したのは彼じゃない。ベン・ライクは誰も殺すはずはない。彼はいい男だ――」

「総攻撃をかけてもいいのですね？」

「もちろんだ、パウエル。やりたまえ」

《だが、ほどほどにな、ということか。三人とも記憶しておいてくれ。彼はライクを死ぬほどこわがってる。それからもうひとつ。このおれもおなじなんだ》

集まった部下たちにパウエルはいった。「いいか——きみたちにも、〈長老モーゼ〉がどんな冷血な怪物かわかっているはずだ。ほしがるのは、事実だけ。事実——事実——証拠だ。反駁《はんばく》の余地ない証拠物件だ。あのポンコツ機械が納得して、告訴を決意するだけの証拠を、われわれは見つけなくてはならない。そのひとつの道として、ライクに〈のろまときれもの作戦〉をかけてみる。やりかたはわかっているな。どの証人にも、のろま役と頭のきれる刑事が一人ずつつく。ホシは、頭のきれるのが関係しているとは夢にも思わない。証人も同様だ。のろまなほうを追っ払うと、ホシは安心してしまう。それがこっちのつけめだ。ライクには、この手でいく」

「わかりました」ベックがいった。

「全部のセクションに連絡するんだ。のろま役の警官を百人引き抜け。それに私服を着せて、ライク事件にあたらせる。鑑識へいって、この十年間に配属された追跡ロボットも、全部借りだしてくれ。ライク事件には、ありったけの機動力を使う。そして、それをみんなのろまに見せかけるんだ……追い払うのに手間はかからないが、ほっといたら困ったことになるという程度のものにな」

「捜査の範囲は？」

「なぜ〈サーディン〉なんていうゲームをやっていたのか？　いいだしたのは誰か？　ボーモント家の秘書は、ライクの頭の中の歌がうるさくて透視できなかったと証言している。その歌はなんだ？　作曲者は？　どこでライクは聞いたのか？　鑑識では、ボディガードたちが視紅素イオン化剤のようなものをくらわせられたのだといっている。それらしいものを研究しているところを調べろ。ドコートニイ殺害に用いられた凶器はなんだ？　武器の調査を念入りにやる。ドコートニイとライクの関係もさぐるんだ。二人がライバルだったということはわかっている。二人は殺しあうほどの敵だったのか？　殺してわりがあうのか？　それとも、恐れたからか？　ドコートニイの死によって、ライクは、なにを、どれだけ手に入れたんだ？」

「まさか！」ベックがさけんだ。「それをみんな〝のろま〟にやらせるんですか？　事を荒だてませんか、リンク？」

「もしかするとな。だが、おれはそうは思わない。ライクは成功者だ。連戦連勝で、うぬぼれている。きっと餌《えさ》にかかる。われわれのおとりをまくたびに、してやったと思いこむだろう。そう思わせておくんだ。PRもすさまじくなる。このニュースは公表されて、世間の風あたりは強くなるだろう。だが、その線に沿って進むんだ。わめけ。どなりちらせ。支離滅裂な声明を発表しろ。われわれは全員、ばかな、のろまなおまわりになるんだ……そのあいだにライクは、餌を食って肥っていく――」

「ライクを食うのはあなたですよ」ベックは笑った。「で、女は？」

「彼女だけは〝のろま〟には担当させない。特別の注意をはらってくれ。人相書と写真を一時間以内に、全国の警官に送ってほしい。複写の下の部分には、発見者を自動的に五階級特進させる、と書く」

《総監。三階級以上の特進は、規則でみとめられておりません》ノッドがいった。

「規則なんか、くそくらえだ」パウエルはどなった。「バーバラ・ドコートニィを発見した者は、五階級特進だ。どうしても、あの娘がいるんだ」

〝モナーク・タワーでは、ベン・ライクが、秘書たちの呆然と開いた手の中に、デスクの上の圧電性結晶《ピエゾクリスタル》を残らず押しつけていた。

「このガラクタを持って、どこでも失せろ」彼はどなりちらした。「これからは、おれがいなくても、仕事をやってくんだ。わかったな？　邪魔するな」

「ミスタ・ライク、クレイ・ドコートニィは亡くなったのですから、あなたが、ドコートニイの利益をこちらにふりむけようと考えていらっしゃることは、わたしたちにもわかりますわ。もし、あなたが――」

「おれは、いまそれを考えているんだ。だから、邪魔されたくないんだ。もうよせ。消えろ！」

ライクは、おそれおののく秘書たちをドアまで押しやり、外に出すと、ドアをばたんと閉じて、錠をおろした。そして、映話に近づくと、BD―一二、二三二を押して辛抱強く待った。長すぎる間をおいて、ジェリイ・チャーチの映像が、質店のガラクタを背にして現われた。

「あんたか？」チャーチは鼻をならして、スイッチを切ろうとした。

「おれさ。仕事だ。復権にまだ興味があるか？」

チャーチは、目を見開いた。「それがどうした？」

「あんたは取引をいいだした。で、おれはすぐ手をまわした。復権できるんだ、ジェリイ。〈愛国エスパー連盟〉を持ってるのは、おれだからな。だが、そのおかえしをしてほしい」

「いいですとも、ベン。なんでもします。いってください」

「その言葉をききたかった」

「なんですか？」

「あらゆることだ。無限の奉仕さ。おれがどれくらいのことをしたか、あんたにはわかってるはずだ。なんでもするかね？」

「よろこんで、ベン。イエス」

「それに、キノ・クィザードもほしい」

「それは、高望みです、ベン。ヤバすぎる。クィザードからとれるものなんか、ありゃしません」

「おちあう手筈をつけるんだ。いつものところ、いつもの時間にな。むかしどおりだろう、え、ジェリイ？　だが、こんどは、ハッピイ・エンドなんだ」

リンカーン・パウエルが入ってきたとき、エスパー・ギルド専門学校《インスティチュート》の前には、いつものように行列ができていた。性別を問わず、あらゆる年齢層、あらゆる階層の人間たちが、期待に胸をふくらませ、自分には人生を夢のようにする例の魔力があると信じながら、それに伴う重い責任も知らずに並んでいる。流れこむ思考の無邪気さには、いつもパウエルは微笑を禁じえなかった。（人の心を読んで、市場で大儲けしよう）……［エスパーの投機、賭博《とばく》は、ギルドの法律で禁じられているのだ］（先生の心を読んで、試験に満点とってやろう）……［いまのは、試験問題作製委員会に雇われたエスパー学生監が、そのような行為を、いっさい封じていることを知らない学生の思考だ］（みんなの心を読んで、あたしのことをどう思ってるかさぐってみよう）……（どの女がおれに脈があるか、心を読んでやろう）……（みんなの心を読んで、王様みたいになるんだ）……

デスクにいた整理係が、もっとも広いTP《テレパシー》周波数帯をつかって、のんびりと通告した――《わたしのいうことが聞こえたら、〈社員専用口〉と書いてある左の扉を入ってください。わたしのいうことが聞こえたら、〈社員専用口〉と書いてある左の扉を入ってください……》

小切手を手にした、自信たっぷりの若い上流夫人にむかって、彼女はいっていた。「いいえ、マダム。ギルドでは、訓練とか教授には、いっさい報酬をいただかないことになっております。そんなことをされても、無駄ですわ。おひきとりください、マダム。わたしたちには、どうにもならないことです」

ギルドの基本試験に気づくこともなく、女は腹をたてて出ていった。さっきの学生が、あとにつづいた。

《わたしのいうことが聞こえたら、〈社員専用口〉と書いてある……》

若い黒人が、急に列を離れると、整理係を不安げに一瞥して、〈社員専用口〉と書かれたドアにむかった。彼はそれをあけて中に入った。パウエルの胸は高鳴っていた。潜在的なエスパーは珍しいのだ。この瞬間にやってきたことは、幸運だった。

彼は整理係に会釈すると、黒人につづいてドアをくぐった。中では、二人のギルド会員が、驚いている男に熱烈な握手を求め、肩をたたいていた。パウエルもそれに加わると、お祝いの言葉をいった。新しいエスパーが見つかった日は、ギルドにとっていつも祝日なのだ。

パウエルは廊下を通って、総裁の部屋にむかった。途中にある幼稚園では、三十人の子供と十人の大人が、思考と音声をぶつけあって、ぞっとするようなめちゃくちゃな会話をつづけていた。教師は辛抱づよく繰りかえしていた。《考えて、みなさん。考えて。声はいらないんですよ。考えること。発声反射が起こらないように。さあ、第一番目の規則を繰りかえしましょう……》

生徒たちがいっせいに大声をあげた。「声帯を無視すること」

パウエルはたじろいで、また歩きだした。幼稚園の前の壁には、黄金の飾り板があり、その表面には、エスパー誓約の聖なる言葉が刻まれていた。

わたしは、このわざを授けてくれた人を、両親と同様にうやまいます。わたしは、その人とすべてを頒《わか》ちあい、その人が困っていれば、わたしのものを分け与えます。わたしは、その人の子孫を、わたしの兄弟と思い、文字にし、言葉にし、そのほかありとあらゆる法を用いて、彼らにこのわざを伝えます。わたしは、わたしの能力と良識の中で、すべての権限を人類の福祉に役立て、決して人をだましたり、傷つけたりしません。わたしはたとえ請われても、人をそしりません。

何人《なんぴと》の心へ入ろうと、わたしは、その人のために力をつくし、あらゆる悪行と過ちを慎みます。心のなかで、どのようなことを見ようと、聞こうと、わたしは、それを神聖な秘密として、誰にも口外しません。

講堂では、三級のクラスのひとつが、単純なバスケット・パターンを編みながら、最近の出来事を熱心に討論していた。その中に一人、とっくに二級に進級してもいい十二歳の少年がいて、退屈な会話にジグザグのアドリブを入れ、そのジグの山の頂きをいつも発音して、アクセントをつけていた。それらの言葉は韻を踏んでいると同時に、とげとげしい皮肉をともなっているのだった。それはなかなかおもしろくもあり、また驚くほど早熟だった。

総裁室は大騒ぎだった。ドアはみんな開き、事務員や秘書たちが、行ったり来たりしている。部屋の中央に、柔和な顔とつるつるの頭のかっぷくのよい高官がつっ立って、たけり狂っていた。総裁のギュン・シャイである。彼がどんなに腹をたてているかは、わざわざどなっていることでもわかる。はっきりした言葉が吐きだされるたびに、周囲の者たちは震えあがった。

「あの悪党どもが、自分たちのことをどう呼ぼうと、わしはかまわん！」ギュン・シャイはどなった。「やつらは、みんなごうつくばりの、自分勝手な、反動主義者ばかりだ。このわしにエスパーの純血のお説教か？　このわしに、貴族政治のお説教か？　こっちから、耳がいたくなるほどお説教してやる。ミス・プリン！　ミス・プリンンンンン！」

ミス・プリンは、これからはじまる口述筆記に辟易《へきえき》しながら、そっとギュンの部屋に入ってきた。

「あの悪党どもに手紙を書くんだ。宛名は〈愛国エスパー連盟〉だ。拝啓……」《おはよう、パウエル。長いあいだ、会わんかったな……〈うそつきエイブ〉はどうしてる？》「エスパーの教育と、エスパー訓練の人類への普及のために使われるギルドの税金と充当金を切り下げようとするあなたがたの党のキャンペーンは、裏切り行為であり、またファシズムの現われでもあります。改行……」

ギュンは悪口の口述から顔をあげると、パウエルに意味深長なウィンクをした。《どうだ、理想のエスパーは見つかったのか？》

《いや、まだです》

「ばかだよ、きみは。早く結婚するんだ！」ギュンはどなった。「わしだって、いつまでもこんな地位にいたくない。行を改《あらた》めるんだよ、ミス・プリン。あなたがたは、税金の支払いの苦しさ、エスパー専制政治の確保の困難さ、それから正常人《ノーマル》のエスパー訓練の不適性などについて訴えておられる……」
《用はなんだ、パウエル？》
《〈ブドウの蔓〉（秘密情報網）を使いたいんですが》
《そんなことなら、わしを通さんでもいい。もう一人の秘書のところへ行きたまえ》「改行だ、ミス・プリン。なぜ、おおやけの場へ出てこないのですか？　あなたがた寄生虫は、エスパーの力をごく少数の手中におさめ、全世界の利益を一人じめにしようという気なのでしょう！　あなたがた吸血虫は――」
パウエルは手ぎわよくドアをとじると、隅で震えているギュンの第二秘書に向いた。
《ほんとにこわいのかい？》
ウィンクした眼のイメージ。
震えている疑問符のイメージ。
《パパ・ギュンが頭にきてるときは、びくびくしたふりをしてるほうがいいのよ。あの人はね、自分がサンタ・クロースと思われるのが嫌いなの》
《ぼくもサンタ・クロースだぜ。ほら、これをきみの靴下の中に》パウエルは彼女のデスクに、バーバラ・ドコートニイの人相書と写真をおいた。
《まあ、美しい女《ひと》！》

《これを〈ブドウの蔓〉で送ってほしいんだ。〝緊急〟と書いてね。むろん、報酬は出す。バーバラ・ドコートニイを見つけだしたエスパーは、一年間ギルド税を免除すると伝えてくれ》

「そんなこと！」秘書は棒立ちになった。《そんなことできるんですか？》

《ぼくはエスパー・ギルド評議会でも、それくらいのことはできる大物だと思うがね》

《〈ブドウの蔓〉がとびあがってよ》

《とびあがってほしいんだ。エスパーみんなにとびあがってほしい。もし、ぼくにクリスマス・プレゼントをくれるとしたら、その娘にしてほしいんだよ》

クィザードのカジノは、昼休み——ギャンブラーの一日でたったいちどの休憩時——を利用して、片づけられ、みがきあげられていた。〈EO〉と〈ルーレット〉のテーブルは塵ひとつなく、〈鳥籠《バードケージ》〉はきらめき、〈ハザード〉と〈バンク・クラップ〉の台は緑と白にぶく輝いている。水晶球の内部では、象牙のダイスが、角砂糖のようにちかちかとひかっている。会計のデスクには、暗黒街と賭博場の通貨であるソヴリーン金貨が、気をそそるように積みあげられていた。ベン・ライクは、ジェリイ・チャーチ、盲目の元締めキノ・クィザードとともに、ビリヤード・テーブルに腰をおろした。クィザードは、死人の白蠟《はくろう》の肌と燃えるような赤毛と邪悪な死人の白い眼を持った、パルプのようにぶくぶく太った巨人だった。

「値はわかっているな」ライクがチャーチにいった。「ジェリイ、ひとつ注意しとく。自分のためを思ったら、おれをのぞかんことだ。毒と同じだ。おれの頭の中に入ったら、きさまも破壊だ。憶えとけ」

「なんだ？」クィザードが不機嫌な声でつぶやいた。「そんなにひどいのか？　ライク、おれは破壊になんかのりたくないね」

「誰が、そんなことをいった？　それじゃ、なににのりたいんだ、キノ？」

「そりゃ問題だ」クィザードは手をのばすと、しっかりした指で巻封したソヴリーン金貨をデスクからとった。彼はそれをほぐして、手から手へ滝のようにこぼした。「こいつがおれがのりたいものさ。いい音色じゃないか」

「キノ、つけられるだけの値をつけていい」

「なにをやるんだ？」

「そんなことはどうでもいいだろう。おれは、手数料こみで無制限の奉仕を買いたい。いい値をいえ——ただし、保証つきでだぞ」

「高くつくぜ」

「おれにはカネがある」

「手許に千クレジット百枚あるかね？」

「十万。それでいいのか？　よし、手をうった」

「なんでまた……」チャーチは棒立ちになって、ライクを見つめた。「十万？」

「ジェリイ、はっきりしろ」ライクがどなった。「ほしいのは、カネか、ギルドの権利か？」

「それだけあれば――いや。おれは正気だ。復権したほうがいい」

「じゃ、よだれをたらすのはやめろ」ライクはクィザードに向いた。「値は十万だ」

「ソヴリーン金貨でか？」

「ほかになにがある？　さて、先にカネを払うか？　それとも、すぐ仕事にかかるか？」

「おいおい、ちょっと待てよ、ライク」クィザードが不服そうにいった。

「とぼけるなよ」ライクは、たたきつけるようにいった。「キノ、おれはあんたを知ってる。あんたは、おれがほしいものをさぐって、もっと高い値をつけるやつをさがそうって魂胆なんだ。こっちははっきりした答えがほしい。だから、あんたに値をきめさせたんだ」

「わかった」クィザードはゆっくりといった。「ライク、そういう魂胆はあったよ」彼は笑った。乳白色の眼が幾重にも重なった皮膚の下に隠れた。「まだあきらめていないがね」

「じゃ、あんたから情報を買いたがってるやつが誰か教えてやろう。リンカーン・パウエルという男だ。問題は、あいつがなにで支払うかわからないということだ」

「それがなんであれ、おれはあの野郎には売らないぞ」クィザードは唾を吐いた。

「こいつ、おれとパウエルのあいだの勝負なんだ、キノ。せりの相手は、この二人だけだ。おれは値をいった。あんたの返事は」

「やろう」

「よし、じゃ、聞け。最初の仕事だ。女を見つけてほしい。名前はバーバラ・ドコートニイ」

「例の殺しか?」クィザードは大儀そうにうなずいた。「だと思った」

「異議は?」

クィザードは金貨を手から手へとじゃらじゃらと移しながら、首をふった。

「その女がほしい。ゆうべ、ボーモント邸をとびだした。それ以来、音沙汰がない。どうしてもほしいんだ、キノ。警察の手がまわる前にな」

クィザードはうなずいた。

「としは二十五、六。背たけは、一メートル七十センチぐらい。体重は五十五キロというところだ。いいからだをしてる。ウェストは細く、脚が長い……」

でぶでぶした唇が飢えたような微笑をうかべた。死んだ白い眼が、きらきらと輝いた。

「黄色の髪。黒い眼。ハート形の顔。ふっくらした唇、それから、やさしい感じのワシ鼻……個性的な顔だ。電撃的に頭に焼きつけられる」

「着ているものは?」

「おれが最後に見たときには、絹のドレッシング・ガウンを着ていた。霜のようにまっ白で、すきとおっていた……凍った窓のようだ。靴ははいてない。ストッキングもない。帽子も、宝石もない。すっかりとり乱していた……街中《まちなか》へとびだして消えちまうぐらいのことはしかねなかった。その女がほしい」なにか感じるところがあるのか、ライクはいい添えた。「無傷のまま、ほしい。わかるな?」

「そうなると、ことは面倒になるぜ。ライク、いいか」クィザードは、太った唇をなめた。

「あんたにも勝ち目はないぜ。その女にもな」

「だから、千クレジットが百枚あるんだ。あんたが早く見つければ見つけるほど、おれの勝ち目は大きくなる」

「買収もしなけりゃならんだろう」

「買収すればいい。ありったけの淫売屋、つれこみ宿、もぐり酒場、快楽窟《フラブ・ジョイント》をさぐるんだ。〈ブドウの蔓〉に情報を流しこめ。カネははらう。面倒は起こしたくない。女が手にはいればいいんだ。わかったな」

クィザードは金貨をじゃらつかせながらうなずいた。「わかった」

突然、ライクの手がテーブルの上にのび、クィザードの太った両手をなぎはらった。ソヴリーン金貨は澄んだ音をたてて宙に舞うと、四方にちらばった。

「それから、裏切りにも用はない」非情な声で、ライクがいった。「女さえ、手にはいればいいんだ」

8

戦闘に明け暮れた七日間。

表層で繰りひろげられる作用と反作用、攻撃と防御。しかし、その深部、かき乱された水の底では、パウエルとオーガスタス・テイトが、本当の戦闘開始を待ちながら、ものいわぬ鮫のように泳ぎまわっていた。

私服警官となったそのパトロール巡査は、自分が不意打ちをかけたと信じこんでいた。彼は、マリア・ボーモントを劇場の休憩時間に待ち伏せすると、恐れおののく彼女の友人たちを前にして叫んだ。「みんなでっちあげだ。おまえは、犯人と共謀したんだろう。殺人を計画したのも、おまえだ。でなければ、〈サーディン〉などというゲームをやるはずがない。さっさと白状しろ」

〈金ピカの死体《ほとけ》〉は、かなきり声をあげて、逃げだした。まぬけ役の警官が追跡にうつったときには、彼の思考は底の底まで、完全に透視されていた。

テイトよりライクへ　あの警官は嘘をいってない。マリアが共犯者だと、署のほうでも思いこんでいる。

ライクよりテイトへ　よし。狼どもにくれてやれ。おまわりに、彼女をつかまえさせるんだ。

というわけで、マダム・ボーモントはたった一人で街に放りだされることになった。彼女はこともあろうに、ボーモント家の財産の源である貸付け金ブローカーの許に逃げ場を求めた。パトロール警官は三時間後、彼女をそこで発見した。そして、エスパーのクレジット管理官のオフィスで、彼女に情容赦《なさけようしや》ない訊問をはじめた。そのオフィスの外で、リンカーン・パウエルが、当の管理官と雑談をしていたことを、その巡査はまったく知らなかった。

パウエルより部下たちへ　彼女は例のゲームを、ライクにもらった本から見つけだしている。たぶん、センチュリーで買ったんだろう。そんなものを扱ってるからな。それから、これを調べてくれ。ライクは名ざしで、その本を買い求めたのか？　鑑定人のグレアムにも手をまわせ。どうして〈サーディン〉だけが、その本の中に無傷で残っていたのか？　〈長老モーゼ〉は知りたがってる。もうひとつ、例の娘の所在はわからないか？

私服に身を包んだ交通係の巡査のひとりは、彼の人生に訪れた大いなる機会をいかそうとはりきっていた。センチュリー音声書店《オーディオ・ブックストア》の支配人と店員たちにむかって、彼はものうげな声でいった。「昔のゲームの本はないかな……先週、わたしの親友のベン・ライクが手に入れたようなのが」

テイトよりライクへ　あちこちをのぞいてみた。警察は、あんたがマリアに贈った本を調べる気だ。

ライクよりテイトへ　やらせておけ。手はまわしてある。それに、おれはあの女をさがすので、手一杯だ。

支配人と店員たちは、まぬけ役の警官の際限なくつづく質問に、微に入り細をうがつように回答した。ほかの客たちは大部分、そのやりとりにしびれをきらして店を出ていったが、たった一人、片隅にすわって、店員がいないのも知らぬげにクリスタルにじっと耳を傾けている者がいた。その男、$ジャック《ジャック》・ベック警視が、完全な音痴だということを知る人間はなかった。

パウエルより部下たちへ　ライクはどうやら、偶然あの本を見つけたようだ。マリア・ボーモントへのプレゼントを探しているうちに、それに行きあたった。それから、まだ娘は見つからないか?

モナーク跳躍艇《ジャンパー》(〝市売されている唯一のご家庭用エア・ロケット〟)の宣伝コピーを扱っている代理店との話し合いに、ライクは新しい計画を携えて出席した。

「こんなのはどうだ」ライクはいった。「大衆は自分たちの使う品物を必ず人格化する。それらに、人間としての性格を与えて考えるのだ。ペット・ネームをつけ、ペットみたいに扱う。もし、跳躍艇《ジャンパー》に人間的な好ましさが感じられれば、大衆は買う気になるだろう。性能なんか問題じゃない。要するに、その跳躍艇《ジャンパー》を愛せさえすればいいんだ」

「そうです、ミスタ・ライク。そのとおり!」

「うちの社の跳躍艇《ジャンパー》を人格化する。若い娘を見つけて、モナーク・ジャンパー・ガールに選ぶんだ。消費者が艇を買うということは、その娘を買ったということ。艇を操縦するということは、その娘を操縦するということだ」

「そのとおり!」広告責任者が叫んだ。「ミスタ・ライク、あなたのアイデアの太陽系的なひろがりには、われわれなど足元にも及びません。飛ぶように売れますよ!」

「ジャンパー・ガールをさがしだすキャンペーンをすぐはじめろ。セールスマンは、みなその担当にまわせ。しらみつぶしに調べるんだ。その娘は、二十五くらい。身長は、おおよそ一メートル七十センチ。体重は五十五キロ。グラマーで、魅力がたっぷりないといけない」

「そうです、ミスタ・ライク。そのとおり」
「ブロンドで、黒い眼がいい。ふっくらした唇。形のいい個性的な鼻。これが、おれの考えたジャンパー・ガールのスケッチだ。よく見ろ。これをたくさん刷って、部下たちに配布してくれ。おれのイメージにぴったりの娘をさがしだした者は、昇進させる」

テイトよりライクへ　いままで、警察をのぞいてた。やつらは、あんたと鑑定人のグレアムが共謀してるという線をほじくりだすために、お巡りを一人モナーク産業に潜入させたぞ。

ライクよりテイトへ　やらせておけ。なんにもないから。それにグレアムは、いい機嫌で物見遊山としゃれこんでる。おれとグレアムがぐるだって！　パウエルってのは、そんなに間抜けか？　どうやら、おれは過大評価してたらしいな。

特捜隊員にとって、経費は問題ではない。私服に身を包んだその男は、整形手術による変装に手抜かりがないと信じこんでいた。東洋人ふうの容貌に身をやつして、彼はモナーク産業の会計区に就職すると、鑑定人グレアムとライクとの金銭的なつながりを暴《あば》きだそうとした。その意図が、モナークのエスパー人事課長によって透視され、上の階に伝わって、そこにひそやかな笑いの渦を巻き起こしたことを、彼はまったく気づいていなかった。

パウエルより部下たちへ　われわれの送った大バカ大将は、いまモナーク産業の帳簿をひっかきまわして、贈賄の証拠をさがしている。これでわれわれに対するライクの評価は、五十パーセントほど下るはずだ。つまり五十パーセント、攻撃しやすくなるわけだ。それから、あの娘の居所は？

世界で、ただひとつの時間刊新聞『ジ・アワー』の編集会議で、ライクはモナーク産業の新しい慈善事業案を発表した。

「〝安息所《サンクチユアリ》〟と名付けよう。われわれは、援助と慰めと庇護の場を、困難に直面した、この都市の数百万の不幸な民衆にあたえるのだ。立ちのきを命ぜられた者、破産を宣告された者、組織暴力におののく者、詐欺師の餌食となった者……いかなる悩みにしろ、その解決法が見つからない者……そして、絶望にあえぐ者……そのすべてに、〝サンクチュアリ〟の門は開いている」

「すばらしい事業です」編集主幹がいった。「しかし、経費はたいへんなものでしょう。いったいなんのために？」

「PRだ。つぎの版にぶちこんでほしい。大至急だ！」

会議室を出たライクは、通りにおりて、映話ボックスに入った。〈娯楽〉を呼びだすと、ライクはエラリイ・ウェストに注意ぶかく指示をあたえた。「市内の〝サンクチュアリ〟のオフィス全部に、一人ずつ係員を配置してくれ。応募者の経歴と写真を、すぐ送ってほしい。すぐだぞ、エラリィ。応募がありしだいな」

「どうでもいいことかもしれないがね、ベン、あんたをのぞいてみたいよ」

「疑ってるのか？」

「いや。気になるだけさ」

「あまり深入りしないことだ」

ボックスを出たとたん、仕事熱心に背広を着せたような男が、熱意に眼を輝かしながら、彼に話しかけてきた。

「ああ、ミスタ・ライク。偶然ここでお会いできるとは幸運でした。いま〝サンクチュアリ〟の話を聞いて、もしこのすばらしい慈善事業の創案者と会うことができたら、きっと読者の興味をひくインタービュウ記事ができると思いまして――」

ここで偶然会えたのは幸運だった、だと！　この男は、『産業評論』の有名なエスパー記者なのだ。おそらくあとをつけてきたのだろう――（緊張、と張筋が。緊張、と張筋が。緊張と窮境と紛糾のはじまりや）

「ノー・コメント」（日月火　水木金……）

「決意するにいたった直接の動機というのは、あなたの子供時代のなにかの出来事が――」

（土日月　火水木……）

「解決法がなくて悩んだというようなご経験は？　あなた自身が死んだり、殺されたりする場合を考えて、おそろしいと思ったことはありますか？　あの——」
（緊張、と張筋が。緊張、と張筋が。緊張と窮境と紛糾のはじまりや）
ライクは公共跳躍艇《ジャンパー》にとびのって、脱出した。

テイトよりライクへ　警察はほんとうにグレアムを追っている。総力をあげて居所をつきとめようとしてるという感じだ。パウエルがどんな糸をたぐってるのか知らないが、あんたに危険のないことはたしかだ。安全度は高くなったと思う。

ライクよりテイトへ　あの女を見つけるまでは、安心できん。

行き先を告げていかなかったため、マーカス・グレアムは、鑑識課からまわされた数台のうすのろ役の追跡ロボットに追いまわされる羽目になった。ロボットには一台ごとに、太陽系の各地区から派遣された、うすのろ技師がついていた。やがてマーカス・グレアムは、古代の稀覯本のオークションが開かれるガニメデに到着した。パウエルは、エスパー競売人が、めちゃくちゃな速さでまくしたてている会場で、彼を発見した。本は、ドレイク家の財産の一部で、ベン・ライクが彼の母親から受けついだものだった。それが突然、オークションに出されたのだ。
パウエルは、オークション会場の休憩室で、グレアムと会見した。二人の脇にある水晶の丸窓の外には、ガニメデの極地帯のツンドラがひろがり、赤と茶の縞をうかびあがらせた木星の巨大な姿が、黒い空をほとんど覆いつくしていた。会見のあと、パウエルは地球へ向かう〈二週間ノン・ストッパー〉に乗りこんだが、美しい乗客係の女性に刺激された〈うそつきエイブ〉のために、楽しい旅はだいなしになってしまった。本部に到着したときのパウエルは、ご機嫌ななめだった。この様子に、ウィンケンとブリンケンとノッドは、顔を見あわせて意味ありげに、目をぱちぱち、ちかちかさせ、こっくりとうなずいた。

パウエルより部下たちへ 絶望だ。なぜライクがあんなものを売りにだして、グレアムをつったのかわからない。

ベックよりパウエルへ ゲームの本については、どうでした？

パウエルよりベックへ 買ったのは、ライクだ。それをグレアムに鑑定させ、プレゼントとしてマリアにおくっている。保存状態が悪かったので、マリアが選ぶことのできるのは〈サーディン〉だけだった。この件では〈モーゼ〉も、ライクをほんのちょっとでも指さすことはできないだろう。あの機械が考えることぐらい、おれにだってわかる。くそ！　娘はまだ見つからないのか？

三人の下級刑事が、つぎつぎとミス・ダフィ・ワイ&に肘鉄《ガンド》をくらって、傷心の身をひきずりながら、警官の制服を再び着用するために帰還した。パウエルは、四千名出席の舞踏会で、やっとミス・ワイ&を発見した。彼女はことのほか喜んだ。

パウエルより部下たちへ　モナーク産業に映話して、エラリイ・ウェストに事情を聞いたところ、彼はミス・ワイ&の話を裏づけた。ウェストが賭博《とばく》のことで苦情をいったのは、事実だ。やめさせるために、ライクは心理《サイク》ソングを買いにいった。あの思考遮蔽が取り憑《つ》いたのは、偶然らしい。ライクがボディガードに使ったトリックはまだわからないか？　それから、娘の居所は？

世間の悪評と嘲笑に応えるため、市警本部長のクラッブは、特別記者会見を開いた。その中で彼は、鑑識課が、ドコートニイ事件を二十四時間以内に解決するかもしれない新しい捜査法を発見したと公表した。これには、死体の網膜中の視紅素の写真分析もふくまれ、これが成功すれば、加害者の顔が判明するということだった。ロードプシンの研究者たちが、警察へ召喚されはじめた。

モナークのためにロードプシン・イオン化剤を発見した生理学者、ウィルスン・ジョーダンが、警察に呼ばれ、訊問されることを恐れたライクは、キノ・クィザードに映話して、ジョーダン博士を遠い星へ高とびさせる策略をめぐらした。

「カリストにおれの不動産がある」ライクはいった。「その権利を放棄して、裁判所からそれをほしがってる人間の手に渡るようにする。そのとき、ジョーダン以外の者がつかまないよう細工するんだ。これは、おれがやる」

「で、おれからジョーダンにいうのかね？」クィザードが、あいかわらずの不機嫌な声でいた。

「そんなあからさまなことはしない。跡がのこるとまずいからな。ジョーダンに映話するんだ。むこうが、疑いを持つようにしろ。あとは、勝手に自分で見つけさせるんだ」

その会話のあと、不機嫌な声の男が、名もつげず、ウィルスン・ジョーダンを呼びだし、カリストにあるドレイク家の土地を安い値で買いたいと、さりげなくきりだした。その不機嫌な声は、ジョーダン博士の胸に疑惑を呼び起こした。ドレイク家の土地など聞いたこともなかった彼は、弁護士を呼んだ。そして彼は、自分がおよそ五十万クレジットの財産の有力な相続人候補となっていることを知らされた。生理学者はおどろいて、一時間後カリストへとむかった。

パウエルより部下たちへ　問題の男をおびきだすのに成功した。ロードプシンの線で、鍵を握っているのは、どうやらジョーダンだ。クラッブの発表があってから失踪した視覚生理学者は、あの男だけだった。ベックに、カリストまで追ってさぐるように伝えてくれ。それから、あの娘は？

そのあいだにも、〈のろまときれもの作戦〉の〝きれもの〟側の捜査は秘密裡に進められていた。ライクの注意が、悲鳴をあげて逃走するマリア・ボーモントに惹きつけられているあいだに、モナークの法律研究所から派遣された有能な少壮弁護士は、巧妙に火星におびき寄せられ、そこで——少々古めかしくはあるが——いいのがれの余地のない罪状によって留置された。地球では、その少壮弁護士に驚くほど似た替え玉が、活動をはじめた。

テイトよりライクへ あんたの社の法律研究所をしらべたほうがいい。なにが起こってるのか、のぞくことができないのでわからないが、すごくくさい。危険だ。

ライクは、社内調査と称して、一級エスパーの能率技師を送り、替え玉を見つけだした。つぎに彼は、キノ・クィザードを呼んだ。盲目の賭博の元締めは、少壮弁護士を訴訟教唆で訴える原告をでっちあげた。これによって、モナークと替え玉との関係は、なんの面倒も起こさず、合法的に断ち切られた。

パウエルより部下たちへ くそ！ 手を打たれた。目の前でどのドアもふさがれていく……〝のろま〟も〝きれもの〟もだ。背後で活動している人間をさがせ。それから、あの娘もだ。

特捜隊員が、新しくした東洋人ふうの顔でさぐりまわっているモナーク・タワーに、実験室の爆発で重傷を負った一人のモナークの科学者が、予定より一週間早く退院して、仕事に復帰した。体じゅうにほうたいを巻いてはいたが、その男は仕事熱心だった。それこそ、伝統的モナーク精神なのである。

テイトよりライクへ　やっとわかった。パウエルは、バカじゃない。あの男は、捜査組織を二手にわけて使っているんだ。見えるところに注意を奪われるな。その下にあるものを見張れ。なにか病院に関係したことを、いまちらっと透視した。調べたほうがいい。

ライクは調査を開始した。終わったのは、三日後だった。すぐ、キノ・クィザードが呼びだされた。その直後、モナークでは、立入禁止の部屋が破壊され、実験用プラチナが盗まれるという事件が起こった。それによって、復帰したばかりの科学者がにせ者であることが判明し、男は共謀と見なされて、警察へつきだされた。

パウエルより部下たちへ　これでライクが、実験室でロードプシン・イオン化剤を手に入れたという証明はできなくなったわけだ。いったい、どうやって、ライクは、おれたちのトリックを見やぶったんだ？　打つ手はないのか？　娘はまだ見つからないか？

マーカス・グレアムを追跡するロボットたちのこっけいなさまに、ライクが大笑いしているとき、彼の社の最高幹部たちは、モナーク産業資源開発会社の収支調査のために到着した二級エスパーの税務調査官を迎えていた。ようやく到着した調査官の一行には、新しく、上司の報告書を代作するエスパー・ゴースト・ライターが加わっていた。彼女は、官庁の仕事……とくに、警察関係の専門家だった。

テイトよりライクへ　例の調査官の一行がくさい。ドジを踏むな。

ライクは陰うつな笑いをうかべて、表むきに作られた帳簿を一行に手渡したあと、暗号課主任のハソップを、以前約束したスペースランドへの休暇旅行に送りだした。ハソップは、愛用の写真機具といっしょに、感光させたフィルムの小さなスプールをひとつ、後生大事にかかえていた。テルミットで封印され、定められた方法で開けないと爆発する仕掛けになっているそのスプールには、モナークの秘密書類が入っていた。その写しは、ライクのアパートメントの絶対安全な金庫におさめられているだけだった。

パウエルより部下たちへ　これで、たぐることのできる糸は全部切れた。ハソップのほうは〝のろま〟と〝きれもの〟の両方に尾行させた。決定的な証拠を握ってることはまちがいないが、ライクは巧妙に手を打っていると思う。くそっ、またしくじりだ。〈長老モーゼ〉だって、そういうだろう。わかってるな。いったいどうなってしまったんだ！　あのバカ娘は、まだ見つからないのか？

動脈は赤、静脈は青に塗られた人体解剖図の血管系のように、地下組織も、地上組織も、情報網をはりめぐらしている。その情報は、ギルドの本部から教師へ、教師から生徒へ、生徒から家族へ、家族から彼らの友人たちへ、友人たちからそのまた友人たちへ、それからただの知人へ、さらに商用で会った他人へと、伝えられていった。一方、クィザードのカジノに発したおなじ情報は、まったく別の経路を、元締めから賭博師へ、賭博師から詐欺師へ、詐欺師からゆすり常習者へ、ゆすり常習者からこそ泥へ、そしてハスラー、客引き、たかりから、半悪党、一見正直者にいたるおぼろげな周辺部までひろがっていった。

金曜の朝、エスパー3、フレッド・ディールは、目をさまし、ベッドから起きあがると、シャワーを浴び、朝食をとって仕事にでかけた。メイドン街にある火星為替銀行フロアの警備主任というのが、彼の職業である。気送《プヌマティック》列車の新しい定期券を買うために、駅でしばらく待たされた彼は、ちょうどデスクについていた相談係のエスパー3の女の子と世間話をして時間をつぶした。彼女はフレッドに、バーバラ・ドコートニイに関する情報を告げた。フレッドは、彼女が見せてくれたTP画像《テレパシー》を記憶に刻みつけた。それは、彼女の手になるクレジット・マークの額縁にはめこまれていた。

金曜の朝、スニム・アジは、たまった家賃をとりたてにきた下宿の女主人チューカ・フラッドのすさまじい金切り声で目を覚ました。

「後生だ、チューカ」スニムはもぐもぐといった。「あんたは、こないだ拾った、あのうすのろのブロンドで、ごまんとカネをせしめたじゃないかよ。あんないかさまを地下室でやってりゃあ、カネなんてくさるほどあるだろ。おれから、なにがほしいってんだ?」

チューカ・フラッドは男につぎのようなことを指摘した。すなわち、(A)あの金髪娘はうすのろではなく、真の霊媒であること。(B)彼女（チューカ）は、いかさまをしているわけではなく、正当的な占い師であること。そして、(C)もし彼（スニム）が、六週間分の家賃をあらいざらい返済できなければ、彼女（チューカ）は、たちどころに彼の身にふりかかる運命を予言してみせる。つまり、路上にほうりだしてやるということ。

スニムは起きあがった。服は昨夜から着ている。彼はカネのつてをもとめて、街に出た。クィザードのところにかけこんで、はぶりのいい客にお涙ちょうだいの話をし、いくらかせしめるにはまだ早すぎる。彼は気送列車《プヌマティック》にタダ乗りして、山の手へ行くことにした。しかし、エスパー改札係に見つかって放りだされ、歩く羽目になった。ジェリイ・チャーチの一六銀行までの道のりは長かったが、そこに、真珠をはめこんだ黄金のポケット・ピアニノ（ピアニノはアプライト・ピアノ）を質入れしてあった彼は、チャーチからまたいくらか前借りできると思ったのである。

チャーチは仕事で店にいず、店員はスニムになにをしてやることもできなかった。二人は手持ちぶさたに時をすごした。スニムは店員に、新入りのさくらを使ってペテンをやり、女王みたいな暮しをしていながら、酔っぱらうとカネをしぼりにくる下宿のクソおかみの話をして、お涙をちょうだいすることにした。店員は、コーヒー代をたてかえてやっても泣こうとしなかった。スニムは、一六銀行をおさらばした。

バーバラ・ドコートニィの行方を必死に追求していたジェリイ・チャーチが、小休止をとって、一六銀行へもどってくると、店員がスニムの来訪と、彼のした話を告げた。店員が話さなかった部分を透視したチャーチは、気絶しそうになった。彼は、よろよろと映話に歩みよると、ライクを呼んだ。ライクは不在だった。深呼吸して、彼はキノ・クィザードを呼びだした。

そのころ、スニムは少々あせり気味になっていた。その絶望的な思考の中から、銀行の出納係を装って、カネをちょろまかすというとてつもないアイデアがうかびあがった。スニムはメイドン街へ足をむけると、〈爆裂孔〉のまわりの美しい散歩道に立ち並ぶ、いくつかの銀行を吟味した。それほど頭のきれるほうではない彼は、火星為替銀行を戦場に選ぶ過ちを犯してしまった。外見は見すぼらしく、いなかびた建物だったが、それは銀行側の策略で、力と無駄のない組織があるからこそ、二流らしく見せることができるのだった。

スニムは銀行へ入ると、混みあったメイン・フロアを抜けて、出納係の窓口のむかい側にあるデスクの並びに近より、預金伝票を何枚か盗みだした。出ていこうとするスニムを、フレッド・ディールが見つけた。彼はスニムに一瞥をくれ、のんびりと部下に合図した。「〝支払いなおし〟の手をつかう気だ」

「あのまぬけを見たか？」彼は、正面のドアから消えようとするスニムを指さした。

「呼んできましょうか、フレッド？」

「そんなことをしてなんになる？　ほかのところで、またやるだけだ。やらせるんだ。カネを取ったところを捕えて、四の五のいわせないようにする。そうして、二度としゃばへ出られないようにするんだ。キングストンには、まだあいてる部屋がたくさんある」

そんなことには気づかず、スニムは、銀行を出ると、外から出納係の窓口をうかがった。Z窓口でかっぷくのいい紳士が、カネをひきだした。出納係は札束を山のように積んでいる。獲物はあれだ。スニムは急いで上衣を脱ぐと、シャツの袖をたくしあげ、耳に鉛筆をはさんだ。

獲物が、金額を数えながら外へ出てくると、スニムはそのうしろへ小走りに近づいて、肩を軽くたたいた。

「すみません」彼はきびきびといった。「Z窓口のものですが、出納係が計算ちがいをいたしまして、少な目にお支払いしてしまいました。金額を調整いたしたいと思いますので、もういちどお入りねがえますか？」スニムは伝票をちらつかせると、獲物の手から優雅にカネを掠め取って、銀行のドアにむかった。「こちらへどうぞ」彼は好感の持てる声でいった。

「あと百クレジット、お支払いいたすことになっております」

驚いた面持《おももち》のかっぷくのいい紳士があとをついてくることを確かめると、彼は忙しそうにフロアを横ぎり、人ごみにまぎれて、脇の出口にむかった。ひっかかったことに獲物が気がつくまでには、手の届かないところへ逃げのびている自信があった。だがその瞬間、荒々しい腕が、彼の胸ぐらをつかまえた。彼は無理やり振りむかされた。目の前に、警備員の顔があった。そのめくるめく一瞬、スニムの心には、抵抗と逃走と、贈賄と弁解、キングストン病院とチューカ・フラッドのくそったれ、そして、金髪の幽霊のような娘、ポケット・ピアニノ、それをいま所有している男のことが、つぎつぎとうかんでは消えていった。彼は、フロアにくずおれて泣きだした。

フレッド・ディールは、彼を別の警備員にあずけて、どなった。「こいつを連れてけ。いま、金蔓《かねづる》をつかんだ!」

「こんな小物に賞金が出るのかい、フレッド?」

「こいつじゃない。こいつの頭にあることなんだ。ギルドに映話する」

金曜の夕暮れどきのほとんど同じ時刻に、ベン・ライクとリンカーン・パウエルは、同じ情報をうけとった。「バーバラ・ドコートニイの人相に該当する娘が、ウェスト・サイド要塞九九、占い師チューカ・フラッドのところにいる」

9

〈ニューヨーク攻防戦〉の歴史に名高い最後の防壁、ウェスト・サイド要塞は、それ全体が戦争の記念碑だった。荒廃したその十エーカーは、最終戦争をもたらした狂気に対する痛烈な告発として、荒廃のまま残されていた。しかし、最終戦争は、例のとおり例のごとくセミ・ファイナルであることが判明し、やがて、ウェスト・サイド要塞の崩壊したビルや、はらわたをえぐりだされた道路は、無断居住者たちの、無数に分割された気ちがいじみたスラムと化してしまった。

九九番地には、形骸だけの製陶工場があった。戦時中ひっきりなしに落下した爆弾が、数知れぬうわ薬のストックのまっただなかで爆発し、それらをこねまわしたため、そこには混乱した虹のように極彩色にきらめく巨大なクレーターができていた。石の壁に焼きつけられた、赤紫《あかむらさき》、すみれ、黄緑《きみどり》、焦茶、黄の巨大なしみ。窓や扉から噴出し、刷毛をめちゃくちゃにふるったように、街路や周囲の廃墟にとびちった、橙《だいだい》、赤、紫の長いすじ。そこに、チューカ・フラッドの〈虹の館〉があった。

上部の数階は、ついたてで無数に仕切られた鶏小屋まがいのアパート。その紆余曲折した迷宮の構造がわかるのはチューカだけで、その彼女でさえもときにはまごつくことがあるのだった。追われる者は、部屋から部屋へと動いていけばいい。どのような捜査網にも、容易に破れ目ができてしまうのだ。この異常なまでの複雑さが、チューカに毎年巨万の富をもたらしていた。

のこった下の階は、有名なチューカの〈快楽窟《フラブ・ジョイント》〉で、そこではたっぷりカネさえあれば、その道のエキスパートが、飢えた者たちに名の知れた悪徳を、すべてに飽きた者たちに新手の悪徳を教えてくれる仕掛けになっていた。しかし、それらをはるかに引き離す利益をあげているのは、その屋敷の地下室だった。

建物を巨大な虹のクレーターと化した爆発は、陶器のうわ薬と同時に、古ぼけた工場の金属、ガラス、プラスチックを融合させた。溶けあった混合物は、通路を、階段を流れくだって、ついに地階最下層まで達し、水晶のような感触と燐光を発する色彩と躍動するパターンを持った、輝くペーヴメントとなって硬化した。

ウェスト・サイド要塞へばかげた苦労をして行く価値は充分ある。曲がりくねった通りをどこまでも歩いていくと、やがてぎざぎざの橙色のすじがひとつのドアを示している場所へ出る。それがチューカの〈虹の館〉だ。ドアのノックにこたえて、二十世紀のフォーマルなコスチュームをまとった男が、厳粛な顔をして現われ、「フラブになさいますか？　それとも、占いになさいますか？」ときく。もし「占い」と答えると、墓場の入口を思わせる扉に案内されて、そこで目の玉のとびでるような金額を請求され、冷光蠟燭を渡される。蠟燭を高く差しあげて、急な石の階段をくだる。行きついたところで通路は急に曲がり、ふいに広い、奥行のある、アーチ形の地下室へ出る。フロアは、さんざめく炎のみずうみだ。

みずうみの表面に足を踏みいれる。滑らかな、ガラスのような感触。その下では、冷たいパステルの光がいつ果てるとも知れず、たゆたっている。一歩踏みだすごとに、水晶は澄んだ音色を発し、いつまでも鳴り響く無数の青銅の鐘のように、震動をあたりにひろげる。たとえ、終始すわりきりでいたとしても、フロアは遠くの通りの喧騒を伝えて、永久に鳴りやむことはない。

地下室の壁に沿った石のベンチには、幸運を求めて訪れた者たちが、それぞれ冷光蠟燭を手にしてすわっている。畏敬の念に打たれたように沈黙している彼らの姿は、フロアの輝きに照らされて、どことなく聖者の趣きがある。体の触れあうひそやかな音も、フロアに谺《こだま》して妙《たえ》なる楽の音と変わる。蠟燭は、まるで冬の夜空の星だ。

いつのまにか、自分もこの燃えるような、脈打つ静寂に呑みこまれて、そっと腰をおろしている。やがて、銀の鐘が何回も何回も高く鳴り響き、しだいに近づいてくる。フロア全体が、それに共鳴し、音と光の不可思議な相互作用が、めくるめく色彩を燃えあがらせる。そして、狂ったように溢れでる音楽の中を、チューカ・フラッドが地下室の中央へ歩いてくる。

「もちろん、そこで幻滅だ」リンカーン・パウエルは誰にともなくいうと、チューカのあらけずりな顔に目をやった。大きな鼻、濁った眼、爛《ただ》れた口。冷光が、顔や、ぴっちりとガウンをまとった体のまわりでゆらめいている。しかし、彼女に野望と強欲と知恵はあっても、感受性と洞察力がまったく欠けていることは覆い隠せない。

「そこは、演技でごまかすのか」パウエルは次に起こることを期待しながら、小声でいった。

チューカは、山だしのメデューサといった風体《ふうてい》で、部屋の中央までやってくると、両手をあげた。どうやら出席者の注意をひきつける、神がかったジェスチャーらしい。

「なっちゃいない」

「聞きとどけよう」チューカはがらがら声で吟じるようにいった。「おまえたちの心の奥底にある望みを……。わたしにはわかる。おまえのその……」チューカは一瞬ためらって、またつづけた。「火星から来た男ザーレンへの復讐に、火と燃えるおまえの心……カリストの赤い眼の女に狂うおまえの心……パリの裕福な伯父の遺産をすべて手中におさめようとするおまえの心……そして……」

《なんてこった！　この女はエスパーだ！》

チューカは口をあけっぴろげにして体をこわばらせた。

《聞こえたんだな、チューカ・フラッド？》

テレパシーによる返答は、恐れおののく断片となってもどってきた。チューカ・フラッドの先天的な能力が、なんの訓練もいまだに受けていないことは、すぐわかる。《なに……？　誰？　どこ……おまえは？》

エスパー3の幼児に話しかけるように、パウエルは注意ぶかく語句を並べた。《名前――リンカーン・パウエル。職業――心理捜査局総監。目的――バーバラ・ドコートニイという娘を訊問する。彼女は、あんたの占いにひと役買っているという噂だ》パウエルは、彼女の絵をテレパシーで送った。
チューカが遮蔽をしようとするようすは、どことなく哀れだった。《出……出てって。ここから。こんなとこに、いないでおくれ。出るんだよ。出てっておくれ。ここから……》
《どうしてギルドに来なかったんだ？　どうして同胞と接触しようとしないんだ？》
《出てっておくれ。さあ、ここから。のぞき屋め！　出るんだよ》
《あんただって、のぞき屋じゃないか。どうして、訓練を受けようとしないんだ？　こんな暮しをしていてなんになる？　ごみためだ……お人よしの心をのぞいて、それをみんな占いにしてしまうなんて。あんたには、本当の仕事が待ってるんだ、チューカ》
《おカネはもうかるのかい？》
パウエルは、内に湧きあがってくる絶望感を押し殺した。チューカへの絶望ではない。それは、新しい力を人間に授けておきながら、古い悪を取り除こうともせず、力をもてあそぶままにさせておく、情容赦《なさけようしゃ》ない進化の法則に対する怒りだった。
《その話はあとにしよう、チューカ。娘はどこだ？》
《いないよ。そんな娘なんかいるもんかい》
《しらばくれるんじゃない、チューカ。おれといっしょに、客をのぞいてみよう。赤い眼の女に取り憑《つ》かれたあの助平親父……》パウエルは、そっと老人の心をさぐった。《爺さんは前にもここに来ている。バーバラ・ドコートニイが入ってくるのを待ってるんだ。あんたは、彼女に金貨のドレスを着せた。あと三十分でやってくる。爺さんは、彼女の恰好が気にいってる。音楽がはじまると、トランス状態になったみたいに踊りだすんだ。ドレスには、スリットが大きくあいていて、それが爺さんにはたまらない。彼女は――》

《正気じゃないのさ。あたしゃ、そんな――》

《じゃ、ザーレンという男にひっかかったあの女はどうだ？　彼女は何回も娘を見てる。そして、信じこんでる。彼女も待ってる。居場所をいうんだ、チューカ！》

《やだよ！》

《わかった。上だな。上のどこだ、チューカ？　逆らっても無駄だよ。いまから、奥の奥までのぞく。一級をごまかそうたって、だめだ――ははあ。角をまがって四番目の左側の部屋だな。よくもわからない迷路をこしらえたもんだよ、チューカ。もういちどのぞいて、はっきり……》

恥ずかしめられ、途方にくれて、チューカは突然かなきり声をあげた。「出てっておくれ、くそったれお巡り！　出てっておくれよ！」

「失礼いたしました。行こうと思っていたところです」

パウエルは立ちあがって、部屋を出た。

そのテレパシー訊問は、ライクが、チューカ・フラッドの虹の地下室へ通じる階段の第十八段から二十段へ移ったわずか一秒間に始まって終わった。チューカの怒りくるった叫びとパウエルの返事に、ライクは向きを変えて階段をかけあがると、メイン・フロアへ出た。

た。ドア番を押しのけながら、彼は男の手に一枚のソヴリーン金貨を握らせ、耳元でささやいた。「おれはここにいなかったんだ。わかったな」

「ここには誰もいません、ミスタ・ライク」

彼はフラブ・ルームを通って、まわり道をした。（緊張、と張筋が。緊張、と張筋が。緊張と窮境と紛糾のはじまりや）あの手この手で気を惹こうとする女たちをかきわけると、映話ボックスにとびこんで、内から鍵をかけ、BD―一二、二三二を押した。チャーチの心配そうな顔がスクリーンに現われた。

「ご用は、ベン？」

「困った。パウエルがここにいる」

「こともあろうに！」

「クィザードはどこだ？」

「そこには？」

「見つからない」

「でも、こっちは地下室にいるとばかり思ってたんで。いったい！」

「パウエルは地下室でチューカをのぞいてた。クィザードがいるわけがない。どこにいるんだ？」

「知りませんよ、ベン。彼はワイフを連れていったから――」

「いいか、ジェリイ。パウエルは、女の居どころをつきとめたにちがいない。あいつをたたきのめすにしても、残った時間はせいぜい五分だ。それをクィザードが代わりにやってくれるはずだった。ところが、地下室にいない。〈快楽窟《フラブ・ジョイント》〉にもいない。あいつが――」

「上の鶏小屋は？」

「いま、おれもそれを考えかけてた。そっちへ行く近道はないか？　パウエルの顔を見ずに、ひと足先に行ける道だ」

「パウエルがチューカを透視したなら、近道だって透視したでしょう」

「ばかやろう、そんなことはわかってる。そうじゃなかった場合を考えるんだ。女のことで頭がいっぱいだったという可能性もある。そこにつけこむんだ」

「大階段のうしろです。大理石の浮き彫りがありますから、その女の頭を右にまわします。すると、大理石の像が両側に分れて、垂直気送車《バーティカル・プヌマティック》へ通じるドアが現われます」

「わかった」

映話を切ると、ボックスを出て、ライクは大階段へ直行した。大理石の階段室のうしろへまわって、浮き彫りを見つけると、女の頭を荒々しくねじり、両側に開いていく像を眺めた。鋼鉄のドアが現われた。楣《まぐさ》にボタンのパネルがある。ライクは〈最上階〉を押して、ドアを力まかせにあけ、誰もいないシャフトに入った。瞬間的に、金属の床が足元で持ちあがった。そして、空気が押しあげるヒュウという音と共に、彼はたちまち八階上の最上階まであがりきった。シャフトのドアをあけ、外へ出るあいだ、磁力固定機が金属板を支えているのでなんの危険もない。

　彼が出たところは、三十度の勾配であがっている、左側にかしいだ廊下だった。床にはキャンバスが敷いてあり、天井には等間隔にラドンの小電球が薄暗い光を投げている。両側の壁には、ドアがずらりと並んでいたが、ナンバーはなかった。

「クィザード!」ライクはどなった。

　返事はない。

「キノ・クィザード!」

　まだ、返事がない。

　ライクは廊下を半分かけあがると、ためしにドアのひとつをあけた。狭いが、居心地のよさそうな部屋で、楕円形のベッドがひとつ、四方の壁までひろがっている。ライクはベッドのへりを爪先立ちで歩きだしたが、すぐ落ちてしまった。彼はスポンジ・マットレスの上を這いながら、むかい側のドアにたどりつくと、押しあけてころがりおちた。そこは、階段のおどり場だった。おりたところには、たくさんのドアで囲まれた丸い控え室がある。ライクはおぼつかない足で階段をくだり、大きくあえぎながら、まわりを囲むドアを見つめて立ちつくしていた。

「クィザード!」もういちどどなる。「キノ・クィザード!」

　こもった声がかえってきた。ライクは踵《きびす》をかえすと、ドアにかけよって引いた。入ったところに、整形手術で眼を赤く染めた女が立っていた。ライクは勢いあまって、ぶつかった。女は狂ったように笑うと、こぶしを固めて、彼の顔をめちゃくちゃにたたいた。ライクはあわてて、無我夢中で赤い眼の女の反撃から逃れると、ドアに手をのばした。やっとつかんだノブは、彼がめざしたものではなく、別のドアのだったらしい。あとずさりしてとびこんだ部屋は、丸い控え室ではなかった。かかとが、三インチの厚さのプラスチック布団につまずいた。あおむけに倒れながら、彼はドアを力まかせに閉じた。その拍子に、頭を磁器のストーヴにしたたかぶつけた。

やがて、はっきりした視界に、怒り狂った顔でのぞきこんでいるチューカ・フラッドの姿が入ってきた。

「あんた、なにしてるんだよ？　ここは、あたしの部屋だよ」チューカがかなきり声をあげた。

ライクはとびおきた。「女はどこだ？」

「ここから出ていきな、ベン・ライク」

「女はどこにいるか、ときいてるんだ。バーバラ・ドコートニイだ。どこなんだ？」

チューカは首を捻って、叫んだ。「マグダ！」

赤い眼の女が、部屋に入ってきた。手には、神経混濁銃がある。彼女はまだ笑っていた。しかし、彼の頭蓋に向けられた銃は、微動もしない。

「出てっておくれよ」チューカは繰りかえした。

「女が手に入ればいいんだ、チューカ。パウエルが先まわりする前にな。どこだ？」

「こいつを追いだすんだよ、マグダ！」

ライクは手の甲で女をたたきのめした。女は銃を落としてひっくりかえると、隅っこで体をけいれんさせた。笑い声は、まだやまない。ライクは彼女を無視し、神経混濁銃を手に取るチューカの額につきつけた。

「女はどこだ？」

「くたばっちまいな。あんたなんか――」

ライクは、最初の刻み目まで引金を引いた。放射線がチューカの神経系に少量の誘導電流を流した。彼女は身をこわばらせ、震えはじめた。急にふきだした汗で、肌がてらてらと光る。しかし、首を縦に振ろうとはしない。ライクは、第二の刻み目に引金を移した。チューカの体は、骨がばらばらになりそうなけいれんをはじめた。眼がとびだし、喉からは苦痛にあえぐ野獣のような非人間的なうめきが洩れる。ライクはそれを五秒つづけて切った。

「第三の刻み目は、死《デス》だ。でっかいDだ。チューカ、嘘じゃない。女が手にはいらなければ、どっちみちおれは**破壊**なんだ。どこだ、女は？」

チューカは、ほとんど麻痺状態におちいっていた。「四番目の部屋だよ……左側の……曲がってから」

ライクは彼女をほうりだした。そして寝室を抜けると、ドアをあけて、気ちがいじみた傾斜にとびだした。それをのぼると、大きく曲がってドアを数え、左側の四番目のまえでとまった。彼は一瞬耳をすました。なにも聞こえない。ドアを突きとばすようにあけて、中へ入った。からのベッドと、化粧台がひとつ、からの戸だなと椅子が一脚あるだけ。

「くそ、ひと足先にやられた！」彼はベッドに近づいた。使われた形跡はない。戸だなも同様だった。部屋を出る途中で、彼は洋服ダンスのまん中の引き出しをあけた。中には、霜のように白い絹のガウンと、邪悪な花を思わせる、汚れた鉄のかたまりが入っていた。犯行に使われた凶器――ナイフ・ピストル。

「神さま！」ライクは息をついた。「こんなところに」

ひったくるように銃を取って、調べる。輪胴には、中身を抜きとられたカートリッジが、手を触れた様子もなく入っていた。クレイ・ドコートニィの頭を粉砕した銃弾も、撃鉄の下に入ったままになっている。

「まだ破壊じゃない。女に見られたから、どうだというんだ。見られたからって、おれは負けはしないぞ！」彼はナイフ・ピストルをたたむと、ポケットにつっこんだ。そのとき遠くのかすかな笑い声に、彼は気づいた――不機嫌な笑い声。クィザードだ。

ライクは急いでねじくれた傾斜にとびだすと、笑い声をたよりに、しんちゅうの蝶番《ちょうつがい》にぶらさがってあいたままになっている壁の奥の絹綿ビロードのドアにむかった。神経混濁銃の引金を第三の刻み目に移して、彼はドアを通りぬけた。圧縮空気が噴出する音。ドアが背後でしまった。

そこは小さな丸い部屋だった。天井も壁も、闇夜のようなビロードで覆われている。フロアは、透明なクリスタルで、下にある寝室がさえぎるものもなく一望のもとに見渡せる。ここは、変態色情狂ののぞき部屋なのだった。

寝室では、クィザードが、盲《めし》いた眼をギラギラと輝かせて、ゆったりした椅子に腰をおろしていた。その膝にドコートニイの娘が、スリットの異常にあいた金貨のガウンを着てすわっている。クィザードの荒々しい愛撫に抵抗している様子もない。金髪は一本の乱れもなく、深く澄んだ黒い瞳は、無表情に虚空を見つめている。

「どんな顔をしてる？」クィザードの不機嫌な声がはっきりと聞きとれる。「この女は、どう思ってる？」

クィザードは、彼のむかい側の寝室の壁に背中を押しつけて立っている、小柄な中年の女に話しかけていた。彼女の顔は、苦悶にすさまじく歪んでいる。クィザードの妻なのだ。

「どんな顔をしてる？」盲人は繰りかえした。

「自分になにが起こってるか、その女は知らないわ」

「知ってるさ」クィザードがどなった。「そんなにいかれてはいない。なにが起こってるか、知らないはずはない。そんなことは二度とほざくな。ああ、眼さえ見えたら！」

女がいった。「あんたの眼は、あたしさ、キノ！」

「では、おれの代わりに見てくれ。話せ！」

ライクは舌打ちすると、神経混濁銃をクィザードの頭部に向けた。クリスタルのフロアは、障害にはならない。銃には恐るべき透過力があるのだ。殺すなら、いまだ。そのとき、パウエルが寝室にとびこんできた。

女はすぐ、彼に気づいた。彼女は血も凍るような悲鳴をあげた。「逃げるのよ、キノ！

逃げなさい！」そして、壁からはじけるように跳ぶと、パウエルの眼に両手の指の狙いを定めながら突進した。しかし次の瞬間、彼女はつまずいて、フロアにひれふしていた。動かないところをみると、意識を失ったのはまちがいない。盲いた眼を光らせながら、クィザードが女をかかえて、椅子から立ちあがったとき、ライクは女の失神が偶然でなかったことに、はっと気づいた。クィザードが、その場にひっくりかえったからだ。女は彼の手を離れて、椅子の上にころがり落ちた。

パウエルがTP《テレパシー》で、いまの動きをコントロールしたことに疑いはない。ライクはこの闘いではじめて、パウエルの底知れぬ力に、肉体的な戦慄を感じた。彼は銃をとりなおすと、こんどは椅子に近づくパウエルの頭部に狙いを定めた。

パウエルがいった。「今晩は、ミス・ドコートニイ」

「さようなら、ミスタ・パウエル」ライクはつぶやき、銃を持つ手の震えを必死にとめようとした。

パウエルがいった。「大丈夫ですか、ミス・ドコートニイ？」彼女が答えないのを見て、彼は体をかがめると、その無表情な顔をのぞきこんだ。そして腕をとると、もういちどいった。「大丈夫ですか、ミス・ドコートニイ？　ミス・ドコートニイ！　助けがいるんでしたら、わたしが……」

〃助け〃という言葉に、彼女はふいに椅子から身を起こし、耳をすますしぐさをした。そして両足をつきだすと、椅子からとびあがった。彼女はパウエルの脇を一直線に通りすぎ、突然立ちどまって、ドアのノブをつかむかのように手を伸ばし、ノブをまわして、目に見えぬドアを押しあけ、前にとびだした。風に舞う金色の髪、大きく見ひらかれた黒い瞳……野性の美の一瞬の閃《ひらめ》き。

「おとうさま！」彼女は叫んだ。「まあ、なんということを！ おとうさま！」

彼女はかけだし、急停止し、何者かを避けるようにあとずさりした。そして、左側にとびだすと、狂ったように悲鳴をあげながら、大きく半分まわった。その眼は、一点を見つめたまま動かない。

「いけません！」彼女は叫んだ。「いけません！ おねがいですから！ ああ、おとうさま！」

ふたたびかけだして、とまる。そして目に見えぬ腕から逃れようともがく。悲鳴をあげ、抵抗しながらも、眼は依然として一点を見つめたまま。しかし次の瞬間、体を硬直させ、轟音《ごうおん》に驚いたように耳を両手で覆った。彼女は膝からくずおれると、苦痛にうめきながらフロアを這っていた。やがてとまると、フロアにあったなにかをつかみ、うずくまったままの姿勢で、人形のような、生気のない、無表情な顔にもどった。

その動きの意味は、ライクにはわかりすぎるほどわかった。彼女は父親の死を再現したのだ。パウエルのために再現してみせたのだ。もし、パウエルが彼女を透視したなら……

パウエルは彼女のそばに寄って、フロアから抱き起こした。ダンサーのように優雅に、夢遊病者のように落ち着きはらって、彼女は立ちあがった。パウエルは、彼女に腕をまわすと、ドアへ導いた。ライクは最良のアングルを求めて、銃口を二人に向けたままあとを追った。こちらの姿は見えない。敵は彼の存在など露知らず、かっこうの標的となっている。射てば、安全は保たれるのだ。パウエルはドアをあけた。そして、ふいに自分の体のかげに女を入れると、彼女をしっかりと抱きかかえ、天井を見上げた。ライクは息をのんだ。

「射ちたまえ」パウエルがいった。「おれたちはここにいる。簡単な射撃だ。一回で二人とも殺せる。射たないのか?」彼の痩せた顔には、怒りがうずまいていた。黒い瞳の上に、まっ黒い眉が重苦しくかぶさっている。三十秒間、彼は覚悟をし、憎しみに燃える眼で、天井のむこうのライクを見つめながら待っていた。長い沈黙のあと、ライクは視線を落とすと、二人から顔をそむけた。

パウエルは無抵抗の娘を部屋から出し、ドアをそっと閉じた。ライクは身の安全が指のすきまから逃れ去ったことを知った。彼は破壊への道をなかばまで来てしまったのである。

10

あまりの凄惨な光景に、レンズが狂いを起こし、その写真しかうつさなくなったカメラ。あまりの恐怖に、表面に歪みが生じ、忘れることのできない音楽の断片を、何回も何回も再生する録音クリスタル。

「ヒステリー性回想です」キングストン病院のジームズ博士は、パウエル家の居間で、パウエルとメアリ・ノイスに説明した。「〝助け〟というキー・ワードに反応し、恐ろしい体験を再現するのです……」

「父親の死だ」パウエルがいった。

「そうですか。なるほど。それとは別に……緊張病の症状も現われていますね」

「永久的なものですか？」メアリ・ノイスがきいた。

少壮の医師ジームズ博士は、その質問に驚き、むっとしたようだった。彼はエスパーでこそなかったが、キングストン病院でもっとも将来を嘱望されている有能な医学者の一人で、したがって、仕事への熱の入れようも人一倍だった。

「この時代に？　肉体的な死以外に、永久的なものなんかありはしませんよ、ミス・ノイス。

それだって、キングストン病院では、研究がはじまっています。ぼくらは、死を症候として
の見地から研究していますが、すでに――」
「それはあとにしましょう」パウエルがさえぎった。「また、いつか聞かせていただきます。
今日は仕事があるので。あの娘《こ》を貸していただけますか？」
「貸す？」
「透視するんです」
ジームズは考えていた。「いけない理由はありませんな。彼女に、緊張病の既経験感療法《デジャ・エプルヴエ》
を施しましたが、のぞいても別にどうということはないでしょう」
「既経験感療法《デジャ・エプルヴエ》？」メアリがきいた。
「偉大な新療法ですよ」ジームズが熱を帯びた口調でいった。「あなたたちエスパーの一人
……ガートが開発しました。患者が、緊張病に陥る。これは逃避、つまり、現実からの脱出
です。意識が、外界と無意識との闘争に直面できないのです。それは自分が生まれていなか
ったことを希求します。そして、胎児の時代への逆行を試みます。わかりますか？」
メアリはうなずいた。「いままでのところは」
「よし。〝既経験感《デジャ・エプルヴエ》〟というのは、十九世紀に用いられた心理学用語です。文字どおりに訳
せば、〝すでに経験したこと、すでに試みたこと〟となります。多くの患者は、それらの希
求があまりに激しいため、いままで経験していないこと、試みていないことを、過去の出来
事のように思いこみます。いいですね？」

「ちょっと待って」メアリが、ゆっくりと口を開いた。「じゃ、あなたは、わたしが――」

「こういいかえてみましょう」ジームズがきびきびとそれをさえぎった。「たとえば、あなたが……ええと、そう、ここにいるミスタ・パウエルと結婚して、家庭を持ちたいとせつに願っていたとします。いいですか？」

メアリは顔をあからめた。そして、こわばった声でいった。「ええ」一瞬パウエルは、いささか呑みこみのよすぎるこの若い正常人《ノーマル》をぶちのめしてやりたくなった。

「さて」ジームズは、二人の様子を意地悪に無視して、つづけた。「そんなとき、もし心の均衡が崩れたりしたら、あなたは、自分がすでにパウエルと結婚して、子供が三人もできていると思いこむかもしれません。〝既経験感《デジャ・エプルヴェ》〟とは、そういうものです。ぼくらは、その〝既経験感《デジャ・エプルヴェ》〟を、患者のために人工的に作りだします。逃避したいという願望を、こちらで実現させてやるのです。患者が欲する経験を現実に惹き起こします。精神を深層から分離させて子宮へと送りかえし、新しい人生が始まったのだと思いこませるのです。わかりますか？」

「わかりましたわ」自制を取りもどして、メアリは笑顔を作った。

「精神の表層……つまり、意識している部分では……患者は再び加速度的に成長をはじめます。幼年期を経て、少年期、青年期、そしておとなへと」

「あなたは、バーバラ・ドコートニィが赤んぼうになって……言葉をおぼえ……歩き……？」

「そうですよ。そうです、そうです。三週間ほどかかります。そして、体の成長に追いつくところには、それまで逃れようとしていた現実を直視できるようになります。現実を体験できるほど大きくなるということですな、いってみれば。ただ、いまいったように、これは意識している部分だけなのです。その下には、彼女は決して触れません。ご自由に透視なさってけっこうですよ。ひとつ問題なのは……彼女が心の奥底では、ひどく怯えているのではないかという心配です。混乱しているといったほうがいいかもしれません。目的のものを手にいれるまでには、非常な手間がかかるでしょう。ま、あなたの専門ですから、やりかたは心得てると思いますが」

ジームズはふいに立ちあがった。「病院へ帰らなくては」彼は玄関のドアへむかった。「お役にたてて光栄でした。特に、エスパーのかたのお役にたてるのはね。最近、あなたたちを目のかたきにしている連中がいるけど、ぼくにはわからないなあ……」彼は出ていった。

《フーム。いまの別れぎわの言葉は、なかなか意味深い》

《どういうこと、リンク？》

《かの偉大なる、ぼくらの親友、ベン・ライクさ。ライクは、アンチ・エスパー・キャンペーンを支援してる。きみも知ってるだろう……エスパーは、団結力が強いから危険だ……信用できない……愛国心がない……太陽系転覆の謀叛《むほん》を企んでる……正常人《ノーマル》の赤んぼうをとって食う……ｅｔｃ、ｅｔｃ》

《もうたくさん！ ベン・ライクはそのくせ〈愛国エスパー連盟〉にもおカネを出している

のよ。最低の危険人物だわ》
《危険にはちがいないが、最低ではないね、メアリ。彼には魅力がある。だから、二重に危険なんだ。人は、悪党らしく見えるのしか、悪党だと思わない。しかし、ま、手遅れにならない前に、ライクを始末することはできるだろう。バーバラを下へ連れてきてくれ、メアリ》
メアリは娘を連れて、二階からもどると、彼女を居間の低い壇にすわらせた。バーバラは彫像のように動かない。メアリの世話で、彼女は青いタイツを着、ブロンドの髪をきれいにとかして、うしろで狐の尻尾のように青いリボンで結んでいた。洗練された、輝くばかりの美――愛らしい蠟人形。
《外見《そとみ》はかわいくても、中はめちゃくちゃだ。ライクめ！》
《ライクがどうかした？》
《さっき話しただろ、メアリ？　チューカ・フラッドの鶏小屋で、あんまり腹がたったものだから、でぶのクィザードとそばにいたワイフに、一発ずつくれてやったんだ……それから、上にいるライクに気がついた。あぶなく、そっちもやるところだったよ。ぼくは――》
《クィザードになにをしたの？》
《ベーシック神経ショックだ。こんど鑑識課に来たまえ。見せてあげる。新しく開発されたんだ。一級になったら、教えてあげるよ。神経混濁銃みたいなものだが、それを精神作用で起こすんだ》

《生命《いのち》は？》

《誓約を忘れたのかい？　もちろん、別状ないさ》

《あなたは、フロアをとおしてライクに気づいたのね？　でも、どうやって？》

《TP反射《テレパシー》だ。のぞき部屋には、音を通す電線が引かれていなかった。で、下に管が通じていたんだ。ライクの失敗さ。そこからライクの思考波が流れてきた。そのときは、てっきり彼は射つと思ったね。だから、こっちもベーシックでぶっとばそうと身構えた。そのままやってたら、記録に残るような病歴になってたかもしれない》

《なぜ、射たなかったのかしら？》

《わからないよ、メアリ。わからない。ぼくたちを殺す理由は、彼にはいくらでもあった。殺してしまえば、身は守れると思ってもいた……クィザードが倒れたのには彼もびっくりしたが、ベーシックのことは知りもしなかった……それなのに、射たなかったんだ》

《おそろしかったのかしら？》

《ライクは臆病者じゃない。こわがってはいなかった。ただ、射てなかったんだ。なぜかは、わからない。だが、こんど会うときはちがうだろう。バーバラ・ドコートニイをうちに置くのも、それなんだ。ここなら安全だからね》

《キングストン病院でも安全よ》

《だけど、ぼくの仕事には、ここのほうが静かでいい》

《？》

《彼女のヒステリーの中には、殺人の光景がしまいこまれたままになっている。それを拾いだしたいんだ……ひとかけらずつね。その作業を終えたとき、ライクはぼくらの手に陥ちる》

　メアリは立ちあがった。《メアリ・ノイス退場》

《すわってくれ！　なぜ、きみを呼んだと思う？　この娘《こ》といっしょにいてほしいんだ。一人にさせるわけにはいかないじゃないか。きみたちは、ぼくの寝室を使っていい。ぼくはこの書斎で寝る》

《ちょっと静かにして、リンク。べらべらうるさいわよ。悩みごとでもあるの？　その壁の奥、あたし、のぞいていい？》

《聞きたまえ――》

《お気に召さないのね、ミスタ・パウエル》メアリは突然吹きだした。《思ったとおり。あなたは、付添人《シャペロン》として、あたしが入用なんだわ。シャペロン……ヴィクトリアふうの言葉じゃない？　あなたもそうなんだから、しかたがないけど。先祖返りなのよ、あなたは》

《そいつは嘘だ。社交界では、ぼくはもっとも進歩的な人間ということに――》

《じゃ、あなたの心の中にあるそのイメージは？　まあ。円卓の騎士なのね。サー・ギャラハッド・パウエル。その下にも、なにかあるわ。あたし――》彼女の笑い声が、ふいにやんだ。その顔が青ざめた。

《なにを見たんだ？》

《いいわよ》
《おい、いってくれよ、メアリ》
《いいの、リンク。あたしをのぞかないで。自分に届かないものを、セコハンで手に入れるのはよくないわ。ことに、このあたしからはね》
パウエルはしばらく、不思議そうに彼女を見つめていたが、やがて肩をすくめた。《わかったよ、メアリ。じゃ、仕事にかかろう》
そして、バーバラ・ドコートニィに向くと、彼はいった。
「助けてくれ、バーバラ」
彼女はふいに立ちあがると、なにかに聞きいるようなしぐさをした。彼は細心の注意をこめて、さぐりを入れた……シーツと毛布の感触……ぼんやりと呼ぶ声……（だれの声だ、バーバラ?）前意識の深層で、彼女が答えた。「だれ?」（友だちだよ、バーバラ）「誰もいないわ。誰も。わたしだけよ」彼女はたった一人で廊下をかけ、ドアをあけると、蘭の間にとびこんだ。そして——（どうしたんだ、バーバラ）「男がいるわ。二人」（誰だ?）「出ていって。おねがい。声は嫌い。誰かが叫んでる。耳元で、大声で——」おぼろげな人影が、彼女を父親から引き離そうとつかみかかる。恐怖の本能が、身をかわす術《すべ》を教えた。しかし、彼女の悲鳴はやまない。彼女は背を向けると、半円を描いて……（おとうさんはなにをしてる、バーバラ?）「おとうさま——ちがう。あなたなんかいないわ。ここにいるのは、三人だけ。おとうさまとわたしと——」おぼろげな人影が、彼女をつかまえた。相手の顔のフラッシュ。それだけ。（もういちど見るんだ、バーバラ。つややかな顔。大きな眼。小さな、のみでけずったみたいな鼻。感受性の強そうな、小さな口。傷口のようだ。これが、その男かい？　像を見るんだ。この男かい？）「そうよ。そうよ。そうよ」そして、すべてが消えた。

　無表情な、人形のように生気のない顔で、彼女はその場所にうずくまった。

　パウエルは顔の汗をぬぐうと、娘の手をとって壇に連れもどした。彼はひどい衝撃を受けていた……バーバラ・ドコートニィ以上かもしれない。彼女には衝撃をやわらげるヒステリーがある。しかし、彼にはそれがないのだ。パウエルは、彼女のむきだしの恐怖を、戦慄を、苦痛を、そのまま受けとめてしまったのだった。

《あれはベン・ライクだよ、メアリ。きみも見たかい？》

《そんなに長くいられなかったわ、リンク。逃げだしてしまったの》

《たしかにライクだ。ただ問題は、彼がどうやって殺したかということだ。凶器はなんだろう？　ドコートニィは、なぜ身を守ろうとしなかったんだろう？　もういちどやらなければならない。この娘《こ》にはかわいそうだが……》

《あなたにもよ》

《しかたがないんだ》彼はふかく息を吸いこんだ。「助けてくれ、バーバラ」

　ふたたび、彼女は壇から立ちあがると、なにかに聞きいるようなしぐさをした。彼はすばやく入りこんだ。（そおっと。あわてないで。時間はたっぷりあるんだ）「また、あなた?」（憶えていたのかい、バーバラ?）「ちがうわ、ちがうわ、あなたなんか知らない。出ていって」（でも、ぼくはきみの一部なんだよ、バーバラ。いっしょに廊下をかけていくんだ。ほら、いっしょに、ドアをあける。二人だと、やさしいだろう?）「じゃ、どうして助けてくれないの?」（それは無理だよ、バーバラ）「おとうさまを見て！　あの人をとめるのよ。おねがい。助けて。助けて！」

無表情な、人形のような生気のない顔で、彼女はうずくまった。

腋の下の手に、パウエルは気づいた。いっしょにうずくまってしまってはいけないのだ。目の前の死体がゆっくりと消えていった。蘭の間も消滅した。彼を起こそうとしているのは、メアリ・ノイスだった。

「今度は、あなたから」感情を押し殺した声で、彼女はいった。

彼は首を振って、バーバラ・ドコートニイを助け起こそうとしたが、そのまま倒れてしまった。

《もういいわ、サー・ギャラハッド。すこしおちついて》

メアリは娘を起こすと、壇まで連れていった。そして、パウエルのところへもどってくると、《さあ助けてあげるわ。恥ずかしいの?》

《というより、いさぎよしとしないんだ。ぼくを起こすことなんかで、時間を無駄にしないでくれ。ぼくにほしいのは、脳の力だ。困ったことになった》

《なにを見たの?》

《ドコートニィは、わざと殺されたんだ》
《まさか！》
《ほんとうなんだ。彼は死にたがっていた。機会さえあったら、彼はライクの目の前で自殺していたかもしれない。バーバラの回想は混乱してる。そこのところを、はっきりしないといけない。ドコートニィの主治医に会ってみよう》
《サム・@《アト》キンズだわ。あの人、サリイと、先週金星へ帰ったわ》
《じゃ、行かなきゃならない。十時のロケットにまにあうかな？　ジョン・F・ケネディ空港に連絡してくれ》

エスパー医学博士1、サム・@キンズは、一時間の診察に、一千クレジットを受けとっていた。大衆は、サムが年間、二百万クレジットを稼いでいることは知っていても、彼がみすみすその収入を慈善事業についやして、自分の生命をすりへらしていることは知らなかった。彼は、ギルドの長期教育計画の輝ける松明《たいまつ》のひとつであり、テレパシーが先天的なものではなく、適当な訓練によってすべての人間に備わる後天的な能力であると信じている環境派の指導者なのだった。

その結果として、ヴィーナスバーグ郊外の絢爛《けんらん》たる乾燥台地にあるサムの砂漠屋敷は、慈善病院と化していた。彼は、低所得者たちを家に招いて、その悩みをいちいち聞いてやり、そのあいだに注意ぶかく患者の心にテレパシーの芽を植えつけようと試みているのだった。

サムにいわせれば、理窟は簡単だった。もし透視能力が、あまり使わない筋肉の発達したのと同じようなものなら、大多数の人間は、不精なのでそれをしないか、機会に恵まれないためだというのだ。だが、危険が迫ったとき、人は不精なままではいられない。サムが目をつけたのはそこだった。これまで、潜在的エスパーの発見率は二パーセントにおわっており、これはギルド専門学校《インスティチュート》の面接試験の平均より低かった。しかし、サムはそれにくじけるような男ではなかった。

　パウエルが訪れたとき、彼は、まるで地面をたがやしてでもいるように、砂漠の花を蹴散らしながら、屋敷の石庭を精力的に歩きまわり、子犬のようにあとからついてくる二十人ばかりの人生の敗残者たちと、同時に会話をしていた。永遠に消えることのない頭上の雲は、目もくらむ光を放って、サムの禿頭を紅潮させている。彼は、植物も患者もいっしょくたにして、どなりちらしていた。

「ばかもの！　それをヒカリソウだというのか？　雑草だよ、それは。このわたしに、区別ができんという気かね？　くま手を貸しなさい、バーナード」

　黒い服を着た小男が、彼にくま手を渡して、いった。「わたしの名前は、ウォルターですよ、@《アト》キンズ先生」

「それがいかんのだ」@キンズはそうつぶやいて、ぶよぶよした赤い植物をひとかたまりひっこぬいた。それは、ヒステリックにめまぐるしく色を変えると、悲しげな鳴き声をあげた。雑草でも、ヒカリソウでもない。それは、扱いにくい金星のネコヤナギだった。

@キンズは、鳴きながらつぶれていく気嚢を不愉快そうに眺めていたが、ふいに小男をふりかえって、にらみつけた。

「意味的な逃避だよ、バーナード。きみは、物自体ではなく、そのレッテルばかりに気をとられて生活している。きみの現実逃避は、それだ。バーナード、きみはいったいなにから逃れようとしているのだ?」

「先生がおっしゃってくれるのを待ってるんですよ」ウォルターが答えた。

パウエルはその光景を観賞しながら、なにもいわずに立っていた。古代の聖書の挿絵ともいえそうな一場面。サムは、まぬけな弟子たちに腹をたてている、気短かなメシア。きらめく珪石《けいせき》を周囲に配した石庭。岩の上を這う、さまざまな色彩の、乾いた金星植物。空からふりそそぐ、まばゆい真珠色の光輝。そして、目路のかぎりに拡がる、赤、菫《すみれ》、紫の金星の荒地。

@《アト》キンズが、ウォルター/バーナードに向いてどなった。

「その顔を見ているうちに、あの赤毛女を思いだした。高級コールガールみたいなあの女は、どこにいる?」

美しい赤毛の娘が、人垣をかきわけて現われ、媚《こ》びた微笑をした。「ここですわ、@キンズ先生」

「そんなふうに呼ばれたからって、別に科《しな》をつくらんでもいい」@キンズはしかめつらをすると、TP《テレパシー》に切りかえてあとをつづけた。《きみは、女に生まれたということだけで、満足してしまっているんだ。そうじゃないか？　そんなものは人生じゃない。きみの空想なんだ。〝あたしは女。だから、男はあたしを手に入れようとする。あたしがオーケイしさえすれば、何万人もの男が、あたしを愛してくれるんだ。そう思うだけでたくさん。人生はなんてすばらしいんだろう〟ばかいっちゃいけない！　そんな逃避は、いつまでもつづくものじゃないさ。セックスは見せかけだけのものじゃないんだ。人生は見せかけだけのものじゃないんだ。ヴァージンを神聖なものだと思っていたら、大まちがいだ》

@《アト》キンズはいらいらしながら、返事を待った。しかし、彼女は立って、笑っているだけ。とうとう、彼はしびれをきらした。

《いま、いったことが聞こえた者、いるか？》

《先生、聞こえました》

《リンカーン・パウエル！　まさか！　ここでなにをしているんだ？　どこから忍びこんできた？》

《地球《テラ》からだよ、サム。ききたいことがある。長くはいられないんだ。次のロケットで帰らなきゃならない》

《長距離《インタープラネタリイ》で映話はできなかったのか？》

《事情が複雑なんだよ、サム。これはTP《テレパシー》のほうがいいんだ。ドコートニイ事件なんでね》

《ははあ。そうか。フム。よっしゃ。一分したら行く。中でなにか飲んでてくれ》@キンズは、強烈なTP波で細君を呼んだ。《サリイ。お客だ》

　@キンズの取巻きの一人が、怪訝《けげん》な顔で身をすくめた。サムは、眼を輝かせて男のほうを向いた。「聞こえたんだな？」

「いいえ。全然、なんにも聞こえませんでしたよ」

「そんなことはない。きみは、TP波《テレパシー》をキャッチしたんだ」

「ちがいます、@《アト》キンズ先生」

「じゃ、なぜ驚いた」

「虫が、嚙みついたもんで」

「嚙みつくものか。この庭に虫はいない。わたしがワイフにどなったのを、きみは聞いたのだ」次の瞬間、彼はすさまじい思考をまた送りだした。《みんな聞こえるんだ。聞こえないなんて、いわせないぞ。きみは救われたくないのか？　答えろ。さあ、答えるんだ！》

　パウエルは、サリイ・@キンズを、屋敷の涼しい広々とした居間で見つけた。部屋は、空へむかってあけはなたれていた。金星では、雨は降らないのだ。七百時間にわたって、昼の空から降りそそぐ光をさえぎるには、プラスチック・ドームで充分だった。そして、七百時間の厳寒の夜がはじまると、@キンズ夫妻は、荷物をまとめて、暖房の行き届いたヴィーナスバーグ住宅区域に移るのである。金星では、誰もがそうした三十日の周期で生活していた。

　サムが居間へかけこんできた。彼は、一クォートの氷水をたちまち呑みほすと、パウエルにむかって、いった。《一杯、十クレジットさ。闇の値ではね。知ってるかい？　金星には、水の密売組織があるんだぜ。警察は、いったいなにをやってるんだ！　気にするなよ、リン

ク。あんたの管轄外だっていうことは知ってる。ドコートニイ事件が、どうかしたのか？》

パウエルは、問題点をあげた。バーバラ・ドコートニイの病的回想には、二つの解釈のしかたがあること。ライクが実際にドコートニイを殺害している場合、もうひとつは、彼がドコートニイの自殺の目撃者にすぎない場合。〈長老モーゼ〉は、この点をはっきりさせろというにきまっているのだ。

《なるほど。答えは、イエスだ。ドコートニイには、自殺衝動があった》

《自殺衝動？　なんでまた？》

《彼は廃人同様だったんだ。適応パターンは、崩壊しかけていた。極度の精神消耗で、自滅の一歩手前だった。だから、その治療に、わたしは地球《テラ》へ急行したんだ》

《フムフム。それはショックだな、サム。じゃ、自分の頭もふきとばしかねなかったというわけか？》

《なんだって？　頭をふきとばした？》

《そう。ここに写真がある。武器はわからないが――》

《待ってくれ。だとすると、はっきりしたことがいえるぞ。ドコートニイがそんな死にかたをしたのなら、それは自殺じゃない》

《根拠は？》

《彼には、毒物に対する固着観念があった。自分は麻薬で死ぬべきものと思いこんでいたんだ。自殺者の心理は知ってるだろう、リンク。あるひとつの死にかたに思考を固着させると、

彼らは決してそれを変えないんだ。ドコートニイは、殺されたにちがいない》

《じゃ、先へ進もう。サム、なぜドコートニイは、自殺の道具を毒物ときめたんだ?》

《からかってるのか? わたしにわかってたら、彼はなおってたさ。この件については、あまりいい気持ちがしていないんだ、パウエル。ライクのおかげで、治療は失敗してしまった。ドコートニイを助けることはできたんだ。わたしが——》

《ドコートニイのパターンが崩壊した原因については、なにかつかんだのか?》

《まあね。彼が思いきった行動をとろうとするその背後には深い罪の意識があった》

《なんに対する罪なんだ?》

《彼の子供だよ》

《バーバラか? どうして? なぜ?》

《わからない。彼は、理窟にあわない象徴と必死に闘っていた。遺棄……逃亡……恥辱……憎悪……臆病……そういったものだ。これから、それに手をつけようとしていたときだった。だから、それ以上知らない》

《ライクは、これをみんな予測し、計算に入れていたんだろうか? 〈長老モーゼ〉は、そこんとこにこだわるだろう。ぼくらが証拠を提出するとしたらな》

《その可能性はある——いや。不可能だ。それには、エキスパートの助けが——》

《ちょっと待った、サム。なにかきみは隠してる。よかったら、それをこちらに……》

《どうぞ。あけっぴろげだ》

《無理に助けようとするのはよしてくれ。それでは、みんなまぜこぜだ。そら、いいかい……お祭の連想……パーティ……会話——ぼくのパーティだな。先月。ガス・テイト。彼自身、エキスパート。同じような患者がいるのできたいことがあるといった。テイトが助力を求めている。これはつまり——と、きみは推理した——ライクが助力を求めているということだ》驚きのあまり、パウエルは思わず大声を出していた。「そうか、あのエスパーだ！」

「なにが〝そうか〟だ？」

「ドコートニイが殺された晩、ガス・テイトはボーモント邸のパーティにいた。ライクといっしょに来たんだ。まさかとは思っていたが——」

《リンク、信じられん！》

「こっちもそうさ。だが、そのとおりだよ。ガス・テイトは、ライクのコンサルタントだ。彼のために、いろいろと動きまわっている。きみにかまをかけて、情報を殺人鬼に流したんだ。あのガスが……。エスパー誓約の値打ちは、いまどれくらいなんだ？」

「値打ちもなにも——破壊だ！」@《アト》キンズは、荒っぽい声で答えた。

家のなかのどこかで、サリイ・@キンズが呼んだ。《リンク。映話よ》

「え？　ここを知ってるのは、メアリだけだ。バーバラ・ドコートニイになにか起こってなければいいが」

パウエルは広間へおおまたにかけおりると、映話を置いた壁のくぼみに足を運んだ。スクリーンには、ベックの顔が小さくうつっていた。むこうでもパウエルに同時に気づいて、もどかしそうに手を振った。声がろくに届かないうちから、ベックはしゃべりはじめていた。

「……が知らせてくれたんですよ。そこにいてよかった。あと二十六時間しかありません」

「待て待て。話というのは、はじめからするものだ」

「ロードプシン研究者のウィルスン・ジョーダン博士が、カリストからもどりました。いまでは、ベン・ライクのおかげで大した物持ちですよ。帰りは、わたしもいっしょでした。彼は地球《テラ》に二十六時間滞在して、こまかい用事を片づけ、それから、新しく自分のものになった土地に永住するためにカリストへひきかえします。彼からなにかほしいことがあるんだったら、すぐもどったほうがいいです」

「ジョーダンは話すかな？」

「やっこさんに話す気があると思ったら、とっくに、長距離《インタープラネタリイ》で聞いてますよ。いや。彼は、金欲病にとっつかれてるし、ライクに恩義を感じてます。いま、世間でいわれてる言葉を引用するとすれば、ライクは、ジョーダン博士ならびに正義を重んじて、いさぎよく法律的ないざこざから身を引いてしまったんですよ。なにか引きだしたいのなら、地球《テラ》にもどって、ご自分でなさるんですね」

「それから、ここが」と、パウエルはいった。「ギルドの研究所ですよ、ジョーダン博士」

ジョーダンは興味を惹かれたようだった。ギルド・ビルの最上階全部が、実験研究の場としてフルにつかわれているのだ。直径三百メートル近くもある巨大な円型の部屋で、上からすっぽりと二重の石英ドームがかぶさっている。光線は、ドームの操作によって、白日光から完全な闇、その他、単色光、1/10オングストロームの波長まで、あらゆる段階に使いわけることができた。いまはちょうど正午だったので、わずかに弱められた太陽光線が、テーブルやベンチ、クリスタルや銀製の機具、実験衣を着て働いている人々などの上にふりそそぎ、それらをほんのり赤く染めあげていた。

「歩きましょうか？」パウエルがあいそよく提案した。

「時間があまりないんですよ、ミスタ・パウエル、しかし……」ジョーダンはためらっていた。

「そうでしたね。貴重な一時間をさいていただいて、ほんとに感謝しています。実は、どうしてもあなたの力をお借りしたいことがあって……」

「ドコートニイに関することでしたら」ジョーダンが口をひらいた。

「誰？　ああ、あの。殺人事件ですね。なぜ、そんなことをお考えになるんですか？」

「つけられていましてね」ジョーダンが凄みをきかせていった。

「そのことなら、心配ないです。わたしたちがお願いしようというのは、研究の指導で、殺人事件の情報提供ではありません。われわれ科学者に、殺人事件なんかなんですか？　関係ないですよ」

ジョーダンはいくらか軟化した。「そのとおりです。この研究所を見れば、それは一目瞭然ですな」

「中をお目にかけましょうか？」パウエルはジョーダンの腕をとった。そして、TP《テレパシー》で研究所全体に通告した。《全員待機せよ！　これからひと芝居をうつ》

仕事の手も休めず、技術者たちは騒がしい嘲笑で、それに応えた。嘲《あざけ》りのイメージの渦のなかで、一人の陰口屋が癇《かん》にさわる叫びをあげた。《お天気を盗んだのは、誰だい、パウエル？》それは明らかに、〈うそつきエイブ〉の不名誉な経歴をかざる、真相不明のある事件に言及したものだった。しかし、その真相をのぞくのに成功した人間は一人もいないのに、パウエルは毎回顔を赤らめた。今回も、それは同様だった。静かな高笑いが部屋に満ち溢れた。

《よさないか。いまはまじめなんだ。事件は、この男からなにを絞りだすかできまるかもしれない》

ふいに、静かな高笑いがやんだ。

《この人物は、ウィルスン・ジョーダン博士。専門は視覚生理学だが、その分野で、彼はぼくがほしいと思う情報を持っている。だが、訊問することができないんだ。彼の親切心をかきたててほしい。視覚に関係のある、いいかげんな疑問をでっちあげて、彼に持ちこんでくれ。しゃべりだすようにしむけるんだ》

彼らは、一人、二人、あるいは一団となって、やってきた。TP《テレパシー》インパルスを記録するトランジスターの問題に取り組んでいたある赤毛の科学者は、TP像電送が歪みを伴うという事実をその場ででっちあげて、控え目な助言を請うた。長距離テレパシー通信の研究で行き詰まっていた二人の美しい娘は、視覚的イメージが必ず色収差を起こす（実際、そんなことはないのだが）原因について、彼にたずねてきた。TP覚の中枢、超感覚神経結節のエキスパートばかりで構成された日本人科学者チームは、視神経と結節がつながっている（実は、両者は二ミリメートル以上離れているのだが）と主張し、もっともらしい証拠やいんぎん無礼な反論を並べて、彼を苦しめた。

午後一時、パウエルはいった。「お話し中失礼ですが、博士、もう時間がありません。なにか重要なお仕事がおありだと——」

「かまわんです。かまわんです」ジョーダンはさえぎった。

「さて、いいですか？　この器官を横に割ってみると」（後略）

午後一時三十分、パウエルは再び注意をうながした。「ジョーダン博士、一時半です。五時にはお発ちになるんでしょう？　このあたりで——」

「時間、時間、時間、そんなのはいくらでもあります。ロケットも女も同じことですよ。だめだったら、ほかのにすればいいんだ。そこでですね、あなたの研究は確かにすばらしい。しかし、一個所、欠点がありますな。あなたは、かんじんの染料を使わないで、生きた結節を観察してたんですよ。真性赤《エールリッヒ・ロート》だったかな？　そうでなければ、リンドウ菫《ジェンシャン・ヴァイオレット》だ。これは、ぜひ」（後略）

午後二時、討論のさまたげにならないよう、そっと軽食が運びこまれた。

午後二時三十分、ジョーダン博士は、興奮し、顔を紅潮させて、こう白状した。実をいうと、大金もカリストもみんな願いさげにしたいと思っている。なぜなら、むこうには科学者はいないし、心の触れあいもない。それに、このような驚くべき会話は、二度と望めないからだ、と。

午後三時、彼はパウエルに、どのようにして自分にあの穢《けが》れた不動産が手にはいったのか、その経緯を説明した。はじめの所有者は、クレイ・ドコートニィだったらしい。それを大ライク（ベンの父親）が、なんらかの策略をもってわがものにし、彼の妻の名義で登記した。彼女の死とともに、それは息子に受けつがれた。大泥棒のベン・ライクも、これには良心の呵責を感じたらしく、その土地を公開法廷に投げだした。それがなにかのはずみで、ウィルスン・ジョーダンの手におちてしまったというわけだ。

「彼には、ほかにもいろいろと良心の悩みがあるようです。彼のところで働いてたとき、いろいろと見ましたよ！　だが、ひと皮むけば、資本家というのは、みんな悪党なんだ。そう思いませんか？」

「ベン・ライクに関するかぎり、そうはいえないと思いますね」パウエルは上品ぶって答えた。「わたしは彼を尊敬しています」

「わかります。わかります」ジョーダンはすぐさまあいづちをうった。「そう、彼は確かに良心家ですな。優れた人物です。これで、彼がわたしを――」

「そうですよ」共犯者の側にまわったパウエルは、微笑を餌《えさ》に、ジョーダンを網の中にたぐりこんだ。「科学者としての立場からいえば、非難もできましょう。しかし、大人の人間としての立場からは、われわれには彼を称讃することしかできませんね」

「同感です」ジョーダンは感きわまったようにパウエルの手を握った。

午後四時、ジョーダン博士は、前にひざまずいた日本人科学者にむかって、研究の助けとなるなら喜んで、いままで極秘になっていた視紅素に関する彼の研究成果を提供しようと申しでていた。そのときの彼は、次の世代に松明を渡す人間の心境だった。眼に涙をため、感激に声をつまらせながら、彼は二十分間にわたって、自分がモナーク産業のために開発したロードプシン・イオン化剤の説明を注意ぶかく与えた。

午後五時、ギルドの科学者たちにエスコートされて、ジョーダン博士はカリスト行きロケットに乗りこんだ。彼らは、贈り物と花を特別室に山と積み、彼の耳を感謝の言葉でいっぱいにした。木星の第四衛星めざして加速するロケットの中で、彼はしごく満足だった。科学には実質的な貢献をし、しかもあの魅力的で寛大なパトロン、ミスタ・ベンジャミン・ライクを裏切らずにすんだからだ。

バーバラは、居間の床に四つん這いになって、元気に這っていた。食事を終えたばかりなので、その顔には卵のカスがこびりついている。
「アババババババ」彼女がいった。「アバ」
《メアリ！　早くおいで！　しゃべってる！》
《ちがうわよ》メアリがキッチンからとびだしてきた。

《なんていってる?》

《ぼくを、ダダ（おとうさん）って呼んだ》

「アバ」バーバラがいった。「アババアババ」

メアリは、冷笑を彼にたたきつけた。《そんなふうにいってないわ。アバっていってるのよ》彼女はキッチンにもどった。

《ダダっていってるんだよ。まだ赤んぼうなので、はっきり発音できないのさ》パウエルは、バーバラのとなりに膝をついた。「ほら、ダダっていってごらん。ダダ? ダダ? いえないのかい?」

「アバ」甘ったるい声で、バーバラは返事した。

パウエルはその試みをあきらめると、意識の表層から前意識へと踏みこんでいった。

(ヘロー、バーバラ)

「また、あなたなの?」

(憶えてるね?)

「わからないわ」

(もちろん、憶えてるさ。誰も知らないきみの心の中の混乱を、いつものぞきにくるのは、ぼくだぜ。いっしょに闘うんだ)

「わたしたち二人だけで?」

(うん、二人だけで。きみは、自分が誰だか知ってるかい? どうして、そんなところに一人ぼっちで埋もれているのか、ききたいと思わないかい？）

「わからない。教えて」

（いいかい？　むかしむかし、きみはいちどだけ、いまと同じようなときがあったんだ……ただ、そこにある、というだけのときがね。それから、きみは生まれた。おとうさんとおかあさんができたんだ。きみは大きくなって、ブロンドの髪と、黒い瞳と、すばらしい姿態を授かった美しいレディに成長した。きみは、おとうさんといっしょに、火星から地球《テラ》へと旅行して——）

「ちがう。ここには、あなたしかいないわ。まっ暗な中に、あなたとわたしと二人だけよ」

（おとうさんもいるんだよ、バーバラ）

「誰もいないわ。いるものですか」

（すまない。ほんとうにすまないと思ってる。だが、もういちど、苦しみを味わねばならない。ぼくが見たいことがあるんだ）

「いや。やめて……おねがい。ここにいるのは、わたしたちだけなのよ。おねがい、幽霊さん……」

（ぼくたちのほかは、誰もいないんだ、バーバラ。ぼくのそばにいたまえ。むこうの部屋には、おとうさんがいる……蘭の間だ……と突然、なにかが聞こえてくる……）パウエルは深く息を吸うと、叫んだ。「助けてくれ。バーバラ。助けてくれ！」

二人はすっと起きあがると、なにかに耳をすますしぐさをした。寝巻きの感触。走る足の下の冷たい床。永遠につづくかに思われる廊下。二人はドアをあけて、蘭の間にとびこんだ。悲鳴をあげ、驚いてつかみかかろうとするベン・ライクの手を逃れる。ライクは、父親の口へなにかを持っていった。それはなんだ？　そのイメージを、しばらく保つんだ。焼きつけろ。くそ！　恐ろしい、こもったような爆発音。後頭部がふきとんで、愛され、うやまわれ、したわれた影は信じられぬほどあっけなく床に崩れおれた。二人は胸をかきむしりながら嘆き、床を這って、蠟のような顔の上に咲いた邪悪な鋼鉄の花をつかもうと――

《起きて、リンク！　おねがい！》

気がつくと、メアリ・ノイスが彼を起こそうとしていた。怒りが部屋じゅうにはりつめている。

《一分でも目を離していると、すぐこのとおり。ばかね！》

《ぼくはここにどれくらいすわってたんだ、メアリ？》

《少なくとも、三十分。入ってみると、二人ともそのかっこうで……》

《さがしてたものは手に入れたよ。メアリ、拳銃《ガン》だった。古代の爆発武器だ。はっきりした像がある。ごらん……》

《それが、拳銃《ガン》？》

《そう》

《ライクはどこで手に入れたのかしら？　博物館？》

《だとは思わないね。ロング・ショットをやってみよう。いっぺんに二羽射ちおとすんだ。

手を離してくれ。映話をする……》

パウエルはよろめく足で、映話までたどりつくと、BD—一二、二三二を押した。やがて、チャーチの歪んだ顔がスクリーンに現われた。

「よお、ジェリイ」

「ああ……パウエル」慎重だ。油断がない。

「ジェリイ、あんたのところで、ガス・テイトが拳銃《ガン》を買わなかったか？」

「拳銃《ガン》？」

「爆発武器だ。二十世紀ふうの。ドコートニイ事件でつかわれた」

「ばかな！」

「そうなんだから、しかたがない。ジェリイ、ガス・テイトはおそらく犯人だよ。あんたのところで拳銃《ガン》を買ったんじゃないかな、と思ってね。銃の像を見せるから、調べてくれ」パウエルはちょっとためらってから、つぎの言葉を軽く強調した。「ジェリイ、そうしてくれるとありがたいんだ。このおかえしは必ずする。必ずだ。待っててくれ。三十分でそちらへ行く」

パウエルは映話を切って、メアリを見た。ウィンクしている眼のイメージ。《こうすれば、ガスがチャーチの店へとんでいく時間ができる》

《なぜ、ガスだなんていったの？　ベン・ライクが——》パウエルは彼女に、@《アト》キンズの家でスケッチした像をおくった。《ああ、わかったわ。テイトとチャーチ、両方をかける罠な

のね。チャーチが売った相手は、ライクね》
《たぶん、そうだ。うまくいくかわからないけどね。だが、彼の仕事は質屋だ。博物館の親類みたいなものだよ》
《とすると、テイトは、ライクがドコートニィを殺したとき、手を貸したのかしら？　信じられないわ》
《それは、ほとんど確かだよ、メアリ》
《あなたは、共喰いさせようとしているわけね》
《というより、ライク対チャーチとテイトだ。物的な捜査では、ぼくらは完敗した。これからは、のぞきのあの手この手が勝負だ。失敗したら、ぼくは終わりさ》
《でも、もしライクと二人が対立しなかったら、どうするの？　ライクを呼びこんだとしたら？》
《それはしない。ライクを市《まち》からおびきだしてあるんだ。怯えたキノ・クィザードは必死に逃げまわってる。ライクは、彼をつかまえて口どめしなくてはならないんだ》
《リンク、あなた、悪知恵がはたらきすぎるわ。それなら、お天気盗んだ話、きっとほんとね》
《いや。やったのは、〈うそつきエイブ〉さ》彼は顔を赤らめると、メアリにキスし、バーバラにキスし、また顔を赤らめ、困惑したまま家を出ていった。

11

質店の内部は、闇に包まれていた。ライトがひとつ、カウンターの上の天井にともって、やわらかな光を周囲に丸く拡げている。見えがくれに光をかこみながら会談する三人の男。顔や、ジェスチャーする手が、光と影の境界を思いがけないときに出たり入ったりする。

「いや」パウエルが先手に出た。「誰ものぞこうとは思ってない。率直に話しあおう。声で話すのを、そちらの二人は侮辱ととっているかもしれない。だが、こっちは誠意の証《あかし》のつもりだ。話しているあいだ、のぞきはしない」

「そうでもないだろう」テイトがいった。小人のような顔が、明かりの下に現われた。「パウエル、あんたは策士だという評判だ」

「いまはちがう。調べたっていい。客観的な証拠を、きみたちからほしいんだ。これは殺人事件だ。のぞいたって、なんの証拠にもならない」

「なにがお望みなんだ、パウエル？」チャーチが割りこんだ。

「ガス・テイトに拳銃《ガン》を売っただろう？」

「そんなものは知らん」テイトがいった。

「じゃ、なぜここにいる」

「そんなばかげたいいがかりをつけられて、ただ黙ってろというのかね？」

「チャーチは、きみに売った拳銃《ガン》が、なにに使われたか知ってたから呼んだんだ」

チャーチの顔が現われた。「おれは拳銃《ガン》なんか売ったおぼえはないし、誰かが拳銃《ガン》を使ったという話も聞いてない。これが、おれの客観的証拠だ。信じたほうがいいぜ」

「ああ、信じるとも」パウエルは含み笑いをした。「きみが拳銃をガスに売ってないことは知ってる。売った相手は、ライクさ」

テイトの顔が、明かりの下にもどってきた。「では、なぜあんたは――」

「なぜ？」パウエルは、テイトの眼を見た。「ガス、きみをここへ呼ぶためさ。一分、待ってくれ。ジェリイと話をつける」彼はチャーチに向いた。「ジェリイ、きみの店には拳銃《ガン》があった。そういったものは、よくここにある。ライクは、それを買いにやってきた。彼が来られるのは、ここだけだ。きみは前に、彼と組んで仕事をした。〈大混乱詐欺事件《ケオス・スインドル》〉のことは、まだ忘れたわけじゃないぜ……」

「くたばりやがれ！」チャーチがどなった。

「おかげで、きみはギルドを追放になった」パウエルはつづけた。「イチかバチかの賭けで、ライクのためにすべてを失ってしまったんだ……彼が、株式交換所の四人の社員をのぞいて、タレこめとそそのかしたばかりにな。彼は、その詐欺でまたひと財産をつくった……まぬけなエスパーはいい面《つら》の皮さ」

「あいつはちゃんとそれだけのものを支払ってくれたぞ！」

「そこでだ、拳銃《ガン》のことをききたい」パウエルが静かにいった。

「カネでも払ってくれるというのかい？」

「ジェリイ、それ以上だということはわかってるはずだ。きみをギルドから追放したのは、口先のうまい説教師のパウエルじゃなかったか？　そのパウエル、つまりぼくが、わりのあわないことをいうと思うか？」

「いったいなんで支払ってくれるんだ？」

「それはいわないよ。ジェリイ。決して悪い目にはあわせない。それは信用してくれ。だが、約束はしない」

「こっちには別の約束がある」チャーチがつぶやいた。

「だろうな。たぶん、ベン・ライクと。彼は約束が好きだ。ただ、ときどきそれを実行しない。心を決めたほうがいい。こっちか、それともベン・ライクか。さあ、拳銃《ガン》のことをきこう」

　チャーチの顔が、明かりの外に消えた。しばらく間をおいて、暗闇の中から彼は答えた。

「おれは拳銃《ガン》なんか売ったおぼえはないし、誰かが拳銃《ガン》を使ったという話も聞いてない。これが、法廷に提出するおれの客観的証拠だよ」

「わかった、ジェリイ」パウエルは微笑すると、肩をすくめ、ふたたびテイトに向いた。

「ガス、きみにはひとつだけききたい。きみがベン・ライクの共犯者だとしても、それはいい。きみが、サム・＠《アト》キンズからドコートニイの話をききだし、ライクのためにお膳だてをそろえたことも……ライクといっしょにボーモントのパーティへ行き、彼のために透視の妨害をして以来、ずっと――」

《パウエル、いったいあんたは――》

「うろたえるな、ガス。知りたいのは、ライクのわいろが、ぼくの推理と同じかどうかだ。カネで、きみを買収できるわけがない。そんなものは、ありあまるほど持ってる。地位でもない。きみは、ギルドの最高幹部の一人だ。とすると、権力だな、え？　そうじゃないか？」

テイトは狂ったように、パウエルを透視した。しかし、そこにあるのは、穏やかな確信だけだった。自分の破壊を既成事実のように平然と認めている相手の思考は、小心のエスパーを、立ちなおる暇もないほど急激なショックの連続でうちのめした。テイトのパニックは、そのままチャーチにつたわっていた。それらはすべて、やがて訪れる決定的瞬間のためのパウエルの計画の一部だった。

「ライクなら、きみに権力を与えられる」パウエルは世間話のような調子で、あとをつづけた。「だが、そううまくいくだろうか？　自分の権力を分け与えるはずがない。きみもそんなものはほしくない。とすると、残るのは、エスパーの世界を動かす力だが、彼になにができる？　そう、彼は確かに〈愛国エスパー連盟〉にカネを出している。連盟にはたらきかけてなにかをすると、推理した……クーデターかもしれない。ギルドの独裁か？　きみも連盟に入ってるようだな」
《いいか、パウエル……》
「以上が、こっちの推理だ、ガス」パウエルの声は、ふいにきびしくなった。「だが、この推理は正しいという予感がする。ライクがギルドを粉砕して、きみに権力をあたえるのを、われわれが黙って脇で見てるとでも思ったか？」
《証拠でもあるのかね？　証拠が――》
「証拠？　なんの？」
《わたしにいまいったことだ。それを――》
「ばか。エスパー裁判を見たことはないのか？　きみが宣誓し、つぎにこちらが宣誓すると、陪審が嘘をついてるほうを見抜く……そんな法廷とはちがうんだ。ガス、ぜんぜんちがう。きみが部屋に入ると、そこにいた一級が総がかりで、きみの心をさぐりはじめるのさ。ガス、きみだって一級だ。二人……あるいは三人ぐらいまでなら、遮蔽できるかもしれない……だが、全部はだめだ。終わったとき、きみは死んでいるだろう」
《待ってくれ、パウエル。待て！》白蠟《はくろう》のような顔は、恐怖にひきつっていた。《ギルドは自白を認めてる。証拠がそろうまえの告白だ。わたしはいまからなにもかも話す。あらいざらい。あのときには、錯乱状態だった。だがいまは、正気だ。ギルドにそういってくれ。ライクのような狂人と接触すると、いつのまにか彼のパターンにはまりこんでしまう。だが、わたしはそこから抜けだした。ギルドにそう伝えてくれ。もうなにも隠さない……ライクが、

〈顔のない男〉にうなされるといって訪ねてきたんだ。彼は――》
《患者だったのか?》
《そうだ。それで、わたしは罠にかけられたんだ。いやがるわたしを強制したんだ! だが、いまは抜けだした。協力するとギルドにいってくれ。心を入れ替えた。喜んで、なんでもする。チャーチが証人だ……》
「おれは証人じゃない」チャーチが叫んだ。「あっさりタレこみやがって。ベン・ライクは約束したら――」
「黙れ。わたしが、一生島流しになるのを待ち望んでるとでも思ったのか? おまえみたいにな。ライクを信用する大ばかやろうは、おまえくらいのものだ。わたしは、ごめんこうむる。まだまだ正気だ」
「ピーピー泣くな、裏切者。それで逃げられると思ったら大まちがいだ。それでまんまと――」
「そんなものは恐くない! ライクが手出しする前に、わたしがあいつをはりたおしてやる。法廷に入り、証言席にすわって、パウエルのためになんでも証言してやる。リンク、ギルドに話してくれ。わたしはいまでは――」
「きみがそんなことをするはずはない」パウエルが冷淡にいった。
「なんだって?」
「きみはギルドの教育を受けている。それに、まだギルドの人間だ。だから、患者を裏切るようなことはしない」

「ライクを逮捕できる証拠じゃないか」

「そうだ。だが、きみからはいらない。法廷に入って、エスパーが患者の秘密をべらべらしゃべってしまったら、われわれ全体の恥辱になる。許されないことだ」

「だが、彼の逮捕には、あんたの昇進がからんでるんだろう？」

「そんなことはくそくらえだ。もちろん昇進したいし、ライクもほしい……だが、引き換えになるものの値が高すぎる。軌道がわかりやすければ、どんなパイロットだって操縦を失敗しないさ。だが、事態が急迫してきたとき、誓約を守り通すには、よほどの胆っ玉がいる。まだ、わからないか？　きみには、胆っ玉はない。よく考えるんだ……」

「だが、あんたを助けたいんだ、パウエル」

「きみにたすけてもらいたくはない。倫理と引き換えではな」

「だが、わたしは従犯なんだ！　わたしを放っておく。それが倫理か？　それが——？」

「やれやれ、このざまはどうだい」パウエルは笑った。「自分の破壊を願ってる。よしてくれ、ガス。ライクを捕えるときには、きみもいっしょだ。だが、きみの手を借りて捕えることはできない。こっちはあくまで誓約に従ってやる」彼は背を向けると、まるい光の外へ出た。暗闇の中を正面のドアにむかって進みながら、彼はチャーチが餌《えさ》にくいつくのを待った。この瞬間のために、いままで芝居をしてきたのだ……だが、いまのところ、釣針からはなんの反応も伝わってこない。

パウエルはドアをあけた。街路灯の冷たい銀色の光が店内になだれこんだ。突然、チャーチが叫んだ。「待ってくれ」

戸口の光を背にして、パウエルは立ちどまった。「え？」

「テイトになにを耳打ちしたんだ？」

「誓約のことだよ、ジェリイ。きみも憶えておいたほうがいい」

「ほんとうかどうかのぞいてみてもいいか？」

「どうぞ。あけっぴろげだ」パウエルの遮蔽はほとんど取り除かれた。チャーチに発見されて不都合なことは、無関係な連想と万華鏡を思わせる華麗なパターンでていねいにかきまぜ、カムフラージュした。怪しい遮蔽を見つけられる気づかいはなかったが、注意するに越したことはない。

「わからない」長い間のあとで、チャーチはいった。「どうしても決心がつかない」

「なんのことだ、ジェリイ。のぞいてないから、こっちにもわからないぜ」

「あんたとライクと拳銃《ガン》のことさ。あんたは口先の上手な説教屋だ。だが、おれも、あんたを信用するくらいには頭がきくかもしれん」

「そういきたいところだよ、ジェリイ。ただし、前にもいったとおり約束はしない」

「あんたは、約束なんかいらない人間かもしれない。いままでのおれのまちがいは、約束ばかりにこだわって、実行――」

そのとき、パウエルの休みないレーダーが、外の通りに潜む死をとらえた。彼は身をひるがえすと、ドアを力まかせに閉じた。《フロアから離れろ。早く》彼は明かりにむかって三歩かけもどると、カウンターの上にとびあがった。《いっしょにあがるんだ。ジェリイ、ガス。早くしろ、まぬけ！》

胸のわるくなるような、ぎくしゃくした動揺が、店全体をおそった。つぎの瞬間、それはすさまじい震動に変わった。パウエルはライトを蹴って、部屋をまっ暗にした。

《とびあがって、ライトの支えにつかまれ。共鳴銃だ。とぶんだ！》チャーチは息を呑むと、暗闇にむかってとびあがった。パウエルは、テイトの震える腕をつかんだ。《届かないか、ガス？　手をのばせ。持ちあげてやる》彼はテイトに力を貸すと、自分もつづいて、クモの足のような鋼鉄の支えをつかんだ。フロアに接しているすべての物質を共鳴によって崩壊させる震動……三人はかろうじてそれから身を守りながら、宙づりになっていた。ガラス、鉄、石、プラスチック……すべてが鋭い音をたてて、くだけていく。フロアには亀裂が走り、天井が轟音《ごうおん》をあげる。テイトが呻いた。

《力を抜くな、ガス。クィザード配下の殺し屋だ。ばかなやつらだ。前にも、おれを殺そうとして失敗してるのに》

テイトが失神した。すべての神経が統御力を失っていくのがわかる。彼は、テイトの意識の底に呼びかけた。《がまんしろ。がまんしろ。がまんしろ。**つかまるんだ。つかまるんだ。つかまるんだ！**》

テイトの下意識に、**破壊**がうかびあがった。その瞬間、パウエルは、いかなるギルドの訓練をもってしても、この男を自滅から救うのは遅すぎることに気づいた。死の衝動がおそった。手から力が抜け、テイトはフロアに墜落した。震動が一瞬ののちにとまった。しかし、その前にパウエルの耳は、破裂する肉体のにぶい、重苦しい音を聞いていた。それに気づいたチャーチが、悲鳴をあげそうになった。
《静かに、ジェリイ！　まだだ。つかまってろ！》
《聞――聞こえただろう？　聞こえただろう？》
《聞いたよ。だが、危険は去ったわけじゃない。つかまってろ！》
ドアがわずかに開いた。剃刀の刃のような光が内部にさしこみ、フロアをさがした。それは、血と肉と骨でできた、赤と灰色の大きな有機物の塊《かたまり》の上を三秒間さまよっていたが、やがて消えた。ドアがしまった。
《よし、ジェリイ。やつらは今度こそおれを殺したと思ってる。もう、ヒステリーを起こしてもいいぞ》
「降りられない、パウエル。このまま降りたら……」
「わかった」パウエルは片手で自分の体を支えると、チャーチの腕をとり、カウンターめがけて彼をつきとばした。チャーチは足を着くと、大きく身震いした。パウエルも吐き気と闘いながら、あとにつづいた。
《さっき、あんたはクィザードの殺し屋だっていったな？》
《そうさ。彼は狂人部隊を召しかかえてる。やつらを逮捕して、キングストン病院へ送りこ

んでも、クィザードはまた新手を補充する。麻薬《ヤク》につられて、みんな集まるんだ》
《だが、あんたになんの怨みがあるんだ！　おれには——》
《頭をはたらかせるんだ、ジェリイ。やつらはベンに送りこまれたんだ。ベンは死にものぐるいになってるからな》
《ベン？　ベン・ライクか？　だが、ここはおれの店だ。おれがいるかもしれないじゃないか》
《いたって、それがどうだというんだ？》
《ライクがおれを殺すはずがない。ライクは——》
《そうかね？》（笑っている猫のイメージ）
チャーチは深く息を吸いこんだ。そして、いきなりどなった。「あのくたばりぞこないめ！　くそったれのくたばりぞこないめ！」
「そうおこるな、ジェリイ。彼だって必死なんだ。たまには注意が行き届かなくなることもあるさ」
「それなら、こっちも必死だ。あのばかやろうのおかげで、心がきまったよ。用意しな、パウエル。もう、あけっぴろげだ。なんでもくれてやる」
市警本部でチャーチとの話を終えると、パウエルはテイトの悪夢を心におさめて、自宅へともどった。家では、ブロンドのベビイ、バーバラ・ドコートニィが、黒いクレヨンを右手に、赤いクレヨンを左手に持ち、歯のあいだに舌をはさんで、黒い瞳を輝かせながら、夢中で壁に落書きをしていた。彼はその光景に、いいしれぬ安らぎをおぼえた。

「ババ（ベビイ）！」びっくりしたように、彼はいった。「なにをしているんだい？」

「え、かいてユの」まわらぬ舌で、彼女はいった。「ダダのえ。とってもきエいにかいてユのよ」

「ありがとうね。うれしいな。さあ、こっちへ来て、ダダとすわろう」

「いや」彼女は、落書きをやめようとしない。

「そんなことといって、ババは家《うち》の子かい？」

「そう」

「家《うち》の子なら、ダダのいうとおりにするだろ？」

彼女はもういちど考えた。「うん」そして、ポケットにクレヨンをつっこむと、長椅子にいるパウエルの隣りに腰をおろして、彼の手の中によごれた両手をおいた。

「バーバラ、きみのその舌ったらずの言葉が、気になってきたな。歯を矯正したほうがいいんじゃないか？」

それは半分は冗談だった。隣りにすわっているのが成熟した女だということを、いつのまにか忘れてしまうのだ。パウエルは、彼女の澄んだ黒い瞳をのぞきこんだ。それは、ワインのつがれるのを待っているクリスタル・グラスのように、うつろに輝いていた。

彼は、ゆっくりとからっぽの意識の層を通り抜けると、天空の巨大な暗黒星雲のような暗雲につつまれている前意識の嵐の中へ踏みこんでいった。雲のうしろに、弱々しい光が無心にポツンと輝いていた。それが、彼はなんとなく好きだった。しかし近づくにつれ、その光は新星《ノヴァ》のように燃えさかる星の、混沌の中からのぞく断片であることがわかった。

（ハロー、バーバラ。きみは――）

その返事は、激情の爆発となってもどった。パウエルはあわてて、元の道を引き返した。

「おい、メアリ！　早くきてくれ！」

メアリ・ノイスがキッチンからとびだしてきた。「また困ったこと？」

「いや、まだだ。だが、近いね。患者が回復をはじめたんだ」

「別に変わったように見えないわ」

「ぼくといっしょに中へ入ってみたらいい。彼女は、自分のイドと接触を持った。いちばん下の層でね。ぼくは脳を焼いてしまうところだったよ」

「どうしてほしいっていうの？　付添人《シャペロン》？　この娘《こ》のかわいらしい情欲をそっとかばってくれる人？」

「冗談はよせよ。かばってほしいのは、ぼくのほうだ。さあ、ぼくの手を持っててくれ」

「ちゃんとバーバラが持ってくれてるんじゃない」

「言葉の綾だよ」パウエルは気分を害したように、目の前の人形のような無表情な顔と、彼の手の中の力の抜けた冷たい手を見た。「行こう」

パウエルは暗い道を、彼女の心の奥底にある熔鉱炉へむかって下っていった……むろん、それは誰の心にもある……はかり知れぬ時を経た精神エネルギーの貯蔵庫……理性も、感情もなく、ただ満足を求めて沸きたっている。メアリ・ノイスが、うしろからぬき足さし足という恰好でついてくるのがわかる。

彼は安全な距離をおいて、立ちどまった。

（ハイ、バーバラ）

「出ていって！」

（ぼくは幽霊だよ）

憎悪の波がぶつかってきた。

（憶えてるかい？）

憎悪が嵐の中にしりぞくと、燃えるような欲情が代わりに現われた。

《リンク、出たほうがいいわ。もし、その苦痛と快楽の混沌の中で迷ったら、あなたはおしまいよ》

《さがしものがあるんだ》

《そこにあるのは、むきだしの愛とむきだしの死だけ》

《父親とどういう関係があったのか知りたいだけさ。なぜ、彼は娘に対して罪の意識を持っていたか。その理由だ》

《ご勝手に。あたしは行くわ》

熔鉱炉が再び火を噴いた。メアリは逃げていった。

パウエルは、感じ、知覚し、意識しながら、穴の縁《ふち》をさまよった。それは、むきだしの電源の端につぎつぎと用心深く触れてみて、どれに高圧電流が通っているか調べる電気技師の動きにも似ていた。ぎらぎらする電光が、すぐ近くから湧きあがった。彼はそれに触れて感電し、自己保存本能の毛布にとびこんで、体をちぢめた。そして、息をつくと、連想の渦に身を投げ、分類を始めた。エネルギーの混沌の中では、関連性の骨組みを保つだけでも非常な努力を必要とした。

人体の発する無数の音が、大鍋へと流れこむ。何億何兆もの細胞の反応、臓器の叫び、筋肉の弱音化された呻き、感覚の底流、血液の流れ、脈動する血液pHのスーパーへテロダイン……すべてが、彼女の精神《サイキ》を形成する均衡のとれたパターンの中で湧きたち、渦を巻いている。シナップスの接続・分離する休むことのない破裂音が、複雑なリズムをつくって加わる。刻々と形を変える裂け目には、破壊されたイメージ、形成途中の象徴、連鎖思考の断片などがひしめきあっている……イオン化した無数の思考核。

パウエルは、破裂の（Plosive）イメージの破片をとらえて、Pの文字を追跡した……接吻の感覚連想、そこから幼児の乳房に対する口唇反射を通りすぎ……幼児期の……母親の記憶？　ちがう。乳母だ。両親の連想が、それを包んでいる……拒絶。負《マイナス》の母親……パウエルは、幼児期の怒りと憎しみ――孤児症候群――の周囲に燃えあがる炎をふりはらって前進した。再び、P。それに関連する、パ（Pa）をさがす……パパ……おとうさま。

突然、目の前に彼自身の姿が現われた。

　彼はイメージを見つめ、分裂との境い目で危なっかしいバランスをとっていたが、やがて正気に這いあがった。

（おまえは誰だ？）

　イメージはすばらしい微笑をうかべると、消えた。

　P……パ（Pa）……パパ……おとうさま。熱っぽい愛情と献身。それが……ふたたび彼は自分自身のイメージと向きあっていた。今度はたくましい裸体で、その輪郭から愛と欲情が後光のように周囲に発散している。

（どっかへ行っちまえ。おまえなんか）

　イメージが消えた。（どうしたんだ！　この娘は、おれに恋をしているのか？）

「こんちは、幽霊ちゃん」

いたましいほど戯画化された彼女自身の姿。糸のようなブロンドの髪、黒い瞳をあらわす二つのしみ、単調なざらざらした平面に描かれた美しい姿態……それがゆっくりと消えると、ふいに安らぎと父性の象徴、たくましいパウエルのイメージが、激流のようにおそいかかった。彼は手あたりしだいに周囲のものをつかんで、その場にとどまった。後頭部には、ドコートニイの顔がついている。彼は、ヤーヌスのイメージを手がかりに、〈組〉〈対〉〈結合〉〈表裏〉の煌々《こうこう》と輝く通路を進んで、ついに——ライク？　不可能——確かにそうだ。ベン・ライクと戯画化されたバーバラが、シャム双生児のように結合している。腰から上だけの兄妹。二本の脚は、下の混沌の海の中で、思い思いに動いている。Bに連接したB。B

&B。バーバラ・&・ベン。半分血のつながった――
《リンク！》
はるか遠くのどこかで、彼を呼ぶ声。
《リンカーン！》
まだ時間はある。この意外なライクのイメージは――
《リンカーン・パウエル！　こっちよ、ばかね》
《メアリかい？》
《あなたが見えないわ》
《もうすぐ出る》
《リンク、あなたをさがすの、これで三回目よ。いま出てこないと、あなた迷子になってしまうわ》
《三回目？》
《この三時間にね。おねがい、リンク……あたしのスタミナがつづくうちに》
彼は上へあがろうとした。しかし、上はなかった。周囲は、時間も、空間も知らぬ混沌だけ。バーバラ・ドコートニイのイメージがあらわれた。今度は、セクシイなセイレーンの戯画。
「こんちは、幽霊ちゃん」
《リンカーン、おねがい、早く！》

一瞬パニックにおそわれて、彼は無我夢中で跳躍を繰りかえした。やがて訓練されたエスパー感覚がよみがえり、退行テクニックが自動的に活動を開始した。遮蔽がつぎつぎと轟音をあげて崩れ、障害をひとつ越えるごとに、光が遠のいていく。途中までのぼったとき、彼は隣りにいるメアリに気づいた。彼女は外へ出るまで、ずっとつきそっていた。彼の意識は、再び子供の手を取って居間にすわっている自分にもどった。彼は持っていた手を、熱さに耐えきれなくなったように落とした。

《メアリ、彼女とベン・ライクのあいだに、すごく奇妙なつながりがあるのを発見したよ。なにか——》

メアリが持っていた冷やしタオルで、軽く顔をたたいた。彼は、自分が震えているのに気づいた。

《ただ問題なのは……イドの内部で断片をつなぎあわせるのが、太陽のまん中で定性分析するみたいにむずかしいことだ……》

タオルがまた顔を打った。

《要素がひとつのものにまとまってるならいい。ところが、これはイオン化した分子なんだ……》彼はタオルをはらうと、バーバラを見つめた。《おどろいたよ、メアリ、彼女はぼくに恋をしている》

やぶにらみの鳩のイメージ。

《冗談いってるんじゃない。やたらに、ぼく自身とはちあわせするんだよ。こっちは——》

《それで、あなたはどうなの？》
《ぼく？》
「この娘《こ》をキングストン病院へ入れたがらなかったわけがわからない？　家に連れてきてから、毎日二回ずつ透視する理由が思いあたらない？　なぜ、付添人《シャペロン》がいなくちゃいけないの？　おしえてあげましょうか、ミスタ・パウエル……」
「教えてほしいね」
「この娘《こ》を愛しているからよ。チューカ・フラッドのところで見つけてから、ずうっとあなたは愛していたのよ」
「メアリ！」
彼女は、バーバラ・ドコートニイと彼自身の鮮かな像、それから何日か前、彼女の透視した断片を送ってよこした――彼女の顔が嫉妬と怒りで青ざめたあのときの断片……。パウエルは、それが真実であることを知っていた。
《メアリ、どうか……》
「かまわないで。どうだっていいじゃない。あなたはその娘《こ》が好きなんだから。でも、エスパーじゃないのよ。正気でもないのよ。あなたは、その娘《こ》のどれだけに恋をしたの？　十分の一？　その娘《こ》のどこが好きになったの？　顔？　下意識？　残りの九十パーセントはどうするの？　ばか！　あなたなんか、彼女の心の中で迷って、腐ってしまえばよかったんだわ！」彼女は顔をそむけると、泣きはじめた。

《メアリ、頼むから……》

「やめて」すすり泣きしながら、彼女はいった。「知らない、あなたなんか！　あたし……あなたに伝言よ。市警本部から。すぐスペースランドへ出発してくれって。ベン・ライクがいるんだけど、見失ったらしいわ。あなたに来てほしいんですって。みんなが、あなたを必要としてるのに、あたしがどうこういってもしかたがないでしょ！」

12

パウエルが以前にスペースランドを訪れたのは、もう何年も前のことである。警察の哨戒艇が、豪華宇宙船〈ホリデイ・クィーン〉にいるパウエルを拾って高度をさげると、彼は舷窓から、金糸銀糸で縫いとったパッチワーク・キルトのように輝くスペースランドを見下した。この宇宙空間の遊園地を見るたびに、心に湧きあがってくる同じイメージに、彼は今度もまた苦笑した。もし、遠い銀河から探検隊——堅物で研究熱心な奇怪な生物たち——がやってきて、スペースランドを偶然発見し、その調査をしたとしたら……。パウエルはいつも、彼らが報告を始め、結局失敗してしまうさまを心に描いてみようとするのだった。

「〈うそつきエイブ〉ならなんとかなるだろう」彼はそっとつぶやいた。

スペースランドは、百数十年前、半径半キロの片面の平たい小惑星から出発した。熱狂的健康崇拝者が、その平面に空気ゲルで透明の半球をこしらえ、大気発生器を備えつけて植民したのだ。以来、それは数百キロの幅を持つ、でこぼこのテーブルに成長していった。事業を起こそうとする者は、ただテーブルに一キロかそこら岩をつぎたして、自家用の透明な半球をこしらえ、商売をはじめればいいのだ。技術者たちが訪れて、球形ドームのほうがはるかに便利だし、経済的だと忠告したときには、すべてが遅すぎた。テーブルの増殖はとまらなくなっていたのだ。

哨戒艇が旋回すると、太陽光線がスペースランドを適当な角度から捉えた。ブルー・ブラックの空間を背に、市松模様のテーブルの上の石鹼の泡のように、スペースランドの数百のドームがきらめいていた。はじめの健康崇拝者たちの村は現在は中心にあって、まだ活動をつづけている。そのほかのドームには、ホテル、遊園地、保養地、診療所をはじめ、墓地まですべてがそろっていた。一方、木星に面したテーブルの、さしわたし八十キロの巨大なドームの中は、スペースランド自然保護区域で、そこには一平方キロごとに、いかなる惑星も及ばない自然な自然状態と気候が再現されていた。

「話をきこう」パウエルがいった。

巡査部長はゴクンと唾を呑みこんだ。「ご指示どおりに、わたしたちは行動しました。ハソップに〝のろま〟の尻尾をつけたんです。〝きれもの〟がそのあとを追いました。しかし、ライクの女が隙を狙って……」

「確かに、女か？」

「そうですよ。ダフィ・ワイ&《ガンド》というキュートな感じの小娘です」

「くそ！」パウエルはふいに体を直立させた。巡査部長がポカンと見た。「おれもその女に質問したんだ。だが、ぜんぜん――」彼は自分の失策に気づいた。「どうやらヘマをやったらしい。ごらんのとおりだよ。きれいな女性に会うとね……」そして、首を振った。

「で、いまいったように」と巡査部長はつづけた。「ライクは〝のろま〟をまくと、〝きれもの〟が追いつくひと足先にスペースランドへ高とびしてしまったんです」

「どうやって?」

「自家用ヨットです。宇宙で衝突事故を起こして、救助信号を発しながら、ガタガタのまま逃げていきました。一人死亡。三人負傷——この中には、ライクも入ってます。ヨットの前部がひしゃげているところを見ると、廃棄物か、隕石に衝突したのでしょう。ライクは病院へ収容されたので、こっちはしばらく彼の動きがとまると思いました。ところが行ってみると、姿を消していました。ハソップもです。すぐエスパー通訳を呼んで、四つの言語で捜査しましたが、行方が知れません」

「ハソップの鞄は?」

「いっしょに消えました」

「ちくしょう! ハソップと彼の鞄はどうしてもほしいんだ。それが〈動機〉だからな。ハソップは、モナークの暗号課主任だった。最後のメッセージの内容を、彼から聞きださなくてはならない。ライクがドコートニイに送った文と、その返事だ……」

「事件の前の月曜ですか?」

「そうだよ。その通信の交換が、おそらく殺人の原因になったんだろう。それからハソップが、ライクの会計記録を持ってる可能性もある。それさえあれば、たぶん、ライクがドコートニイ殺害の動機をごまんと持っていたことを、法廷で証明できる」

「たとえば、どんな？」

「モナーク産業で流れている噂だと、ライクはドコートニイのために、にっちもさっちもいかなくなってたらしい」

「それで〈動機〉と〈機会〉は成立するわけですね？」

「答えは、イエスとノーだ。ライクに、ジェリイ・チャーチを問いつめて、全部白状させたんだが、証拠がどれも薄弱でね。〈機会〉があったことは説明できる。残った〈動機〉と〈手段〉の二つが成立すれば、それも成立するんだ。殺人の〈手段〉も説明できる。残った〈機会〉と〈動機〉の二つが成立しさえすれば、それも成立する。ライクの〈動機〉についても同じだ。テントの三本の支えみたいなものだな。一本を立てるには、ほかの二本がいる。どれも、一本では決して立たない。これは〈長老モーゼ〉の意見だよ。だから、ハソップがどうしても必要なんだ」

「スペースランドから出ていないことは確信があります。そこまでは、こっちもまぬけではありませんからね」

「ライクに一杯くわされたからといって、別にがっかりすることはない。一杯くわされたやつは大勢いるんだ。おれもその一人さ」

巡査部長は憂鬱《ゆううつ》そうに首を振った。

「すぐスペースランドの透視をはじめる」哨戒艇がエアロックを通ってスペースランドの中に入ると、パウエルがいった。「しかし、その前にわたしの予感が当ってるかどうか調べたい。死体を見せてくれないか」

「死体?」

「ライクのヨットのさ」

死体収容所。その停滞冷凍室のエア・クッションの上に、炎のように赤いあごひげを生やした、まっ白な皮膚の、血みどろの死体が横たわっていた。

「やっぱりな」パウエルがつぶやいた。「キノ・クィザードだ」

「知ってるんですか?」

「殺し屋の親分だよ。ライクの手先だったが、危《やば》くなって使いおおせなくなっていた。あの衝突は、殺しの証拠を消すためだ。まちがいない」

「ちくしょう!」巡査部長はかんしゃく玉を破裂させた。

「残りの二人は重傷を負っていました。ライクのは、インチキだったかもしれません。それは認めましょう。しかし、ヨットがつぶれていて、残った二人が——」

「怪我はした。ヨットもつぶれたんだ。だが、それがどうした? クィザードの口が永久にふさがるなら、そのほうがライクにとって有利にきまってるじゃないか。やったのは、ライクさ。証拠はない。だが、ハソップさえ見つかれば、その必要もなくなる。わが友ライクを破壊に送りこむには、それだけで充分だろう」

最新流行の噴霧式タイツ——全身塗装服が、今年のスペースランドのスポーツ・ウェアだった——に身をつつんで、パウエルは目まぐるしく気泡をまわりはじめた……ヴィクトリア・ホテル、マジック、〈異郷のわが家《ホーム・フロム・ホーム》〉、〈おなじみ名所〉ニュー・バブルズバーグ、ザ・マーシャン（粋なことではピカ一）、ザ・ヴィーナスバーグ（わいせつなことではピカ一）、その他もろもろ……パウエルは見知らぬ人々に話しかけ、数カ国語で親友たちの特徴を話し、回答をもらう前に相手がライクとハソップの像を正しくつかんでいるかどうかそっと透視した。そして、回答は……ノー。必ず、ノー。

エスパーだと話は簡単になる……仕事や保養で、スペースランドに来ている者は多い……しかし、返事はいつもノーだった。

ソーラー・リームズで開かれた信仰復興伝道集会……数千の信者たちが、麻薬のきいた夏至の朝の祭りのような雰囲気の中でひざまずき、合唱している。回答はノー。〈異郷の火星《マーズ・フロム・ホーム》〉での帆走レース……水を切る石のように水面をジャンプするキャットボートとスループ（ともに一本マストの帆船の一種）。回答はノー。整形外科保養地《リゾート》……顔や体を包帯でぐるぐる巻きにした数知れぬ人々。回答はノー。空中ポロ。回答はノー。硫黄温泉、白硫黄泉、黒硫黄泉、硫黄なし泉……解答はノー。

意気消沈して、パウエルはソーラー・ドーン墓地にふらりと迷いこんだ。墓地は、イギリスの庭園に似ていた……石を敷きつめた通り道、両側に並ぶカシ、セイヨウトネリコ、ニレの木、その根本の小さな四角い緑地。軍用天幕の中から、軍服を着たロボット弦楽四重奏団《ストリング・クアルテット》の演奏がかすかに洩れてくる。パウエルは、思わず微笑した。

墓地の中央には、ノートル・ダム寺院の忠実な複製があった。〈谷間の小さな教会《イー・ウィー・カーク・オー・ズ・グレン》〉と、ごていねいにひなびた言葉で名前が書いてある。塔の怪物の一匹の口から、甘ったるい声ががなりたてていた。

「神々の姿を、生き生きとしたロボットの演技でごらんにいれております、ここは〈谷間の小さな教会《イー・ウィー・カーク・オー・ズ・グレン》〉。シナイ山のモーゼ、キリストの架刑、山中のモハメッド、月と老子、メアリ・ベイカー・エディの啓示、釈迦の昇天、ついにヴェイルをはぎとられた真の唯一神〝銀河〟……」小休止、それからすこし淡々とした調子にもどって、「これは神聖な展示ですので、入場は切符をお持ちのかたにかぎられます。切符は管理人よりお求めください」小休止。そして、別の声が気分を害したように嘆願した。「信者のみなさん。信者のみなさん。大声で話したり、笑ったりなさらないでください……おねがいいたします！」

カチッという音。そして、別の怪物が別の国語で話しはじめた。パウエルはふきだした。

「恥ずかしいと思いませんか？」うしろで、若い女がいった。

ふりかえらずに、パウエルは答えた。「これは失礼。〝大声で話したり、笑ったりなさらないでください〟か。しかし、あなた、こんなばかげた――」そのとき、彼は女の精神《サイキ》のパターンに気づいた。彼はふりむいた。目の前にいるのは、ダフィ・ワイ&《ガンド》だった。

「ダフィ！」

はじめの怪訝《けげん》そうな表情は、当惑から、あわて気味の微笑へとかわった。「ミスタ・パウエル。あの探偵ボーイね。まだ、あなたにダンス一曲貸してあるわよ」

「きみにも言いわけを貸してある」

「まあ、うれしい。借りがなくて困ってたとこなの。どんなのだったかしら?」

「きみを過少評価してた」

「あたしの半生をききたいというわけね」彼女はパウエルと腕を組むと、彼をひっぱって道を歩きはじめた。「どこでその事実に気がついたか教えて。あたしをもういちど見なおして、それから——?」

「ベン・ライクのために仕事をしている人間の中で、きみがいちばん頭がきれるのに気がついたんだ」

「頭はきれるわよ。ベンのために仕事もしたわ……だけど、あなたのお世辞、なんとなく意地悪な意味があるみたい。いったいなに?」

「ぼくらがハソップにつけた尻尾さ」

「下拍《ダウンビート》にもうすこしアクセントつけて」

「ダフィ、きみのおかげで尻尾がとんだ。おめでとう」

「アーハッ! ハソップっていうのは、あなたのお気に入りのお馬でしょう? ところが、そのお馬の大事な大事なものが、小さいころ事故にあって切れちゃった。あなたは、人工尻尾をつけて——」

「冗談はよせ。もっと地についた話だよ」

「じゃ、もう少しチューブをひろげてくれない、スーパーボーイ?」彼女のつんとした顔が、まじめ半分おふざけ半分の表情で、彼を見あげた。「いったいなんのお話なの？」

「じゃ、話してあげよう。ぼくらはハソップに尻尾をつけた。尻尾というのは、影法師、スパイ、つまり容疑者を尾行し、監視する任務を与えられた密偵のことだ……」

「そこまで了解。ハソップというのは？」

「ベン・ライクの雇い人だ。暗号課の主任をしてる」

「で、あたしはあなたのスパイになにをしたの？」

「ベン・ライクの指示に従って、きみは監視役を誘惑し、有頂天にさせて、仕事を怠けさせ、来る日も来る日もピアノの前に――」

「ちょっと待って！」ダフィがかん高い声でいった。「それなら知ってるわ。あのベムね。話をはっきりさせましょうよ。彼は警官だったの？」

「いいかい、ダフィ、もし――」

「質問してるのよ」

「警官だった」

「ハソップをつけてたわけ？」

「そう」

「ハソップ……あの漂白したみたいな男？　ぱさぱさした髪の？　水気のない青い眼の？」

パウエルはうなずいた。

「あの下種《げす》」ダフィがつぶやいた。「あの犬畜生！」彼女は顔をまっ赤にしてパウエルに向いた。「あたしがそんな卑劣なことをする女だと思って！　答えたらどう、のぞき屋さん？　パウエル、よく聞きなさい。彼に親切にしてやれとライクはいったのよ。ここで音楽暗号のおもしろい研究をしている男がいるから、きみが見てやれって。それがあなたの派遣したマヌケなスパイだと、どうしてあたしにわかるの？　そのスパイが、音楽家に変装してるなんてことが、どうしてわかるっていうのよ？」

パウエルは彼女を見つめた。「きみはライクにだまされたというのか？」

「ほかになにがあって？」彼女はにらみかえした。「ご自由にのぞいてよくてよ。もし、ライクが保護区域にいなかったとしても、あたしが嘘ついてるかどうかは、のぞいて――」

「黙って！」パウエルが鋭くさえぎった。彼は意識の障壁の背後を、十秒間、的確にまんべんなく透視した。やがて、背を向けると、走りだした。

「ねえ！」ダフィが叫んだ。「判決は？」

「名誉勲章だ」パウエルが肩越しに大声でいった。「ハソップを生きたまま連れもどせたら、ぼくがつけてあげるよ」

「そんな男いらないわ。あなたがいい」

「それがいけないんだ、ダフィ。きみには誰かさんがいい」

「だあれ？」

「誰かさんさ」

「**大声で話したり、笑ったりなさらないでください……おねがいいたします**」

パウエルは巡査部長をスペースランド・グローブ劇場で見つけた。そこでは、偉大なエスパー女優が、感動的な演技で、観客を魅了していた。むろん、その演技は、見事に完成された舞台のテクニックもさることながら、観客の反応を受けとるテレパシー的感受性によるところが大きかった。スターの魅力に鈍感な巡査部長は、憂鬱《ゆううつ》そうに劇場内の顔をつぎつぎと調べていた。パウエルは彼の腕をとると、外へ連れだした。

「彼は保護区域にいる。ハソップもいっしょだ。ハソップの鞄も持ってる。これで完全なアリバイが成立してしまう。だが墜落で相当まいっているから、どこかで休息するだろう。仲間もほしいにちがいない。出かけてから、もう八時間になる」

「保護区域ですって？」巡査部長は考えこんだ。「三回生まれかわったって、あの六千五百平方キロにある地形や天候や動物全部にはでくわしませんよ」

「いままでないとして、ハソップがこれから致命的な事故に遭う可能性はどれくらいだろう？」

「いくらカネを積んでも、賭けにのる人間がいませんね」

「ハソップを手に入れるには、高速ヘリを借りて、急いで捜索することだ」

「ええ。しかし、保護区域での機械力による輸送機器は禁じられてます」

「いまは緊急の場合なんだ。〈長老モーゼ〉は、どうしてもハソップをほしがってる」

「じゃ、スペースランド評議会との交渉は、あの機械にやらせればいいじゃないですか。三、四週間で、特別認可がおりるでしょう」

「そのころには、ハソップは冷たい死体《ほとけさま》になって、どっかに埋められてる。レーダーかソーナーはどうだろう？　ハソップのパターンをこしらえて、それを——」

「ええ。しかし、保護区域ではカメラ以外の機械の持ちこみは禁じられてます」

「いったい保護区域ではなにをするんだ？」

「はりきり屋のための百パーセント保証つき、まじり気なしの自然ですよ。危険覚悟で行くわけです。危険の要素は、旅のうま味を増しますからね。わかるでしょう？　自然と闘い、野生動物と闘えば、原始にもどって生まれかわったような気がしてくるんです。これは宣伝文の受け売りですが」

「どうやって暮すんだ？　枝をこすりあわすのか？」

「そうです。自分の足で歩き、食物はかつぎます。許されるのは、クマに食べられないようにする防御障壁《バリヤー》だけ。火がほしかったら、つくらねばなりません。動物狩りをしたかったら、武器は自分でつくるんです。魚を釣りたかったときも同様。自然とあなたの対決です。それで、自然が勝ったら、証書にサインするだけで出してくれます」

「じゃ、どうやってハソップを見つけだすんだ？」

「証書にサインして、さがしにいくしかないですね」

「われわれ二人だけでか？　この六千五百平方キロを？　どれくらい警官を繰り出せる？」

「十人というところです」

「警官一人に六百五十平方キロか。不可能だ」

「スペースランド評議会を説得できるかもしれません——いや。たとえできたとしても、評議員を一週間おなじところに押しこめておくのは無理でしょうね。ちょっと待ってください！　透視で、集合させることはできますか？　緊急メッセージを送るかなんかして。あなたたちエスパーは、どうしてるんですか？」

「きみたちの思考を拾えるだけさ。情報は、相手がエスパーでなければ送れない、だから——ヘイ！　ホー！　そいつはいい！」

「なんですか？」

「人間は機械か？」

「いや」

「文化的な発明品か？」

「近ごろではちがいますね」

「では、これから急いで人選して、人間レーダーを保護区域に送りこもう」

スペースランドのある豪華な会議室で、微妙な契約問題の交渉をつづけていた弁護士に、突然自然への渇望がおそったのは、こんな事情からだった。同じような渇望は、ある有名作家の秘書、家庭裁判所の判事、ホテル連合協会のために就職希望者の審査をしている職業分析家、産業デザイナー、能率技師、合同組合陳情委員会議長、タイタンのサイバネティックス管理官、政治心理長官、二人の閣僚、五人の議会総務、そのほか仕事で、保養で、スペースランドを訪れている数十名のエスパーをおそった。

彼らはさまざまな服を着、お祭り気分で、縦隊をつくって保護区域の門をくぐりぬけた。〈ブドウの蔓〉から早々とニュースを仕入れた者は、丈夫なキャンプ服に身を包んでいた。残りは、軽装ばかりだった。あっけにとられた恰好で、不法な荷物の点検をしている門衛たちの前を、ありとあらゆる外交官の勲章をつけた頭のおかしな連中が、背中に袋をしょって通り過ぎた。しかし、彼ら自然愛好者のうちで、注意ぶかく区分された保護区域の精密地図を忘れた者は一人もなかった。

彼らは敏速にひろがると、ミニアチュアの気候と地形の中を進みはじめた。TP《テレパシー》周波数帯に火花をちらせて、パウエルを中心とする生きたレーダー網の中を、情報と意見がとびかった。

《おおい。ずるいぞ。おれの真正面は山だぜ》

《ここは雪が降ってる。猛吹―吹―吹雪だ》

《この地区は、沼と(ウワッ!)蚊だ》

《黙って。パウエル、前方に人影。第二十一区》

《像を頼む》

《そら……》

《残念でした。人ちがい》

《パウエル、前方に人影。第九区》

《像を送ってくれ》
《来たぞ……》
《いいや。人ちがい》
《パウエル、前方に人影。第十七区》
《像を頼む》
《おおい！　こいつはクマだ！》
《逃げるな！　いいきかせるんだ！》
《パウエル、前方に人影。第十二区》
《像を頼む》
《来たぞ……》
《人ちがい》
《は―は―は―はっくしょん！》
《吹雪の区か？》
《ちがう。こっちはどしゃぶりだ》
《パウエル、前方に人影。第四十一区》
《像を頼む》
《そら》
《ちがう》

《ヤシの木なんだが、どうしたらいい？》
《よじ登るさ》
《登るんじゃない。降りるんだ》
《どうやって登った？》
《さあね。オオジカが手伝ってくれたよ》
《パウエル、前方に人影。第三十七区》
《像を頼む》
《来たぞ》
《人ちがい》
《パウエル、前方に人影。第六十区》
《どうぞ》
《これが像だ……》
《見逃していい》
《どこまで行けばいいんだ？》
《彼らは少なくとも八時間先を歩いてる》
《いや。訂正だ、諸君。出かけたのは八時間前だが、八時間先を歩いてるとはかぎらない》
《パウエル、はっきり説明してくれ》
《ライクはまっすぐ行ったんじゃないかもしれない。ぐるっとまわって、門の近くの気にい

った場所に行った可能性もある》
《気にいったとは？》
《殺人をするのにさ》
《ちょっと失礼。猫と猫の共喰いをなだめるにはどうしたらいい？》
《政治心理学でも使うんだな》
《長官殿、おたくの防御スクリーンを使ったら？》
《パウエル、前方に人影。第一区》
《像を頼む、ミスタ管理官》
《そら》
《見逃していい。それがライクとハソップだ》
《なんだって！》
《さわぐな。疑いを起こすといけない。見逃すだけでいい。こっちの姿が見えなくなるところまで来たら、第二区へまわるんだ。全員、門にもどって帰宅していい。ありがとう。これからは、ぼく一人でする》
《おもしろいから残ってもいいだろう？》
《いや。これには策略がいるんだ。ハソップの誘拐をライクに悟られたくない。ロジカルで、自然で、一点非の打ちどころがないようにしなくてはいけないんだ。つまり、詐欺だな》
《で、あんたが悪役にまわるわけか》

《お天気を盗んだのは誰だっけ、パウエル？》

立ち去るエスパーたちの背に、熱い羞恥がどっと押しよせた。

保護区域のこの三平方キロは、じめじめした、沼だらけの、植物の異常に繁茂したジャングルだった。闇の落ちる中を、パウエルは、小さな湖のそばの空地にライクが作った焚火めざしてゆっくりと這っていった。水面にむらがるカバ、ワニ、スワムバット。樹上も、大地も、生命で充満している。この小ジャングル全体が、針の先ほどの地点に自然を総合し、見事に均衡を保たせる保護区域の生態学者たちの偉大さに対する荒々しい讃辞だった。ライクの防御障壁《バリヤー》も、その自然を讃えてフルに活動していた。

蚊が哀れっぽい唸りをあげて、障壁《バリヤー》の外面にぶつかる音が聞こえる。あられのように絶えまない音は、見えない壁にぶつかってはねかえるもう少し大きな虫。自分の障壁《バリヤー》を作動させることは、パウエルにはできなかった。障壁《バリヤー》はかすかなブーンという音をたてるのだ。ライクは耳ざとい。彼はじりじりと進むと、二人を透視した。

ハソップはのんびりとくつろいでいた。絶大な権力を持った社長のそばにいるという現実に、ちょっとばかり目がくらみ、自分の手にあるフィルム容器にベン・ライクの運命がかかっているという考えに、ちょっとばかり酔っているように見える。一方、ライクは熱にうかされたように、荒けずりの巨大な弓を作って、ハソップをなきものにする事故の計画を着々とたてていた。その弓と、火で鋭くした矢の束が、パウエルに先んじた八時間の成果なのだ。

狩猟に出かけなければ、狩猟の事故で殺すことはできない。

パウエルは膝をつくと、ライクの知覚に意識を集中しながら、這って前進した。ライクの頭脳の内部で、危険信号が鳴った。パウエルはふたたび凍りついた。ライクははじかれたように立ちあがると、弓を持ち、羽根のない矢をなかばつがえて闇の中をじっと見すかした。

「どうしたんです？」ハソップが小声できいた。

「わからない。なにかいる」

「そりゃ、たいへんだ。でも、障壁《バリヤー》はあるんだから」

「そうだ、うっかり忘れてた」ライクはしゃがむと、火をおこした。しかし、障壁《バリヤー》を忘れていたわけではない。油断のない、殺人者の本能が、かすかに、執拗に、彼に警告を発したからだ……人間精神の複雑怪奇な生存メカニズムには、パウエルも舌をまかずにはいられなかった。彼はもういちど、ライクを透視した。ライクの思考は、自動的に、危険と直結した音楽遮蔽の背後に撤退してしまっていた。

（緊張、と張筋が。緊張、と張筋が。緊張と窮境と紛糾のはじまりや）混乱が、その奥にある。しだいに内にかたまってくる決意……すばやく……二目《ふため》と見られないように殺すのだ。行動が先、証拠はあとでそろえればいい……

ライクは弓に手を伸ばした。眼が、悟られないようにハソップからそれる。全神経が、標的——動悸を打つ心臓——に集中された。パウエルは急いで前進した。三メートルも進まぬうちに、ふたたびライクの思考の中に危険信号が鳴り響いた。ライクはもういちど立ちあがると、今度は火の中から燃えている枝をとって、パウエルの隠れている闇へむかって投げつけた。着想と実行のあいだがあまりにも短く、パウエルにも行動を予測する時間がなかった。ライクが障壁《バリヤー》の作用をど忘れしていなかったら、パウエルの姿はその火で完全に現われていたかもしれない。燃える枝は途中で障壁《バリヤー》にぶつかり、地面に落ちた。

「くそ!」ライクは叫ぶと、ふいにハソップに向いた。

「どうしたんです?」

答えのかわりに、ライクは矢を耳たぶのところまで引きしぼると狙いをハソップに向けた。ハソップはあわてて立ちあがった。

「危い! 矢が、こっちを向いてる!」

矢が飛んだ。ハソップは思いがけなくとびのいた。

「いったいこれは——」突然、ハソップはその意図に気づいた。ふりしぼるような悲鳴をあげると、二本目の矢をつがえるライクをおいて、彼は火のそばから逃げだした。死にものぐるいで走る途中、障壁《バリヤー》に衝突して、目に見えぬ壁からよたよたとあとずさりする。矢がハソップの肩先を通りすぎて、砕けた。

「助けてくれ!」

「くたばれ」ライクはどなると、三本目の矢をつがえた。

パウエルは前にとびだすと障壁《バリヤー》に手をかけた。通れない。内部では、悲鳴をあげて壁づたいに逃げまわるハソップに、弓を手にしたライクが殺意をむきだしにして迫っていた。ハソップはふたたび、障壁《バリヤー》に衝突し、倒れ、這い、立ちあがって、追いつめられたネズミさながらに逃げようとする。そのあとを、ライクは執念ぶかく追った。

「ちくしょう！」パウエルはつぶやくと、闇の中に退却して必死に考えた。ハソップの悲鳴でジャングルの動物たちが目ざめ、彼の耳にも彼らの発するざわめきや咆哮《ほうこう》がきこえてくる。TP《テレパシー》周波数帯をひろげると、彼は感じ、知覚し、意識した。周囲には、盲目的な恐怖と盲目的な怒りと盲目的な本能以外になにもなかった。ずぶ濡れで泥だらけのカバ……飢えて機嫌のわるいワニ……サイのように怒りっぽく、その倍もの巨体を持ったスワムバット……四百メートルほど離れたところからは、ゾウ、オオシカ、ヤマネコの波長もかすかに入ってくる

……

「やってみる価値はある」パウエルはつぶやいた。「とにかく障壁《バリヤー》をこわさなくては。それしか方法はない」

彼は意識の表層に遮蔽をつくると、情動的な波長をのぞいて、すべてを覆い隠し、周囲に送信した。（恐怖、恐怖、戦慄、恐怖……）情動をしだいに、原初的な段階にまで押しさげていく。（恐怖。恐怖。戦慄。恐怖……恐怖―逃走―恐怖―**恐怖―逃走―恐怖―逃走！**）

ありとあらゆるとまり木のありとあらゆる鳥が、けたたましい鳴き声をあげて目を覚ました。つづいてサルが叫びをあげ、ふいに動きだして幾千の枝をゆすった。沼からは、盲目的な恐怖にかられたカバの大群が、先を争って浅瀬からとびだす、すさまじいスポッスポッという連続音。ジャングル全体が、耳もさけるばかりのゾウのかん高い鳴き声と、暴走する彼

らの木々を踏み倒す轟音《ごうおん》で、ぐらぐらと揺れている。ライクにも、それは聞こえた。彼は、泣きわめきながら、障壁《バリヤー》づたいに逃げまわるハソップを無視して、凍りついたように立ちどまった。

カバの群が、ぶざまで、無我夢中の逃走の途中で、最初に障壁《バリヤー》にぶつかった。そのうしろから、スワムバットとワニの大群がつづいた。つぎが、ゾウ。そして、オオシカ、シマウマ、ヌー……地響きをたてて進む獣の群。保護区域の歴史にも、このような暴走はいままでなかった。防御障壁《バリヤー》の製作者たちでさえ、これほど一体となった大規模な攻撃は予想していなかったのである。ライクの障壁《バリヤー》は、ひびの入ったガラスのような音をたてて崩壊した。

カバの群は、火を踏みつぶし、けちらしてそれを消してしまった。パウエルは闇の中を走ると、半狂乱のハソップの腕をとり、空地を通り抜け、彼を荷物をかためてあるところまで引っぱっていった。狂暴な蹄が、彼をつきとばした。しかし、ハソップをつかんだ手は離さず、やがて貴重なフィルム容器を見つけだした。こんな気ちがいじみた闇の中でも、パウエルは暴走する獣たちの荒れ狂うTP送信《テレパシー》を分類することはできるのだった。ハソップをつかんだまま、彼は暴走の主流から抜けだした。ユソウボクの太い幹の蔭に入ると、パウエルは立ちどまって息をつぎ、容器を無事にポケットにおさめた。ハソップはまだ泣きやまない。

ライクは、三十メートルほど離れた地点にいた。こわばった手に弓と矢を持ち、背中をユーカリ樹にへばりつけているのが、感じられる。混乱し、激怒し、恐怖におののいてはいるが……生命《いのち》に別状はない。とにかく、パウエルは、彼を破壊するために生かしておきたかった。

自分の防御障壁《バリヤー》を脱ぐと、パウエルはそれをライクが見つけやすそうな空地の焚火の燃えかすのそばにほうった。そして、振りかえり、黙りこくった無抵抗のハソップを連れて門へひきかえした。

13

ライク事件は、地方検事のオフィスへ最終的提出をする段階にまで持ちこまれた。しかし、事実と証拠を強要する冷酷で皮肉屋の怪物、〈長老モーゼ〉にも提出していいものかは、別問題だった。

パウエルと彼の部下たちは、〈モーゼ〉のオフィスへ集合した。中央には丸いテーブルが置かれ、その上にはボーモント邸の、事件に直接関係のある部屋の透明な模型が組みたてられている。内部には、登場人物のミニアチュア・アンドロイド・モデルが配置されていた。鑑識課の模型部の仕事は完璧で、主要な登場人物には個性さえ備わっていた。小さなライク、テイト、ボーモント、その他の人物たちは、それぞれそのオリジナル特有のしぐさで動くのだ。そのわきには、部下たちの用意した、機械に提出するばかりの記録が山と積まれていた。〈長老モーゼ〉は、この巨大なオフィスの周囲の壁全体を占領していた。またたき、非情に見つめるたくさんの眼。かすかな唸りをあげる厖大な記憶。その口――円錐の形をしたスピーカー――は、人間の愚かさに驚いたようにいつまでもあけっぱなしのまま。その手――マルチフレックス・タイプライターのキー――は、いつでもロジックをたたきだせるように待機している。〈モーゼ〉、つまり地方検事のオフィスに鎮座《ちんざ》します〈モザイク多重起訴コンピューター〉の決断は、警察の扱うすべての事件の準備、提出、起訴をコントロールしていた。

「はじめは、〈モーゼ〉の手をわずらわすのはやめよう」パウエルが地方検事にいった。「モデルを見て、犯行スケジュールを照らしあわせる。時間表はあなたの部下が持ってるから、いまはモデルが動くのをただ見ているだけでいい。われわれが見逃していることがあったら、メモをとってほしい。そうすれば、われわれのほうで調整する」

彼は、困惑を顔にうかべた鑑識課主任、デ・サンティスにうなずいた。デ・サンティスが、酷使気味のざらざらした声でいった。「一対一か？」

「速すぎるな。一対二にしよう。動きを半分にする」

「こんなテンポでは、アンドロイドにリアリティがなくなってしまう」デ・サンティスが文句をいった。「正しい判断は下せない。二週間働きづめで、その結果が――」

「わかったわかった。あとでたっぷりほめてやるよ」

デ・サンティスはいまにもたてつきそうなそぶりを見せていたが、すぐボタンを押した。とたんに模型に明かりがつき、アンドロイドが動きだした。音響係のおかげで、効果音もそれらしくできている。かすかな音楽、笑声、雑談。ボーモント邸の大広間では、空気整形したマリア・ボーモントのモデルが、小さな本を手にしてゆっくりと壇にあがった。

「このとき、十一時九分」パウエルが地方検事の部下にいった。「モデルの上にある時計を見たまえ。スロー・モーションにシンクロナイズしてある」

　息づまるような沈黙の中で、検事側はその光景を観察し、メモしている。そのあいだにも、アンドロイドたちは、宿命的なボーモント邸のパーティをつぎつぎと再現していく。壇上では、マリア・ボーモントが、再び〈サーディン〉のルールを読みあげた。照明が暗くなり、やがてあたりは闇につつまれた。ベン・ライクがゆっくりと大広間を抜け、音楽室へ入っていく。彼は右へ曲がると、画廊へむかう階段をのぼり、蘭の間へ通じる青銅のドアをくぐった。そして、ボディガードの目をくらませ、気絶させると、部屋の中に踏みこんだ。

　ふたたび対決するライクとドコートニイ。二人は距離を縮めた。ライクはポケットから恐ろしいナイフ・ピストルをとりだすと、彼の手に力なくもたれかかっている無抵抗の老人の口の中へ刃を押しこんだ。ふたたび、蘭の間のドアのひとつが開いて、霜のようにまっ白な、すきとおったドレッシング・ガウンを着たバーバラ・ドコートニイが現われた。しばらくのあいだ、彼女とライクは近づいたり離れたりしていたが、突然ライクが持っていた拳銃をドコートニイの口へ押しこむと、彼の後頭部を吹きとばした。

「これはドコートニイの娘から手に入れた」パウエルがつぶやいた。「透視したんだ。完璧といっていい」

　バーバラ・ドコートニイは父親の死体に這い寄ると、拳銃をつかみ、ライクをふりきってふいに蘭の間からとびだした。あとを追って、ライクも暗闇へおりていったが、女が正門から通りへむかったため、姿を見失ってしまった。ややあって、ライクはテイトと出会った。

二人は〈サーディン〉をするふりをしながら、映写室へ入った。ドラマは、蘭の間へどっとなだれこんだ客たちが、小さな死体をとりかこむところで終わった。彼らは、一幅のグロテスクな活人画のように凍りついた。

検事側が、ドラマを消化するあいだ、長い沈黙があった。

「もういいだろう」パウエルがいった。「いま見たとおりだ。さて、〈モーゼ〉にデータを送りこんで、意見を拝聴しよう。最初は、〈機会〉だ。〈サーディン〉が、ライクに絶好の機会を与えたことは否定しないだろうね」

「〈サーディン〉をやるということが、なぜライクにまえもってわかった?」地方検事が小声できいた。

「本を買ってマリア・ボーモントに贈ったのは、ライクだ。〈サーディン〉を提供したのは彼自身だよ」

「彼女がそのゲームをやるということが、どうしてわかった?」

「彼は、マリアがゲーム好きなことを知っていた。その本の中ではっきりと読めるのは、〈サーディン〉だけなんだ」

「わからんな……」地方検事は頭を掻いた。「〈モーゼ〉は、そう簡単には納得しない。とにかく、入れるだけ入れてみたまえ。害はない」

ドアがすさまじい音をたてて開き、市警本部長のクラッブが、行列の指揮でもしているようにさっそうと入ってきた。

「心理捜査局総監パウエル君」クラッブが正式な呼びかたをした。

「はい、本部長閣下」

「わたしの耳に入ったところによると、きみは、わたしの友人ベン・ライクをクレイ・ドコートニイ殺害という、誤った卑劣きわまる罪に問うため、人工頭脳を濫用しているそうだな。ミスタ・パウエル、そのような目的は、まったく常識をはずれておる。ベン・ライクは、わが国の主導的立場にいる名誉ある市民だ。それればかりか、わたしはその人工頭脳を承認した覚えもない。有権者たちがきみを選んだのは、それによって知的能力を訓練するためであって、奴隷になりさがって——」

パウエルはベックを見てうなずいた。ベックは、パンチ・カードを〈モーゼ〉の耳に流しはじめた。「そのとおりです。本部長。そこで、〈手段〉だが……。最初の疑問——ライクはいかにして、ボディガードを気絶させたか。デ・サンティス？」

「さらに、それればかりか……」クラッブはつづけた。

「ロードプシン・イオン化剤だ」デ・サンティスが吐きだすようにいった。彼はプラスチックの球体を手に取ると、それをパウエルに投げた。パウエルは、全員に見えるようにそれを持った。「ジョーダンという男が、ライクの私設警官隊のために、これを開発した」デ・サンティスがいった。「こいつの製法は、もういつでもコンピューターに送りこめるように、こちらで用意してある。それから、サンプルも。誰か、実地に試してみないか？」

地方検事は半信半疑だった。「わたしには、どっちみちわからん。それは、〈モーゼ〉にまかせばいいだろう」

「それに加えて……」クラッブが結論を述べようとした。

「そんなことといわないで」デ・サンティスが、不気味なほど上機嫌でいった。「自分の眼で見なければ、信じられるものじゃない。害はない。六、七時間、意識を失うだけ——」

プラスチックの球がパウエルの指の中で崩れた。まっ青な光が、クラッブの鼻の下で閃《ひらめ》いた。市警本部長は、言葉の中途で空《から》の袋のようにくたくたと崩れた。パウエルは、恐ろしげに周囲を見まわした。

「おい、たいへんだ！　おれはいったいなにをしたんだ？　指の中で溶けちまった」彼はデ・サンティスを見ると、激しい口調でいった。「デ・サンティス、外装を薄くしすぎたな。あんたがやったことを見ろよ」

「おれがやった？」

「このデータを〈モーゼ〉に送りこめ」地方検事が感情を厳しく抑えた声でいった。「これなら、〈モーゼ〉もオーケイすると思う」

彼らは本部長の体を、ふかぶかした椅子に運んだ。

「さて、殺人の方法だ」パウエルがつづけた。「これをごらんになるといい、こいつがいわゆる〝手品の種明かし〟だ」彼は警察博物館から持ちだしてきたリヴォルヴァーを、一同に見せた。そして、輪胴から薬莢を抜きだすと、その薬莢のひとつから弾丸《たま》を引っぱりだした。

「ライクは、ジェリイ・チャーチから拳銃《ガン》を手に入れると、殺人の前にこんなことをした。

さも安全なように見せかけたんだ。でっちあげのアリバイだ」

「でっちあげ？　ばかいうな！　その拳銃《ガン》は、安全そのものだ。それがチャーチの証拠かね？」

「そうだ。記録を見たらいい」

「では、この問題で、〈モーゼ〉をわずらわす必要はない」地方検事は、うんざりしたように書類をほうり投げた。「事件は迷宮入りだ」

「そんなことはない」

「弾丸《たま》のないカートリッジで、どうやって人が殺せる？　あなたの書類には、ライクが再び弾丸《たま》をこめたという記録はない」

「弾丸《たま》をこめたんだ」

「こめなかった」デ・サンティスが吐きだすようにいった。

「傷口にも、部屋にも、発射体は見つかってない。なにもないんだ」

「なんでもあるさ。糸口さえ見つかれば簡単なことだ」

「糸口なんかない！」デ・サンティスがどなった。

「見つけたのは、きみだぜ、デ・サンティス。ドコートニイの口に、キャンディのゲルのかけらがあっただろう？　だが、胃の中にキャンディはなかった」

デ・サンティスがにらみつけた。パウエルはにやっと笑うと、点滴器をとって、ゲルのカプセルに水を満たした。彼はそれを火薬の上のカートリッジの開いた口に挿入し、そのカートリッジを拳銃《ガン》におさめた。そして銃をあげ、模型ののっているテーブルの端にある木のブロックに狙いを定めると、引金をひいた。鈍い、気の抜けたような爆発音といっしょにブロックがこなごなに砕けちった。

「いったいそれは——そいつがトリックだ！」地方検事が叫んだ。「弾丸《たま》の中には、水のほかになにかあったんだろう」彼は木の破片を調べた。

「いや、ない。火薬を装塡するだけで、水一オンスは射てる。柔らかい口蓋を狙いさえすれば、後頭部を吹きとばすぐらいの初速は出る。だから、ライクは口から射つ必要があったんだ。だから、デ・サンティスはゲルのかけらを見つけたんだ。だから、それ以外のものは見つからなかったんだ。発射体は消えてしまうんだから」

「それを〈モーゼ〉に渡せ」地方検事が小さな声でいった。「パウエル、なんとか事件がものになりそうな気がしてきたよ」

「よし。今度は〈動機〉だ。われわれの手に入れたライクの業務記録を、会計部が全部調査した。ドコートニイは、ライクをぎりぎりのところまで追いつめていた。ライクにとっては〝勝てなければ、合併〟だった。で、ドコートニイに合併を提案した。それが失敗したためドコートニイを殺したんだ。この線で、どうだ？」

「わたしには充分だ。だが、〈長老モーゼ〉はどうだろう？　それを入れて、結果を見よう」

彼らは最後のパンチされたデータを送りこむと、コンピューターを〈休息〉から〈全速〉

へと熱して、スイッチを入れた。思考に没頭する〈モーゼ〉の眼がまたたいた。その胃袋が、かすかにごろごろと鳴った。そのメモリーが、シュウという音をたてどもりはじめた。パウエルたちは、息をつめて待った。ふいに、〈モーゼ〉がしゃっくりをした。静かな鐘の音が〝ピンピンピンピンピンピンピンピン――〟と鳴りだし、〈モーゼ〉のタイプがまっ白なテープに文字を打ちはじめた。

「法廷に異存がなければ」と〈モーゼ〉がいった。「抗弁人と不告の珍情により、法的署名。SS。指導的判例、ヘイ対コホーズと、シェリイ事件の法則。UPR」

「いったい――」パウエルはベックを見た。

「ふざけているのです」ベックが説明した。

「こんなときにか？」

「ときどき起こります。もういちどやってみましょう」

彼らは再びコンピューターの耳にデータを送りこむと、たっぷり五分間熱して、それからスイッチを入れた。またもや、眼がまたたき、胃袋がごろごろと鳴り、ふたたびメモリーがシュウという音を発した。パウエルたちは心配そうな面持《おももち》で待った。一ヵ月の血の出るような捜査の成果が、この決定にかかっているのだ。タイプが打ちはじめた。

「摘要書第九二一、〇八八号。C―一項。動機」と、〈モーゼ〉がいった。「激情動機。犯罪の記録不充分。州対ハンレイハン事件、第一二〇二最高裁十九、ならびに指導的判例の以下の行を参照」

「激情動機だって？」パウエルはつぶやいた。「こいつは回路がおかしくなったのか？　利害動機だ。C—一項を調べろ、ベック」

ベックが調べた。「誤りはありません」

「もういちど、やりなおせ」

彼らはコンピューターをもういちど操作した。今度は、〈モーゼ〉も要点をつかんだ。

「摘要書第九二一、〇八八号。C—一項。動機。利害動機。犯罪の記録不充分。州対ロイヤル事件、第一一九七最高裁三八八参照」

「C—一をちゃんと押さなかったんだろう？」パウエルがきいた。

「あらゆる手はつくしてあります」ベックが答えた。

「ちょっと失礼」パウエルがほかの人々にむかっていった。

「ベックとこの件で透視をしたいので……。気になさらずに」彼はベックに向いた。《さあ、あけるんだ、$スン《ジャク》。最後の言葉に、回避のにおいがするぞ。それをこっちに見せないと……》

《正直いって、わたしはなにも知ら——》

《知っていたら、回避じゃない。掛け値なしの偽証だ。さあ、見せるんだ……なんだ。そうだったのか！　ばか。暗号部の仕事がおそいからって、恥じる必要はないんだ》パウエルは一同に大声でいった。「ベックは、ひとつ小さな資料を抜かしていた。上ではまだ暗号部が、ハソップといっしょにライクの私用暗号を解読中だ。つまり、いままでわれわれの手にあったのは、ライクが合併を提案して拒否されたという推理だけだったわけだ。まだ、はっきりした提案と拒否の証拠が手に入っていない。それを〈モーゼ〉はほしがっていたんだ。まったく抜け目のない怪物だよ」

「暗号を解読してないのに、どうしてライクが提案を持ちこんで拒否されたことがわかる？」地方検事がきいた。

「ガス・テイトを通じて、ライク自身から手に入れた。殺される直前にテイトがよこした情報のひとつだ。ベック、うけあってもいい。仮説をテープに加えてくれ。合併の証拠は崩す余地ないという仮説をな。実際、そのとおりなんだ。〈モーゼ〉は、どう考えるだろう？」

ベックはテープにパンチすると、それを中心問題につなぎあわせ、再び機械に送りこんだ。もうすっかり熱せられている〈モザイク多重起訴コンピューター〉は、三十秒で回答を出した。**「摘要書第九二一、〇八八号。仮説受諾。起訴成功率、九七・〇〇九九パーセント」**

一同は顔をほころばせ、くつろいだ。パウエルはテープをタイプライターから引きちぎると、それを麗々しく地方検事にさしだした。「ミスタ地方検事、事件はこのとおり……すっかりできあがって、お手許にお届けにあがりました」

「驚いた！」地方検事は、いった。「九十七パーセントとはな！　この職についてから、九十パーセントの壁を超えた事件はひとつもなかった。七十を突破すれば、幸運だと思っていたよ。九十七パーセントとは……それも相手がベン・ライクときている！　まったく！」彼は、とてつもない想像をしたような顔で、部下たちに向いた。「こいつは歴史にのこるぞ！」

オフィスのドアがあいて、汗みずくの二人の男が書類を振りながらかけこんできた。

「暗号部だ」パウエルがいった。「解読は終わったか？」

「終わりました」彼らはこたえた。「しかし、あなたも終わりです、パウエル。なにもかもおしまいです」

「なんだって？　いったいなんのことだ？」

「ライクがドコートニイを殺したのは、ドコートニイが合併にオーケイしなかったからでしょう？　彼はドコートニイ殺害に充分な利害動機を持っていたわけです。そうでしょう？それは確かにそのとおりでした」

「神よ！」ベックが悲痛な叫びをあげた。

「ライクは、ドコートニイに、YYJI、TTED、RRCB、UUFE、AALK、QQBAと書いて送りました。こういう意味です。**合併提案、増収確実、即共存**」

「そうだ。ずっと、こっちはそういってきたじゃないか。で、ドコートニイは、WWHGと返事した。それは拒否だ。ライクはテイトにそういった。テイトが話してくれたよ」

「ドコートニイは、WWHGと返事しました。その意味は、**提案受諾**なのです」

「そんなばかな！」

「そうなのです。WWHG。**提案受諾**。それはライクが望んでいた回答でした。それでライクには、ドコートニイを生かしておくありとあらゆる理由ができたはずです。この太陽系じゅうのどこの法廷だって、ライクにドコートニィ殺害の動機があったなんて納得させることはできませんよ。事件は、これでおしまいです」

パウエルは三十秒のあいだ、こぶしを握り、顔をぴくぴくとけいれんさせながら、身じろぎもせず立ちつくしていた。そして、ふいに模型のほうを向くと、手をのばし、ライクのモデルをつかみあげて、その首をねじきった。そこから、〈モーゼ〉のところへ足をのばし、テープをひっぱりだすと、それをくちゃくちゃに丸めて部屋の奥へ投げとばした。椅子にはまだぐったりとクラッブがよりかかっていたが、彼は大股にそこへ歩みより、椅子の背を思いきり蹴りあげた。背筋の冷たくなるような沈黙の中で、市警本部長は椅子もろともフロアにひっくりかえった。

「くたばりやがれ！　いつまでもそんなろくでもない椅子にすわってやがって！」パウエルは震える声でそう叫ぶと、オフィスからとびだしていった。

14

〈爆発！　衝撃！　監房の扉が吹っ飛ぶ。そのはるか外には、自由が闇の外套をまとって待っている。未知の世界への逃走……

〈誰だ？　監房の外にいるのは誰だ？　ちくしょう！　なんということだ！〈顔のない男〉だ！　おれを見ている。闇の中にぼんやりとうかんで、沈黙したまま。走れ！　逃げるんだ！　飛べ！　飛べ……

〈宇宙空間を飛ぶのだ。はるかな未知の深淵へむかうランチの、銀色に輝く内部には安らぎがある……ハッチのドアが！　開いていく！　そんなはずはない。ハッチの中には誰もいないのだ。だが、それはゆっくりと、無気味に……ちくしょう！　〈顔のない男〉だ。おれを見ている。闇にぼんやりとうかんで、沈黙したまま……

〈ですが、わたしは無実です。裁判長。無実なのです。罪の証拠がどこにあります？　どれほど、あなたが小槌《こづち》をたたこうと、あなたの鼓膜がやぶれるまで、わたしは申し開きをやめません。それに——ちくしょう！　裁判官の席に。かつらをかぶり、法官服をまとって。〈顔のない男〉だ。おれを見ている。闇にぼんやりとうかんで。復讐の化身……）

小槌の音は、いつのまにか特別室のドアのノックに変わった。乗客係の男の声が呼んだ。「ニューヨーク上空です、ミスタ・ライク。あと一時間で着陸します。ニューヨーク上空です、ミスタ・ライク」ノックの音はつづいた。

ライクはなんとか声を出した。「わかった」しゃがれ声だった。「聞こえてる」

乗客係は去った。液体ベッドから起きあがったライクは、足から力が抜けてしまっているのに気がついた。彼は壁に手をつくと、悪態をつきながら体をのばした。悪夢の恐怖から脱けきっていない体をひきずって、浴室へむかうと、脱毛剤で髭を処理し、シャワーを浴び、スチームに入り、十分間空気で体を乾かした。まだ、足がふらつく。彼はマッサージ・アルコーブへ入ると、〈活力塩〉のボタンを押した。香料の入った湿った塩が二ポンド、皮膚に噴霧された。マッサージ器が動きはじめる直前、ライクはむしょうにコーヒーが飲みたくなった。彼は〈接待〉を呼ぶため、アルコーブを出た。

鈍い衝撃。アルコーブが爆発し、その勢いでライクは顔からまともにフロアにぶちのめされた。吹きとんだ細片で、背中には傷口が開いた。彼は寝室にかけこむと、旅行ケースをつかみ、追いつめられたもののようにうしろをふりかえり、無意識にケースをあけて、いつも携帯している爆裂球のカートリッジをさがした。中に、カートリッジはなかった。

ライクは衝撃から立ちなおった。背中の傷口が塩でひりひりし、血がしたたっているのがわかる。もう震えてはいない。彼は浴室へもどると、マッサージ器のスイッチを切り、アルコーブの残骸を調べた。誰かが、夜のあいだにケースからカートリッジを持ちだし、マッサージ器の部品ひとつひとつにそれをつめこんだのだ。空《から》のカートリッジがひとつ、アルコーブの脇にころがっている。一瞬の奇蹟が、彼の生命を救ったのだ……誰から？

彼は特別室をしらべた。錠は熟練した人間が細工したらしい。さわった形跡はなかった。だが、誰が？　なぜ？

「くそったれめ！」ライクはどなった。鉄の意志で浴室へもどると、塩と血を流し、止血剤を背中に噴霧した。そして、服を着、コーヒーを飲んで空港のホールへおりたった。エスパー税関の厳しい検査（緊張と窮境と紛糾のはじまりや）はやがて終わり、ライクは彼を待っていたモナーク社の送迎艇に乗りこんで、市にむかった。

送迎艇から、モナーク・タワーを呼びだす。秘書の顔がスクリーンに現われた。

「ハソップに関する情報はないか？」

「いいえ、ミスタ・ライク。スペースランドから連絡がございましてからは、いちども」

「〈娯楽〉を頼む」

スクリーンに縞が交錯し、モナーク産業のクローム張りの休憩室が現われた。あごひげをたくわえた、いかにも学者ふうのウェストは、プラスチックのファイルに注意ぶかくタイプした紙をとじていた。彼は見あげると、にっこり笑った。

「ヘロー、ベン」

「あまり嬉しそうな顔をするな、エラリイ」ライクは不機嫌にいった。「ハソップはどこなんだ？　知ってるだろうと思って――」

「ベン、それはわたしの仕事じゃないよ」

「どういうことだ？」

ウェストはファイルを見せた。「いま仕事を終えたところだ。きみの保存用につくった、モナーク産業資源開発会社におけるわたしの業績の記録だよ。それも、今朝九時で終わりをつげた」

「なんだって？」

「そうさ。ベン、前にも警告したはずだ。ギルドは、ぼくがモナーク産業にかかわりあうのを禁じたんだ。産業スパイは倫理に反する」

「エラリイ、いまやめられると困る。おれは危機におちいってる。あんたがすごく必要なときなんだ。今朝も、誰かが船の中に〈まぬけの罠《ブービイ・トラップ》〉（偽装爆弾）をしかけた。危ういところで助かった。誰がやったか調べなくてはならない。それには、エスパーがいる」

「ベン、残念だが……」

「モナークで働く必要はない。私的な仕事として、個人的に契約するだけだ。ブリーンと同じだ」

「ブリーン？　二級の？　あの分析医？」

「そうだ。おれの主治医だ」

「もう違う」

「なんだって？」

ウェストはうなずいた。「命令は今日おりた。独占的な診察はもうできない。できるかぎり多くの人々に、できるかぎり良いことをするのが、われわれの義務なのだ。ブリーンはいないよ」

「パウエルだな！」ライクは叫んだ。「おれを陥れるためなら、どんなきたないことでもやる気だ。おれをドコートニイの十字架にかける気なんだ、あの悪賢いのぞき屋め！　あいつが――」

「黙るんだ、ベン。パウエルはこれとはなんの関係もない。さあ、仲よく別れようじゃないか、え？　いままでもうまくやってきた。今度も、うまくやろう。きみもなにかいったらどうだ？」

「じゃ、くたばれといってやる！」ライクはどなると、接続を切った。そして同じ調子で、送迎艇のパイロットにいった。「家へやれ！」

自分のペントハウス・アパートメントへ悪鬼のように舞いもどったライクは、ふたたび召使いたちの心に恐怖と憎悪をよみがえらせた。彼は執事に旅行ケースを投げつけると、すぐブリーンの部屋にむかった。中は空《から》だった。デスクの上の走り書きは、ウェストがいったことの繰りかえしだった。ライクは大股に自室へ入ると、映話のところへ行き、ガス・テイトにダイアルした。スクリーンが明るくなり、文字があらわれた――

この番号は無期限に閉鎖されました

しばらくそれを見つめていたが、やがて接続を切ると、ジェリイ・チャーチをダイアルした。スクリーンが明るくなり、文字が現われた。

この番号は無期限に閉鎖されました

ライクはスイッチをきり、おぼつかない足どりで書斎を歩きまわったあと、部屋の片隅で明滅している光――彼の金庫――に近づいた。時間位相に金庫をあわすと、蜂窩《ほうか》型の書類入れが現われた。彼はその左上の仕切りに入っている赤い小さな封筒に手を伸ばした。封筒に触れたとき、かすかなカチリという音が聞こえた。彼は体を曲げると、腕に顔を埋めて飛びのいた。

目の眩む閃光、そして重苦しい爆発音。なにかが左側からものすごい勢いでライクにぶつかり、彼をふきとばして反対側の壁にたたきつけた。つづいて破片が降りそそいだ。彼は立ちあがると、驚きと怒りに絶叫しながら、身の安全を確かめるため、服の左側を引き裂いた。ひどい傷ができている。激痛があるところをみると、肋骨も一本は折れたにちがいない。

召使いたちが廊下をかけてくる音に気づいて、彼はどなった。「来るな！　聞こえないか？　来るな！　誰もかも！」

彼は残骸をかきまわすと、残ったものの整理をはじめた。チューカ・フラッドの家で、赤い眼の女から取りあげた神経混濁銃が出てきた。それから、ドコートニイを殺した邪悪な鋼鉄の花――ナイフ・ピストルも。中にはまだ、ゲルで密閉した水の弾丸《たま》が四発未発射のまま残っていた。それを両方とも新しい上衣のポケットにつっこむと、デスクから爆裂球の新品のカートリッジを出し、あっけにとられている召使いたちを背に、彼は部屋をとびだした。

　タワーのアパートメントから地下室のガレージへおりるあいだ、彼は熱にうかされたようにののしりつづけた。ガレージへ着いた彼は、自家用跳躍艇《ジャンパー》の鍵を呼び出しスロットに落とし、迎えを待った。ドアに鍵をつけた艇が格納庫から出てきたとき、一人の人間が遠くから彼をじっと見つめながら近づいてくるのに気づいた。ライクは鍵をまわすと、ドアをあけてとびこんだ。かすかな音をたてて、なにかが破れた。ライクは地面にころがった。跳躍艇《ジャンパー》のタンクが爆発した。しかし、手ちがいがあったのか、火は燃えあがらなかった。燃料の噴水とねじまがった金属の破片が周囲にとびちった。ライクは死にものぐるいで這うと、出口の傾斜にたどりつき、命からがら逃げた。

　血にまみれ、ずたずたの服を着、クレオソート燃料の悪臭をまきちらしながら通りに出た彼は、必死に公共跳躍艇《ジャンパー》を探した。自動跳躍艇《コイン・ジャンパー》は見つからなかった。手を振って、運転手つきのをやっとつかまえた。

「どこへ行きます？」運転手がきいた。

ライクは放心したように、体じゅうの血と油を拭いた。「チューカ・フラッドのところだ！」彼はかすれた声でヒステリックに叫んだ。

跳躍艇《ジャンパー》はひと跳びで、彼をウェスト・サイド要塞九九に送り届けた。

とめようとするドアマン、ふくれ面《つら》の応接係の男、そして高給取りのチューカ・フラッド代理人をつぎつぎと押しのけると、ライクは、彼女の秘密のオフィスに踏みこんだ。そこは、ステンド・グラスのランプと詰め物でふくらんだソファ、それからロールトップ・デスクのあるヴィクトリアふうの部屋だった。チューカはうらぶれたうわっぱりを着て、デスクにすわっていた。そのうらぶれた表情は、ライクがポケットから混濁銃を出したとたん、驚きに変わった。

「ライク！　あんた……」彼女は叫んだ。

「とうとう来たぜ、チューカ」彼はしわがれた声でいった。

「サイを投げる前に、話を聞かせてやろう。前にもいちど、あんたにこの銃を使ったことがあったな。また、そうしたくなった。あんたがそうさせたのさ、チューカ」

彼女はデスクから立ちあがると、叫んだ。「マグダ」

ライクはその腕をつかんで、部屋の奥へつきとばした。彼女は長椅子につっかかると、そのむこうにひっくりかえった。赤い眼をしたボディガードが、オフィスへとびこんできた。ライクには用意ができていた。彼は女の首筋に一撃を加えると、前にのめる彼女の背中を狙ってかかとをあげ、フロアにぶちのめした。女は身悶《みもだ》えながら、彼の足を引っ掻いた。それを無視して、彼はチューカに吐きだすようにいった。「はっきりさせようじゃないか。なぜ、〈まぬけの罠《ブービィ・トラップ》〉なんかしかけた？」

「なんの話さ？」チューカが叫んだ。

「なんの話をしてるみたいに見える？　血を見るんだ。おれは三回もあやうく葬式といううめにあった。だが、いくらおれでも、そう運はつづかない」

「気は確かかい、ライク？　あたしゃ、そんな――」

「おれはでっかいDの話をしてるんだぜ、チューカ。Dは、死《デス》だ。おれは前にここに来て、あんたの大事なバーバラ・ドコートニイをさらっていった。おれはあんたのガール・フレンドをいためつけた。それから、あんたもいためつけた。で、頭に来たあんたは、罠をしかけた。そうだろう？」

　チューカは呆然として首を振った。

「いままでに三回。スペースランドから帰る途中の船の中。書斎。おれの跳躍艇《ジャンパー》。ほかにまだどれだけあるんだ、チューカ？」

「あたしじゃないよ、ライク。だから、助けとくれ。あたしゃ――」

「あんたにきまってるさ、チューカ。怨みがあるのはあんただけ、殺し屋をやとえるのもあんただけだ。行きつくところは、あんたさ。はっきりさせようじゃないか」彼は混濁銃の安全装置をはずした。「おれには小物の敵も、その友だちの葬式狂いもかまってる暇はないんだ」

「後生だから!」チューカがさけんだ。「あたしが怨みを持ってる? そりゃ、あんたは家《うち》をすこしゃ荒らしたかもしれない。マグダを痛い目にあわせたかもしれない。だけど、あんたがはじめてなもんか。おしまいでもないね。頭を使ったらどうなんだい?」

「頭は使った。あんたじゃなかったら、誰なんだ?」

「キノ・クィザードだよ。殺し屋を雇ってるし。噂だと、あんたとあの人は――」

「クィザードは関係ない。クィザードは、いまはほとけだ。ほかに誰だ?」

「チャーチは?」

「そんな度胸はない。その気があれば、十年前にやってたはずだ。ほかに誰がいる?」

「知るもんかい。あんたには何百人と敵がいるじゃないのさ」

「何千人だ。だが、おれの金庫を誰が動かせる? 位相のコンビネーションのわかる人間がどこに――」

「誰も金庫を細工しやしなかったかもしれないよ。誰かがあんたの頭ん中に入って、コンビネーションをのぞいたかもしれない。それで――」

「のぞいた?」

「そうさ。のぞいたのさ。あんたはチャーチの使いかたをあやまったのさ……チャーチじゃなくても、あんたを棺桶に入れたいと思ってる誰かのぞき屋のね」

「そうか……」ライクはつぶやいた。「そうだったのか……わかった」

「チャーチかい?」

「いや。パウエルだ」

「お巡りの？」

「お巡り。パウエル。そうだ。ミスタ聖リンカーン・パウエル。そうだ！」言葉が、ライクの口から激流となってあふれだした。「そうだ、パウエルだ！　あのくそったれは、負けた腹いせにきたない戦法を使ったんだ。事件をものにすることができなかった。あとは、〈ま《ブー》ぬけの罠《ビイ・トラップ》〉をしかける手ぐらいしか残ってない……」

「あんた、頭がおかしくなったんだね、ライク」

「おれがか？　じゃ、なぜエラリイ・ウェストをおれから取った？　それから、ブリーンも。〈ブービイ・トラップ〉に対するたったひとつの逃げ道がエスパーだということを、あいつは知ってるんだ。パウエルにちがいない！」

「だけど、お巡りがかい、ライク？　お巡りが？」

「お巡りがだ！」ライクはさけんだ。「お巡りがなぜいけない？　安全この上なしだ。誰が疑う？　こんなうまい手はない。おれだって、そうしただろう。わかった……じゃ、こっちから〈ブービイ・トラップ〉をかけてやる！」

彼は赤い眼の女を蹴とばすと、チューカに近寄っておこした。「パウエルを呼べ」

「ええ？」

「パウエルを呼べ。リンカーン・パウエルだ。家《うち》を呼びだすんだ。すぐここへ来るようにいえ」

「いやだよ、ライク……」

彼はチューカをゆさぶった。「いいか、低能。ウェスト・サイド要塞は、ドコートニイ・カルテルのものだ。だが、ドコートニイのじじいはくたばった。だから、カルテルはおれのものだ。つまり、要塞がおれのものになるということだ。この家も、あんたも、おれのものだぜ、チューカ。仕事をこのままつづけたくないのか？　パウエルを呼べ！」

彼女はライクの青ざめた顔を見つめながら、おぼつかない超能力でのぞいていたが、その言葉が嘘でないことをやっと呑みこんだ。

「だけど、理由がないよ、ライク」

「ちょっと待て。ちょっと待て」ライクは考えていた。やがてポケットからナイフ・ピストルをひっぱりだすと、それをチューカの手に押しつけた。「これを見せろ。ドコートニイの娘がここへ置いていったといえ」

「なんだい、これは？」

「ドコートニイを殺《や》った拳銃《ガン》さ」

「後生だから――ライク！」

ライクは笑った。「別になにもしやしない。これを手にとるころには、あいつは〈ブービイ・トラップ〉にかかってる。パウエルを呼べ。拳銃《ガン》を見せるんだ。そして、ここへ来るようにいえ」ライクはチューカを映話の前につきとばすと、自分はスクリーンから見えないところに立った。そして、意味ありげに混濁銃をちらつかせた。チューカは、その意味を呑みこんだ。

彼女は、パウエルの番号をダイアルした。

スクリーンにはメアリ・ノイスが現われ、チューカの言葉を聞いて、パウエルを呼んだ。細面の顔が前にもましてやつれ、かげりのある眼には前にもまして暗い隈どりのできたパウエルが、姿を見せた。

「あたし……あたしじゃねえ、あんたがほしがるかもしれんものを持ってるんだよ、パウエルさん」チューカはどもりながらいった。「いま見つけたのさ。あんたが家《うち》からさらってった女がいたね。あいつが置いてってたんだよ」

「なにを置いてったって、チューカ？」

「あの女の親父を殺った拳銃《ガン》さ」

「ほんとうか？」パウエルの顔に突然生気がよみがえった。

「見せてくれ」

チューカはナイフ・ピストルを見せびらかした。

「そうだ、そいつだ！」パウエルが叫んだ。「どっちにしてもおしまいなんだ。そこにいろよ、チューカ。跳躍艇《ジャンパー》をつかまえしだい、そっちへ行く」

スクリーンが暗くなった。ライクは歯ぎしりして、血をなめた。彼は身をひるがえすと、〈虹の館〉をとびだし、客の乗っていない自動跳躍艇《コイン・ジャンパー》をつかまえた。鍵の穴へ半クレジット入れると、ドアがあいた。彼はころげこんだ。噴射音とともに離陸した艇は、蛇腹のようなビルの三十階に激突し、墜落しそうになった。彼は呆然として、自分が跳躍艇《ジャンパー》の操縦も、〈ブービイ・トラップ〉の仕掛けもできないような状態にあることに気づいた。

(考えようとするな)彼は考えた。(計画をたてようとするな。本能にまかせるんだ。おまえは殺人者だ。生まれながらの殺人者だ。じっくりと待って、殺れ!)

ライクは自己と闘いながら、必死にハドソン・ランプまで艇を飛ばすと、絶えず方向の変わるノース河の気ちがいじみた風にさからいながら降下した。殺人者の本能が手を貸したのかもしれない。墜落したところは、パウエルの家の裏庭だった。彼自身にも、その理由は見当がつかなかった。ねじまがったキャビンのドアをこぶしでたたきあけると、録音された声が注意した。「お知らせします。この乗物を破損されたかたは、住所とお名前を書き残してください。当社があなたの行き先をつきとめなければならない場合には、その経費もお支払いいただくこともあります」

「これくらいは序の口だ」ライクはうなり声でいった。「気にするな」

彼はレンギョウのうっそうとした茂みにとびこむと、混濁銃をかまえて待った。そのとき、彼は墜落した理由に気づいた。パウエルの映話に最初に出た女が家の中からとびだして、庭に置きざりにされた跳躍艇《ジャンパー》にかけよってきたのだ。ライクは待った。だが、ほかにはだれも出てこない。女は一人だけらしい。彼は茂みから体を出した。その瞬間、音が聞こえもしないのに、女はふりかえった。エスパーだ。彼は最初の目盛で引金をひいた。彼女は体をこわばらせ、震えながら立ちつくした。

しかし、死の目盛まで引こうとした一瞬、再び本能が彼を制止した。突然、パウエルに〈ブービイ・トラップ〉をしかける考えがうかびあがった。家の中で女を殺し、爆裂球をしこんだ死体を、パウエルの餌《えさ》にするのだ。女の浅黒い顔に汗がふきだし、顎の筋肉がぴくぴくとけいれんした。ライクは女の腕をつかむと、家のほうへ引っぱっていった。その足どりは、案山子《かかし》のようにぎごちなかった。

女を連れてキッチンから居間へと踏みこんだライクは、畦織《あぜおり》のモダンな長椅子を見つけて、女をその上につきとばした。彼女は全身で抵抗した。彼は残忍な笑いをうかべると、体をかがめ、彼女の唇にはげしくキスした。

「パウエルによろしくな」彼はそういうと、あとずさりして混濁銃をあげた。そして、さげた。

誰かが見ている。

彼はなにげない様子でふりかえると、居間全体をすばやく一瞥した。誰もいない。彼は女のほうを向いていった。「TP《テレパシー》の小細工だな?」そして、混濁銃をあげたが、またおろした。

誰かが見ている。

ライクは居間じゅうを歩きまわると、椅子のうしろや、洋服ダンスの中をさがした。誰もいない。キッチンと浴室。誰もいない。彼は居間にいるメアリ・ノイスのところへもどった。誰も二階かもしれないという考えがうかんだ。彼は階段にむかい、それをあがりはじめたが、途中で杭を打ちこまれたように立ちどまった。

人影が彼を見つめていた。

その女は階段の一番上に膝をつき、手すりから子供のようにのぞいているのだった。子供っぽいぴっちりしたタイツを着て、髪をうしろにたばね、リボンで結んでいる。彼女は子供特有のおどけた、いたずらっぽい表情で彼を見た。バーバラ・ドコートニイなのだ。

「ヘロー」と、彼女はいった。

ライクは身震いした。

「あたし、ババよ」

ライクは弱々しく手を振った。

彼女はすぐ立ち上ると、注意ぶかく手すりにつかまって階段をおりてきた。「ほんとはいけないのよ」彼女はいった。「パパのおともだち?」

ライクは大きく息を吸った。「おれ……おれは……」彼はかすれた声でいった。

「パパはおしごとででかけたの」彼女は片言《かたこと》でいった。「でも、もうじきかえるわ。そういってたもの。おうちでおりこうさんにしてたら、おみやげかってきてくれるって。でも、おりこうさんにするの、とってもむずかしいのよ。おじさんは?」

「パパ? かえってく——くる? パパが?」

彼女は、こっくりした。「メアリおばさんとあそんでたのね? キスしたの、みちゃった。パパもしてくれるわ! あたし、すきよ。メアリおばさんもすきっていった?」彼女は確信ありげにライクの手をとった。「おおきくなったらね、あたし、パパのおよめさんになるの。それでずうっといっしょにいるのよ。おじさん、およめさんいる?」

ライクはバーバラを引きよせると、その顔をにらんだ。

「ふざけるんじゃない」彼はかすれた声でいった。「そんな手にのると思うか? パウエルにどれだけ話したんだ?」

「それ、パパのなまえ」彼女はいった。「あたし、きいたの。どうしてパパとあたしとなまえがちがうのって。そうしたら、パパったらとってもおかしなかおするのよ。おじさんのなまえは」

「おれはきいてるんだ!」ライクはどなった。「どれだけしゃべった? そんなへたな芝居をして、誰がだませると思う? 返事をしろ!」

バーバラは怪訝《けげん》な顔をした。そして、急に火がついたように泣きだすと、ライクから逃れようとした。彼は離さなかった。

「いや!」泣き声で、彼女はいった。「はなして!」

「答えるか?」

「はなして!」

ライクは彼女を、階段の下からメアリ・ノイスが硬直したますわっている長椅子のところに連れていった。そして、メアリの隣りにころがすと、あとずさりして混濁銃をあげた。

突然、バーバラがなにかに聞きいるように、体を起こした。その顔から子供っぽさが消え、険しいこわばった表情に変わった。彼女は両足をつきだすと、長椅子からとびあがり、走り、ふいに立ちどまって、ドアをあけるしぐさをした。そして、また走りだした。風に舞う金色の髪、驚きに見開かれた黒い瞳……野性の美の一瞬の閃《ひらめ》き。

「おとうさま！」彼女は叫んだ。「まあ、なんということを！　おとうさま！」

ライクの心臓は一瞬萎縮した。バーバラは彼にむかって走ってくる。彼は前に踏みだすと、彼女をつかまえようとした。寸前で彼女はとまり、あとずさりした。そして、悲鳴をあげながら、空《うつ》ろな眼で左にまわると、部屋を半周した。

「いけません！」彼女が叫んだ。「いけません！　おねがいですから！　ああ、おとうさま！」

ライクは体をまわすと、彼女につかみかかった。今度は彼も、悲鳴をあげ、抵抗するバーバラを捕えた。ライク自身も叫んでいた。突然、彼女は体をこわばらせ、耳を両手でおさえた。ライクは蘭の間にもどっていた。爆発音が聞こえ、ドコートニイの後頭部から血と脳がどっと噴出した。彼は激しいけいれんに襲われて、つかんでいた体を離した。彼女は膝からくずれおれると、フロアを這っていった。ライクの眼には、蠟のような死体の上にうずくまる彼女の姿が見えた。

ライクはあえぎながら、苦しそうに両手首をうちあわせて落ちつこうとした。耳の中の轟《ごう》音《おん》が遠のくと、彼は考えをまとめ、とっさに計画を変更してバーバラに突進した。目撃者をまったく計算に入れていなかったのだ。（パウエルのくそったれめ。この女も殺さねばならない。二重殺人が、おれにうまく——いや。殺人じゃない。〈ブービイ・トラップ〉だ。ガス・テイトめ。待て。ここはボーモント邸じゃないんだ。ここは……）

「ハドソン・ランプ三三」パウエルが玄関口でいった。

ライクはふりむいて、無意識にうずくまると、クィザードの殺し屋に教えられたとおり、左肘の下から混濁銃を射った。

パウエルは身をかわした。「そんな真似はしないほうがいい」彼は鋭くいった。

「くたばれ！」そうどなると、ライクは脇を通り抜けるパウエルを追いかけて旋回した。またもや、狙いはそれた。「くそったれののぞき屋め！　ろくでなしのくたばりそこないのばか——」

パウエルは左へまわると見せかけて、方向を変えると、ライクの胸ぐらにとびこみ、尺骨神経叢に六インチのジャブをお見舞いした。混濁銃は床に落ちた。ライクはクリンチしてきた。狂ったようにたたき、引っ掻き、突き、ののしる。パウエルは襟首と臍《へそ》と鼠蹊部に、一発ずつ火の出るようなパンチを与えた。その効果は脊髄の完全障害を起こすほどだった。ライクは鼻から血を流し、へどを吐きながら床にぶったおれた。

「殴りあいができるのが、自分だけだと思ったら大まちがいだぜ」パウエルはそういうと、床にうずくまったままのバーバラ・ドコートニイに近づき、起きあがらせた。

「だいじょうぶかい、バーバラ？」

「ヘロー、パパ、こわいゆめみたわ」

「知ってるよ。パパがしかたなくそうしたんだ。あの大きなうすのろを試すためにね」

「キスして」

彼はバーバラのひたいにキスした。「ぐんぐん大きくなるんだなあ」彼は微笑した。「きのうは、舌もまわらなかったのに」

「おおきくなるまでまってるって、パパがやくそくしてくれたんだもの」

「約束したね、バーバラ。一人で上へあがれるかい？　それとも、抱いていってほしい……きのうみたいに？」

「ひとりであがれるよ」

「よし。じゃ、部屋へもどりなさい」

彼女は階段に足をかけると、手すりをしっかりとつかんでのぼりはじめた。あとすこしでのぼりきるというとき、彼女はライクをふりかえって舌をつきだした。そして、部屋に消えた。パウエルはメアリ・ノイスに近づき、脈を確かめて長椅子に寝かせた。

「最初の目盛だな？」彼は小声でライクにいった。「苦しいが、一時間もたてば回復する」

彼はライクのところへもどると、やつれた顔に怒りをみなぎらせて彼を見おろした。

「メアリのおかえしをしたいところだ。だが、そんなことをしてなんになる？　おまえが思い知るわけがないからな。かわいそうなやつだよ……箸にも棒にもかからない」

「殺せ！」ライクは呻いた。「殺せ、でなければ、起こすんだ。おれがきさまを殺してやる！」

パウエルは混濁銃を拾いあげ、片眼でライクを見た。「すこし筋肉を休めたほうがいい。そんな遮蔽は、あと二、三秒と保たないぞ……」彼は腰をおろすと、銃を膝に置いた。「たいへんな失敗をしたな。チューカの話がうそっぱちだと気がついたのは、家《うち》を出て五分もたたないときだ。もちろん、張本人はおまえさ」

「うそっぱちはきさまだ!」ライクはどなった。「きさまも、きさまの倫理も、きさまのお高い説教も。きさまも、きさまのうそっぱちのろくでもない――」

「チューカは、ドコートニイを殺したのはこの拳銃だといった」パウエルは平然とつづけた。「確かにそうだ。だが、ドコートニイを殺した凶器を知ってる人間はいない……われわれを除いてね。だから、すぐにUターンして引き返した。時間がかかった。かかりすぎた。さあ、起きてみろ。それほどまいってるわけじゃないだろ」

ライクは悪戦苦闘して起きあがった。息は、恐ろしいほど荒い。ふいに彼はポケットに手を入れると、爆裂球のカートリッジを取り出した。パウエルは椅子に弓なりになって、かかとでライクの胸をけりあげた。カートリッジは宙に飛んだ。ライクはソファもろともひっくりかえった。

「エスパーを驚かそうたって無理だぜ。いつになったら、それに気がつくんだ」パウエルはカートリッジのところへ行き、それをひろいあげた。「いまのあんたは、まるで兵器庫だ。そうじゃないか? 自由の身になるより、生きるか死ぬかのほうが大事なように見える。おぼえておけよ、自由といったんだ。無実だとはいってない」

「どれだけの自由だ?」ライクは歯のあいだからいった。「おれだって、無実がどうのこうのといった覚えはない。だが、どれだけ自由があるんだ?」

「永遠さ。証拠は完璧だった。どんなささいなものまでな。いましがた、バーバラといっしょのあんたをのぞいて、それを確かめた。だがひとつだけ足りないものがあった。それで全部が宇宙の深淵に吹っ飛んでっちまったんだ。あんたは自由だよ、ライク。ファイルは閉じた」

ライクは見つめた。「ファイルを閉じた?」

「そう。迷宮入りだ。おれが負けたんだ。武装解除していいんだ、ライク、仕事に専念したまえ。誰も邪魔はしない」

「嘘だ! それも小細工のひとつだろう。きさまは――」

「いや。話してやろう。あんたのことはみんな知ってる……ガス・テイトをいくらで買収したか……ジェリイ・チャーチになんと約束したか……〈サーディン〉をどこで見つけたか……ウィルスン・ジョーダンのロードプシン・カプセルでなにをやったか……アリバイ工作のためにカートリッジを抜き、代わりに入れた水でどうやって殺したか……証拠の鎖もここまでは完全だ。〈手段〉と〈機会〉はな。だが〈動機〉でおかしくなる。法廷は客観的証拠を要求するのだが、それがぼくの手に入らない。それで、あんたは自由の身だ」

「嘘だ!」

「もちろん、この家宅侵入で、あんたを逮捕することはできる……だが、それでは罪が軽すぎる。大砲を誤射したあと、おもちゃの鉄砲を射つみたいなものだ。たぶん、あんたはそんな嫌疑を払いおとすだろう。目撃者は、エスパーと病気の娘だけなんだからな。ぼくは——」

「うそつきめ」ライクはうなり声でいった。「偽善者。大うそつきののぞき屋め。おれがそんなことを信じると思ってるのか？　残りの話を聞くと思ってるのか？　パウエル、きさまにはなにもない。なんにもないんだ！　おれはあらゆる点で勝ちを占めた。だから、きさまはおれに〈ブービイ・トラップ〉をしかけるんだ。だから、きさまは——」ふいにライクは話をやめると、平手で自分の額を打った。「こいつはおそらく、いままでいちばんでかい〈ブービイ・トラップ〉だろう。おれはそれにひっかかってしまったんだ。なんてばかやろうだ。なんて——」

「黙れ」パウエルがぴしっといった。「そんなにどなりちらすとのぞけなくなる。いったい、〈ブービイ・トラップ〉がどうしたんだ？　はじめから考えてくれ」

ライクは耳ざわりな笑い声をあげた。「知らんふりか……はじめは宇宙船の中のおれ専用の特別室……つぎはおれの特製金庫……それから、おれの跳躍艇《ジャンパー》……」

まる一分間、パウエルはライクに全精神を集中して、透視し、吸収し、消化していた。やがて、その顔が青ざめ、汗がふきだしてきた。「そうか！」彼は叫んだ。「そうだったのか！」彼は椅子からとびだすと、気が狂ったように行ったり来たりをはじめた。「それだ。……それで説明がつく………〈長老モーゼ〉は正しかったんだ。激情動機か。それを機械がふざけていると感ちがいしていたんだ……それからバーバラのシャム双生児のイメージ……それからドコートニィの罪の意識……ライクがチューカの家でおれたちを殺せなかったわけだ……だが——そうすると、殺人はもう重要じゃない。根はもっと深いところにある。はるかに深いところに。危険だ……思った以上に」彼は立ちどまり、ふりかえると、ライクにぎらぎらした視線を向けた。

「もし、あんたを殺せるものなら」彼は叫んだ。「おれはこの手でその首をねじ切ってやりたい。ずたずたに引き裂いて、銀河系の絞首台につりさげてやりたい。宇宙も祝福してくれるだろう。あんたは自分がどれくらい危険な存在か知らないのか？　疫病にその害がわかるか？　死に意識があるか？」

ライクはあっけにとられて、パウエルを凝視した。パウエルはいらだたしそうに首を振った。「なぜきくか、わかるか？」彼はつぶやいた。「おれのいってる意味がわかるまい。わかるはずがない」彼は食器棚に歩いていくと、ブランデーのアンプルを二つえらんで、それをライクの口にほうりこんだ。ライクは吐きだそうとした。パウエルは彼の顎をおさえた。

「呑みこむんだ」彼はきびきびといった。「意識をはっきりして、これからいうことを聞いてほしい。ブチレンはいらないか？　チリン酸は薬なしで頭がはっきりするか？」

ライクはブランデーにむせ、腹をたててまくしたてた。パウエルは彼をゆすって黙らせようとした。

「よく聞くんだ」パウエルはいった。「これから、パターンを半分だけ見せてやる。その意味を理解するんだ。あんたに関するかぎり、事件は終わった。その〈ブービイ・トラップ〉のおかげで終わったんだ。もし先にそれがわかっていたら、捜査なんかはじめなかっただろう。ギルドの教育を無視しても、あんたを殺していたはずだ。こいつの意味をじっくりと考えるんだ、ライク……」

ライクはまくしたてるのをやめた。

「おれは殺人の動機を見つけることができなかった。おかしいのは、それだ。あんたはドコートニイに合併を申しこんだ。彼はそれを承諾した。返事は、WWHG。承諾だ。彼を殺す理由はなくなった。彼を生かしておく、ありとあらゆる客観的理由がそろったんだ」

ライクの顔が血の気を失った。彼は気が狂ったように小きざみに首を振った。「ちがう。ちがう。WWHGだ。提案は拒否された。拒否だ。拒否されたんだ！」

「承諾だよ」

「ちがう。あのちくしょうは拒否したんだ。あいつは――」

「承諾したんだ。ドコートニイがあんたの提案を承諾したと知ったときが、こっちの捜査の最後だった。事件を法廷へ持ちこめないことはわかりきっていた。だが、あんたに〈ブービイ・トラップ〉をしかけたのは、おれじゃない。そいつは、あんたがおれの手から離れると知って殺そうとしたんだ。そいつは、あんたが破壊をまぬがれることを知ったんだ。そいつは、こっちがやっと見つけた事実を、全部はじめから知っていた……あんたがわれわれの未来に対する恐るべき敵だということをね」

ライクはなにかいおうとした。彼はソファからやっとのことで起きあがると、弱々しくジェスチャーした。やがて、彼はいった。「それは誰だ？　誰だ？　誰なんだ？」

「あんたの宿敵さ、ライク……あんたが逃げることのできない男。逃げようとしても、隠れようとしても、それは不可能だ……断言してもいい。あんたは決してその男からは逃がれられない」

「それは誰だ、パウエル？　それは誰なんだ？」

「〈顔のない男〉さ」

ライクは喉からしぼりだすような苦痛の叫びをあげると、背を向け、よろめく足で家を出ていった。

15

(緊張と窮境と紛糾のはじまりや。

緊張と窮境と紛糾のはじまりや。

緊張と窮境と紛糾のはじまりや)

「うるさい！」と、ライクが叫んだ。

(日月火　　　水木金)

「たのむ！　やめてくれ！」

　　　　　(土日月
　　火水……

　木！)

「考えるんだ。どうして考えない？　どうしたんだ？　なぜ考えないんだ」

(緊張と窮境と――)

「あいつは嘘をいってる。嘘だということは、おまえも知ってるはずだ。最初のときは、おまえが正しかった。でっかい〈まぬけの罠《ブービイ・トラップ》〉だ。WWHG。拒否。拒否だ。だが、なぜ嘘をついたんだ？　それでどれだけ得をするんだ？」

（――紛糾のはじまりや）

「〈顔のない男〉。ブリーンがいったのかもしれない。ガス・テイトがいったのかもしれない。考えるんだ！」

（緊張と――）

「〈顔のない男〉なんかいない。夢なんだ。悪夢なんだ！」

（窮境と――）

「だが、〈ブービイ・トラップ〉は？　〈ブービイ・トラップ〉はどうなんだ？　あいつのおかげで、おれは冷汗をかいた。なぜあいつはそいつのスイッチを引かなかった？　おれが自由だって？　なにが狙いなんだ？　考えろ！」

（紛糾の――）

手が彼の肩に触れた。

「ミスタ・ライク？」

「なんだ？」

「ミスタ・ライク？」

「なんだ？　誰だ？」

ライクの眼の焦点が合った。雨がひどく降っている。引いた膝を腕に抱き、片方の頬を泥に埋めて、彼はちぢこまっているのだった。体はぐっしょり濡れ、寒さにぶるぶると震えている。そこは爆裂孔を囲む散歩道だった。周囲には、雨に濡れた樹木が風にそよいでいる。人影が彼の上にかがみこんでいた。

「誰だ、おまえは？」

「ゲイレン・チャーヴィルですよ、ミスタ・ライク」

「なんだって？」

「ゲイレン・チャーヴィルです。マリア・ボーモントのパーティで会った。ミスタ・ライク、あのときのお礼をさせていただけますか？」

「おれをのぞくな！」ライクは叫んだ。

「のぞいてませんよ。ミスタ・ライク。ぼくらはふつう――」そこで、チャーヴィルは気がついた。「ぼくがエスパーだということを知らないと思ってた。さあ、起きたほうがいいです」

彼はライクの腕をとると、引っぱった。ライクは呻き声をあげ、その手をふりきった。チャーヴィルは彼の腋の下に手を入れて起こすと、恐ろしく変貌した彼の姿を見つめた。

「暴漢に襲われたんですか、ミスタ・ライク？」

「なに？　ちがう。ちがう……」

「事故？」

「ちがう。ちがう、おれは……ああ、よしてくれ」ライクはかんしゃく玉を破裂させた。

「おれになんかかまうな!」

「わかりました。ぼくは、あなたが困っていると思って、以前のおかえしをしようとやってきたんですけど、それなら――」

「待て」ライクがさえぎった。「もどってこい」彼は木の幹をつかむと、それによりかかり、ぜえぜえとあえいだ。やがて、彼はピンと体を起こし、血走った眼でチャーヴィルを睨みつけた。「おかえしといったな?」

「そうです、ミスタ・ライク」

「なにもきくな。誰にもいわないな?」

「もちろんです、ミスタ・ライク」

「おれの問題は殺し屋だ、チャーヴィル。誰がおれを殺そうとしてるか知りたい。やってくれるか? おれのために、誰かをのぞいてくれるか?」

「それなら警察が――」

「警察?」ヒステリックに笑いだした。ライクは、折れた肋骨の痛みに慌てて体を支えた。

「チャーヴィル、おれのためにお巡りを一人のぞいてほしい。大物だ。市警本部長だ。わかるか?」彼は木から手を離すと、よろよろとチャーヴィルのところへ歩いていった。「本部長はおれの友だちだ。彼のところへ行って、二、三の質問をする。そのとき、いっしょにいて、彼が嘘をいってないか確かめてほしい。おれのために、クラッブのオフィスへ来て、のぞいてくれるか? それが終わったら、忘れてくれるか? え?」

「はい、ミスタ・ライク……そのとおりにします」

「はっ！　まったく正直なのぞき屋だ！　どんな気がする？　さあ、行こう」

ライクはよろめく足で、散歩道の奇怪な門を出た。傷つき、熱にうかされ、死の苦しみを味わいながらも、なお市警本部へとむかう男の執念に、チャーヴィルも圧倒されてあとにつづいた。目的地につくと、ライクは事務員や警備員をどなりちらしてつき進んだ。

やがて、市警本部長クラッブの意匠をこらした黒檀と銀のオフィスに、泥をかぶり、血にまみれた人間が押しいった。

「ライク！」クラッブが仰天していった。「あんたなのか？　ベン・ライクだよな？」

「すわっていい、チャーヴィル」ライクはそういうと、クラッブのほうを向いた。「おれだよ。上から下までよく見ろ。クラッブ、おれはもう半分死体だ。赤いのは血だ。ほかは泥だ。今日はたいへんだった……まったくすばらしい日だった……いったい警察はなにをしていたんだ？　あの全能の心理捜査局総監パウエルはどこにいる？　あの——」

「半分死体？　いったいなんのことだ、ベン？」

「話してやろう。おれは今日三回殺されかかった。この青年……」ライクはチャーヴィルを指さした。「この青年が、死にかかってるおれを、爆裂孔のそばの散歩道で見つけてくれたんだ。いいか、おれを見てみろ。おれを見るんだ！」

「殺されかかった？」クラッブは強調するようにデスクをたたいた。「思ったとおりだ。パウエルはばかだ。あいつのいうことを聞くべきじゃなかったんだ。ドコートニイを殺した人間が、あんたも殺そうとしてるのだ」

ライクはうしろにいるチャーヴィルに荒々しく合図した。

「あんたが無実だと、わたしはパウエルに話した。だが、聞こうとはせんのだ。地方検事のオフィスにある、あのろくでもない機械が、あんたの無実を主張しても、聞こうとしなかった」

「無実だと機械がいった？」

「もちろんいったさ。あんたに罪はない。いままでにもなかった。そして、神聖なる権利条項により、あんたは法を尊重する市民の一人として、殺人者から保護される。すぐその手配をしよう」クラッブは大股にドアにむかった。「これでミスタ・パウエルとのごたごたは永久におしまいになるぞ！　ここにいてくれ、ベン。あんたの力添えのことで話があるんだ。太陽系上院議員に立候補するときには……」

ドアがあき、すさまじい音をたててとじた。ライクはよろめき、必死で現実の世界にうかびあがった。彼は三人のチャーヴィルに向いた。「どうだった？」彼はいった。「どうだった？」

「彼のいってることは本当です、ミスタ・ライク」

「おれについてか？　パウエルについてか？」

「それは……」チャーヴィルは真実を秤《はかり》にかけながら、分別くさく口ごもった。

「早くいうんだ、低能」ライクがうなり声でいった。「おれのヒューズは、きさまが考えてるほど長くは保たんぞ」

「彼があなたについていってることは本当です」チャーヴィルが慌てていった。「起訴コンピューターは、ドコートニイ事件でのあなたに対する警察活動の認可を取り消しました。ミスタ・パウエルは強制的に事件から手を引かされ……その……いま、非常に危険な立場におかれています」

「本当か?」ライクは前にのめって、チャーヴィルの肩につかまった。「本当なんだな、チャーヴィル? 嫌疑が晴れたのか? また自分の仕事をやっていいんだな? おれの邪魔をするやつはいないんだな?」

「ミスタ・ライク、嫌疑は晴れました。ご自分の仕事に専念なさっていいんです。誰も邪魔はしません」

ライクは勝ち誇った声で狂ったように笑いだした。笑いながらも、傷つき、骨折した肉体が呼び起こす苦痛に、彼は眼に涙を溜めて呻いた。そして、やおらに姿勢を正すと、チャーヴィルを押しのけ、市警本部長のオフィスを出た。泥と血にまみれ、笑い、呻きながら、いたいたしいほど横柄に本部の通路を進む彼の姿は、むしろネアンデルタールに近かった。両肩に雄鹿か洞穴熊《ほらあなぐま》の死体でも意気揚々とかついでいれば、絵になるかもしれない。

「絵を完成するには、パウエルの首がいる」彼は独り言をいった。「綿を詰めて、壁に打ちつけてやる。それから、ポケットにドコートニイ・カルテルを詰めこんで、絵は完成だ。くそ、時間さえあれば、銀河系全体を額縁にいれてやるぞ!」

本部の鋼鉄の門を出ると、彼はつかのま石段の上に立って、雨に濡れた通りを見わたしていた……広場のむこう側の娯楽センター、どの区画も巨大なひとつの透明ドームの中でまばゆく輝いている……上部歩道では店をあけた商店が並び、夜のショッピングがすでに始まって、喧騒と光が満ちあふれている……その背景をなす高層のオフィス・ビル、二百階建ての巨大な直方体……そのあいだを結ぶ空中ハイウェイのレースのトレサリー（ゴシック式建築の窓などの上部を飾る曲線模様のはざま飾り）……畑に異常繁殖した赤い眼のバッタのように、光を明滅させながら思い思いの方角に跳ぶ跳躍艇《ジャンパー》……

「みんなおれのものにしてやる！」宇宙を併呑するように両手を拡げて、彼は叫んだ。「きさまたち全部を！　肉体も、情熱も、魂も！」

そのとき彼の眼は、広場を横ぎる、長身の、不気味な、おなじみの人物をとらえた。その男は、肩越しにこっそりこちらをうかがっていた。きらめく雨滴の宝石をちりばめた黒い影……彼を見つめているのだ。闇にぼんやりとうかんで、沈黙したまま。恐ろしい……〈顔のない男〉。

息を殺した叫び。ヒューズがはじけとび、ライクは枯木のように倒れた。

九時一分前、エスパー・ギルド評議会の十五人中十人のメンバーが、議長ギュンのオフィスに集合した。緊急の問題とあって、彼らは注意を集中した。九時一分過ぎ、問題は解決し、会合は終わった。その百と二十秒のあいだに、以下のことが起こった――

槌の音
時計の文字盤は
時針が9
分針が59
秒針が60

緊急特別集会

リンカーン・パウエルを、資本化されたエネルギーの人間流路《ヒューマン・カナル》とする、集団カセクシスの要請の検討。

（仰天）

ギュン《まさか本気ではあるまいな、パウエル。どうしてこのような要請をするのだ？　これほど異常かつ危険な方法を取らざるを得ない事柄が、どこにある？》

パウエル《ドコートニィ事件の驚くべき情勢の進展を、出席されたかたがた全員に検討していただきたく思います》

（検討）

パウエル《ご承知のとおり、ライクはわれわれのもっとも恐るべき敵です。彼はアンチ・

エスパー・キャンペーンを支持しております。これを阻止しないかぎり、われわれは、かつて何回も繰りかえされた少数派の歴史を歩むことになるでしょう》

@《アト》キンズ　《そのとおり》

パウエル　《同時にまた、彼は〈愛国エスパー連盟〉の後援者でもあります。この組織を取り潰さないかぎり、やがては内乱が発生し、われわれは内部的混乱の泥沼の中で、永遠に自己を見失うことでしょう》

フラニオン　《まったく》

パウエル　《しかし、いまみなさんがごらんになられたとおり、これにはもうひとつの進展があるのです。ライクは銀河系の焦点——絶対的過去と蓋然的未来を結ぶ決定的な鎖の鐶《かん》と化す寸前にあります。この瞬間にも、圧倒的な変貌を成し遂げようとしているのです。時を、その本質として……。もしライクが、わたしの手の届く前に自分を調整し、順応したなら、彼は、この現実の束縛を脱し、われわれの攻撃に対して不死身となります。そして、銀河的理性と現実の最大の敵となるでありましょう》

(驚き)

@キンズ　《パウエル、きみは誇張しすぎている》

パウエル　《そうでしょうか？　では、いっしょにこの状況を検討してみましょう。時空におけるライクの位置を見てください。彼の信念が、世界の信念になりはしないでしょうか？　彼の現実が、世界の現実になりはしないでしょうか？　彼の権力とエネルギ

ーと知性が置かれている危険な位置を考えるとき、彼が決定的破滅への確実な道を進んでいるとは思いませんか？》

（確信）

ギュン　《そのとおりだ。だが、わしとしては、集団カセクシス法（MCM）を許可したくはない。過去の実験では、MCMが例外なく人間エネルギーの流路《カナル》を焼きつくしているのを、きみは知っているだろう。パウエル、きみは失うには、あまりにも貴重だ》

パウエル　《その危険をおかさねばならないのです。ライクは、非常に稀な宇宙的巨人の一人です……まだ子供かもしれません。しかし、成熟の途中にあります。すべての現実も、エスパーも、正常人《ノーマル》も、生命も、地球も、太陽系も、宇宙それ自体も……要するにすべての現実が、彼の目覚めの上に不安定に置かれているのです。彼を誤った現実に目覚めさせることはできません。わたしは裁決を求めます》

フラニオン　《自分の死を投票してくれといってるようなものだぞ》

パウエル　《個人の死が、万物の死に比べてどれほど重要でしょうか？　裁決を求めます》

@《アト》キンズ　《ほうっておけよ。心構えはできたし、次の交叉点で攻撃するくらいの時間はある》

パウエル　《裁決を！　裁決を求めます！》

（要請許可）

解散

文字盤は
時針が9
分針が01
秒針は〈破壊〉

一時間後、パウエルは帰宅した。遺書をしたため、請求書の支払いをすませ、書類に署名をし、すべては終わった。人々の失望落胆をあとに家へ帰った彼は、そこでも失望落胆に出あった。彼が家の中に入った瞬間、メアリ・ノイスに、いましてきたことを悟られたのだ。
《リンク！》
《おろおろしないでくれ。しかたがなかったんだ》
《でも――》
《ぼくは死なないかもしれないんだよ。おっと……ひとつ忘れてしまった。研究所は、ぼくが死んだら……つまり、いつか死ぬとき、脳の解剖をさせてくれっていってたっけ。書類にはみんな署名したけど、もし問題が起こったらきみが処理してくれ。硬直がはじまる前に、体をほしがるだろう。体が手に入らなくても、頭はほしがる。それを頼む。いいね？》
《リンク！》
《すまない。さあ、支度をして赤んぼうをキングストン病院へ送り届けたほうがいいだろう。ここはもう安全じゃなくなる》

《あの子は、赤んぼうじゃないわ。もう――》

メアリは身をひるがえすと、階段をかけあがっていった。そのあとには、恐れと悲しみのまじりあったいつもの感覚衝激――雪／ハッカ／チューリップ／琥珀織《タフタ》……が、たゆたいながら尾をひいていた。パウエルのため息は、やがて微笑に変わった。階段の上に、ドレスを着て、つんとすました十代の娘が現われ、知らぬ顔をしておりてきたのだ。彼女は、練習ずみの驚きの表情をうかべると、ドレスとしぐさが彼に見えるように、中ほどで立ちどまった。

「まあ！　ミスタ・パウエル。でしょ？」

「そうだよ。おはよう、バーバラ」

「今朝《けさ》は、なんのご用でこのお家《うち》にいらっしゃったの？」彼女は指先を手すりにすべらせながらおりてきたが、最後の一段でつまずいた。「おっと、ピップ」彼女はかわいい声でいった。

パウエルが体をうけとめた。「パップ」と、彼はいった。

「ビム」

「バム」

彼女はパウエルを見あげた。「ここにいらしてね。あたし、もういちどやりなおすわ。こんどは失敗しないから」

「だいじょうぶさ」

彼女は踵《きびす》をかえすと、階段をかけ足でのぼり、いちばん上でまた立ちどまった。「あたしのこと、なんておかしな子なんだろうと思ってるんでしょう……」彼女はもったいぶったしぐさで足を踏みだした。「そうだったら、あたしを再評価《リエヴァリュエイト》していただかないと困るわ。きのうみたいな赤んぼうじゃないのよ。ぐんぐん成長しているんですからね。もういまから、あたしはおとな」彼女は階段の最後の一段をおりて、パウエルをじっと見つめた。「〝再《リエヴ》評価《アリュエイト》〟だよね？　それでまちがってない？」

「〝評価《リヴァリュエイト》しなおす〟という人もいるね」

「余分な音があるとばかり思っていたわ」彼女はふいに笑いだすと、彼を押して椅子にかけさせ、その膝にすわった。パウエルは呻き声をあげた。

「そおっとだよ、バーバラ。きみはもう大きいし、重たいんだからね」

「ね」と、彼女はいった。「どうしてあなたをおとうさんだと思っていたのかしら」

「おとうさんで、なぜいけないんだい？」

「冗談はやめて。まじめなお話よ」

「うん」

「ご自分を父親みたいに思ってらっしゃるの？　こんなことときくわけは、あたし自身があなたの娘みたいに思えないから」

「え？　じゃ、どう思ってるんだい？」

「先にきいたのは、あたしよ。先にこたえてほしいわ」

「ぼくのきみに対する気持ちは、いうなれば素直な、母親思いの息子というところだね」

「いいこと、あたしまじめなのよ」

「ぼくは、ヴァルカン（水星の内側にあるという仮想の惑星）が惑星の列に加えられるときまで、女性に対しては忠実な息子の気持ちで接しようと決心したんだよ」

彼女は怒って顔を赤くすると、膝をおりた。「アドバイスがほしいから、まじめになっていったのよ。あなたがそんなに――」

「あやまるよ、バーバラ。どうしたんだい？」

彼女はパウエルのそばに膝をつくと、彼の手をとった。

「あなたがわからなくなってしまったの」

「どういうふうに？」

彼女は、少女特有のはっとするような率直さで、パウエルの眼を見つめた。「知っているはずだわ」

しばらくして、彼はうなずいた。「うん。知ってる」

「そして、あなたのほうも、あたしがわからなくなっているんでしょう。知っているわ」

「そう、バーバラ。そのとおりなんだ。わからなくなっている」

「それ、わるいこと？」

パウエルは椅子からすっと起きあがると、困ったように部屋を行ったり来たりした。「いや、バーバラ、わるいことじゃない。ただ……時期をまちがえたんだ」

「それを話して」

「話す……？　そう、そのほうがいいかもしれないな。じゃ……説明しよう、バーバラ。ぼくら二人は、実際は四人の人間なんだ。きみが二人、ぼくが二人いる」

「なぜ？」

「きみはいままで病気だったんだよ。だから、ぼくらはきみを赤んぼうにかえして、もういちど成長させた。つまり、きみは二人なんだ。おとなのバーバラは内側にいるけれど、外はまだ子供だ」

「あなたは？」

「ぼくの場合は、おとなが二人だ。一人は、ぼく……パウエル……もう一人は、社会の柱となるエスパー・ギルド評議会のメンバーだ」

「それはなに？」

「説明する必要はない。わからなくなっているのは、自分のほうなんだから……神のみぞ知るさ。それが赤んぼうの部分なのかもしれない。わからない」

彼女は真剣な顔つきで考えていたが、やがてゆっくりといった。「あなたの娘のように思えないのは……どちらのあたしの考えなのかしら」

「わからないよ、バーバラ」

「うそ。なぜ、いってくれないの？」彼女は近づいて、パウエルの首に腕をまわした……子供のような物腰の成熟した女。「わるいことなら、なぜそういってくれないの？　あなたを愛していれば――」

「誰も愛の話なんかしていないぜ！」
「そのことを話しているのよ。そうでしょ？　そうでしょ？　あたしはあなたを愛してる。あなたもあたしを愛してる。そうじゃない？」
《よし》パウエルはせっぱつまって考えた。《来るべきものは来た。いったいどうしたらいい？　真実を認めるのか》
《そうよ！》と、階段から。メアリが旅行ケースを手にしておりてくるところだった。《真実を認めるのよ》
《彼女はエスパーじゃないんだぜ》
《そんなこと忘れなさい。バーバラは立派なおとな。そして、あなたを愛しているの。あなたも愛している。リンク、自分にチャンスを与えるのよ》
《なんのチャンスだ？　ライクのごたごたから生きて帰ってこられるとしても、たんなる情事で終わるだけだ。ギルドが、正常人《ノーマル》との結婚を許可していないのは知っているだろう》
《それでも、バーバラはがまんするわ。喜んでがまんするわ。あたしからきいて、知っているから》
《では、もし生きて帰ってこなかったらどうする？　彼女が得るものはなにもない……中途半端な愛の中途半端な記憶だけだ》
「ちがうよ、バーバラ」彼はいった。「全然ちがう」
「そうよ」彼女はいいはった。「そうだわ」

「ちがう。話しているのは、きみの赤んぼうの部分なんだ。赤んぼうが、ぼくを愛してると思いこんでるんだ。おとなのきみは、そう思っていない」
「その赤んぼうが、大きくなっておとなになるのよ」
「そして、ぼくのことを忘れてしまう」
「あなたが忘れさせないわ」
「バーバラ、どうしてぼくが？」
「理由は、あなたがあたしと同じように思っているからよ。そうにきまってる」
パウエルは笑った。「おいおいおい！　どうして、ぼくがそんなふうに思ってることがわかるんだい？とんでもない。いままでだって思ったことはないよ」
「思ってるわ」
「眼をあけるんだ、バーバラ。ぼくを見たまえ。それから、メアリを。もう、きみは大きいんだろ？　わからないか？　わかりきったことを説明しなくちゃいけないか？」
《やめて、リンク》
《すまない、メアリ。しかたがないんだ》
《もう、さようならをいう用意はできてるわ……永遠にね……いまになって、そんなふうにいわれてがまんできると思う？　もうたくさん！》
《シーッ。静かに、メアリ……》
バーバラはメアリを見て、それからパウエルに眼をうつした。彼女はゆっくりと首をふった。「うそいってるのね」

「ぼくが？　ぼくを見るんだ」パウエルは彼女の肩に手を置くと、その眼をのぞきこんだ。、、、うそつきエイブが助け船をわたした。いつのまにか彼の顔には、やさしい、寛大な、楽しんでいるような、恩きせがましい表情がうかんでいた。「ぼくを見るんだ、バーバラ」

「いや！」彼女は叫んだ。「それは嘘をいってる顔よ。憎々しい顔！　あたし――」その眼から涙が溢れでた。彼女は泣きながらいった。「どこかへ行って。なぜ行ってしまわないの？」

「行きましょう、バーバラ」メアリがいった。彼女は進み出ると、バーバラの手を取り、ドアにむかった。

《跳躍艇《ジャンパー》が待っているよ、メアリ》

《あたしも待っているわ、リンク。あなたの帰りをね。いつまでも。それから、チャーヴィルも@《アト》キンズもジョーダンも&&&&&&――》

《わかってる。わかってる。みんなを愛してるよ。キス。XXXX。祝福あれ……》

幸運のイメージ。四つ葉のクローバーと兎の足と馬蹄と……

ダイアモンドでおおわれた汚物の中から顔を出したパウエルの不謹慎な返事。

かすかな笑い。

別れ。

　彼は、調子のはずれた、もの悲しい歌を口笛で吹きながら、玄関に立って跳躍艇《ジャンパー》が北方のキングストン病院めざしてはがね色の空に消えていくのを見まもった。疲労が体を包んでいた。犠牲を自らかって出たことへのかすかな誇り。誇りを感じる自分への強い嫌悪。冴えわたった憂鬱《ゆううつ》。ニコチン酸カリウムでも注射して、躁病曲線を押しあげようか？　そんなことをしてなんになる？　一千七百五十万の心がひしめくこの不潔な大都市を眺めたらいい。そこに、彼の頼れる心はないのだ。そして、この——

　最初のインパルスが訪れた。潜在エネルギーの小さなしたたり、はっきりとそれが感じられる。彼は時計を見た。十時二十分。こんなにも早く。こんなにもふいに。よし。用意をしよう。

　彼は家の中へもどると、階段をかけあがってドレッシング・ルームへ入った。インパルスはいつか数を増していた……嵐の前兆の雨滴のように。彼の精神《サイキ》は、潜在エネルギーの細流に触れ、それらを吸収して、脈打ち、震えはじめた。彼は全天用の服装に着換えをすました。そして——

　そして、どうしたのだ？　したたりはしだいに霧雨へとかわり、彼の上にふりそそぐ。いま、彼の意識を満たしているものは、悪寒と……体をひき砕くような情動の閃《ひらめ》き……そして——そう、栄養カプセルだ。忘れるな。栄養。栄養。栄養！　階段をかけおり、キッチンにころがりこむと、彼はプラスチックの球をさがしだし、それをあけて、カプセルを二十個口の中にほうりこんだ。

エネルギーは、いまや激流となっていた。この都市に住むエスパー一人一人の潜在エネルギーの細流が、合流して小川となり、合流して河となり、パウエルに向けられ、パウエルに同調された集団カセクシスのさかまく海にそそぎこむ。彼はあらゆる遮蔽をはねのけ、すべてを吸収した。彼の神経系は、スーパーヘテロダインされ、悲鳴をあげている。思考内部のタービンは、耐えがたい唸りをともなって、ますます回転を速めていた。

家を出た彼は、視覚も聴覚も、そのほかのすべての感覚も失って、街をさまよった。彼は、沸騰《ふっとう》する潜在エネルギーのまっただ中にいた……台風に翻弄されながらも、風の渦巻を安全への手がかりにしようと闘う船のように……パウエルは、その恐るべき激流を吸収し、その潜在エネルギーを蓄積し、それをカセクシスして、ライクの破壊に向けるため闘った。手遅れにならぬうちに、手遅れにならぬうちに、手遅れにならぬうちに

……

16

迷宮を廃《はい》せ。

迷路を壊せ。

謎を消せ。

（$X^2 \phi Y^3$d！　空間／d！　時間）

分解しろ。

（演算、数式、因数、累乗、指数、根号、恒等式、方程式、数列、変分、順列、行列式、解答）

消滅させろ。

（電子、陽子、中性子、中間子、光子）

殺戮しろ。

（ケイリイ、ヘンスン、リリエンタール、シャヌート、ラングリイ、ライト、ターンブル、サンダースン）

抹消しろ。

（星雲、星団、星流、連星、巨星、主系列星、白色矮星）

分散させろ。

（魚類、両棲類、鳥類、哺乳類、人類）

壊せ。

除け。

消せ。

等式を取り去れ。

無限大イコール〇《ゼロ》。

——はない。


「なにがないんだ？」ライクはどなった。「いったいなにがないんだ？」毛布や押さえつけようとする手と闘いながら、彼は起きあがった。「なにがないんだ？」

「悪夢よ」ダフィ・ワイ&《ガンド》がいった。

「誰だ？」

「あたし。ダフィ」

ライクは眼をあけた。彼は、ひだ飾りのついた寝室の、古風なリンネルと毛布のしわくちゃのベッドに横たわっていた。若さにはちきれそうなダフィ・ワイ&が、こわい顔をして、彼の肩を両手で押さえている。彼女はまたライクを枕に押しもどそうとした。

「おれは眠ってるんだ」とライクはいった。「目をさましたい」

「いいことというのね。さあ、横になって。そうすれば、夢のつづきが見られるわ」

ライクは横になった。「いままで目がさめていた」彼は憂鬱《ゆううつ》そうにいった。「生まれてはじめて、目をさましたんだ。なにか……よく覚えてないが、なにかを聞いた。無限大とゼロだとか、重要なことだ。現実にめざめたんだ。それから眠ってしまって、いまここにいる」

「ひとつ訂正」ダフィが微笑した。「あなたは目をさましたのよ。念のため」

「おれは眠ってるんだ!」そう叫ぶと、ライクは起きあがった。「注射するものはあるか、なんでもいい……阿片《アヘン》、大麻《タイマ》、睡眠薬、忘却剤……目をさまさなければ。ダフィ、現実にもどりたい」

ダフィは彼のうえにかがみこむと、唇にはげしくキスした。「これはどう? 現実?」

「きみはわかってないんだ。すべてが、妄想……幻覚だ。おれは再調整し、再適応し、再組織しなくてはならない。ダフィ、手遅れにならない前にだ。手遅れにならない前に、手遅れにならない前に……」

ダフィは両手をあげた。「最近の医学ってどうなっちゃったのかしら! はじめあのやぶ医者、あなたをおどかして気絶させておいてなんともないっていうの……だけど目がさめたあなたはどう? まるで狂人みたい!」彼女はライクの鼻先で指をふった。「あとひとことでもそんなことをいってごらんなさい。キングストンを呼びだしてやるから」

「なんだ? 誰だ?」

「病院のキングストンよ。あなたみたいな人が入るの」

「ちがう。誰がおれを気絶させたって？」

「お友だちの医者よ」

「警察本部の前の広場でか？」

「その場所には、×印が書いてあるわ」

「確かか？」

「その人といっしょにあなたをさがしていたんだもの。執事から爆発の話を聞いてから心配のしどおしよ。だけど、まにあったわ」

「そいつの顔を見たのか？」

「見た？　キスしたわ」

「どんな顔をしてた？」

「ふつうの顔よ。眼は二つ。唇が二つ。耳が二つ。鼻がひとつ。そして、二重あご。いい、ベン？　もしこれが、目をさますだの、眠ってるだの、現実だの、無限大だのの歌のつづきなら……商業価値はないわ」

「で、おれをここへ運んだのか？」

「そう。この機会を見逃せると思って？　あなたをあたしのベッドに引きずりこむときは、いまぐらいしかないじゃない」

ライクはにやりと笑うと、体の力を抜いて言った。「ダフィ、キスしていいよ」

「ミスタ・ライク、あたしはとっくにキスしたわ。だけど、あれはまだあなたが目をさましているときだったかな？」

「そんなことはいい。うなされただけだ。ただの悪夢だ」ライクはゲラゲラと笑いだした。

「悪夢を見たからってどうだというんだ？　おれのこの手には世界がある。夢だって、おれのものだ。前に、溝《どぶ》をひきずってってほしいといっただろ、ダフィ？」

「あれは子供っぽい気まぐれよ。もう少しましな人といっしょになれると思ってたから」

「溝《どぶ》といったんだから、溝《どぶ》にしろよ、ダフィ。黄金《きん》の溝《どぶ》でも……宝石をちりばめた溝《どぶ》でもいい。ここから火星まで溝《どぶ》を掘ってほしいか？　いいとも。太陽系を溝《どぶ》につくりかえてほしいか？　そうするよ。お望みなら、銀河系全体を溝《どぶ》にしてやるぜ」彼は、胸を親指で突いた。

「神をみたいか？　おれだよ。よく見るんだな」

「あなたったら。二日酔にしては、慎み深いのね」

「酔ってる？　そうさ、おれは酔ってる」ライクはベッドから足をつきだすと、少しふらふらしながら立ちあがった。ダフィがすぐとんできて、彼の手をとり、自分の腰にまわして支えた。「酔うのがあたりまえだ。ドコートニイに勝ったんだ。パウエルに勝ったんだ。おれは、いま四十。あと六十年は、この世界を支配できるぞ。そうだ、ダフィ……このろくでもない世界全部をだ！」彼はダフィといっしょに部屋をまわりはじめた。それはまるで、熱っぽいエロチックな彼女の思考の内部を散歩しているようなものだった。エスパー装飾家が、部屋の装飾にダフィの精神《サイキ》を完全に再現したのだ。

「おれといっしょに王朝をはじめないか、ダフィ?」

「王朝の運営なんか、あたし知らないわ」

「ベン・ライクといっしょにやるのさ。まず、結婚する。それから——」

「それだけでいいわ。いつからはじめる?」

「それから子供を産むんだ。男ばっかり、何十人も……」

「女の子よ。三人でたくさん」

「あとは、ベン・ライクがドコートニイを乗っ取って、モナークに併合するのを見物する。敵もだんだん消えていく……こんなふうに!」ライクは大股に進むと、こわれやすそうな化粧テーブルの脚を蹴とばした。テーブルの平衡が崩れ、十あまりの水晶の瓶が床に落ちてこわれた。

「モナークとドコートニイが、ライク・INCとなったら、次は残った小物……蚤《ノミ》どもを、おれが併合していくのを見物する。金星のケイス&アンブレル。ひと呑み!」ライクは、トルソの形をした側《サイド》テーブルにこぶしをふりおろし、それを粉砕した。「火星のユナイテッド示談会社。ごりごりとつぶして、パクリ!」彼は華奢な椅子を破壊した。「ガニメデ、カリスト、イオのGCI合同会社……タイタン・ケミカル&アトミックス……それから、もっと小さい虱《シラミ》。蔭口するやつ、憎んでいるやつ、のぞき屋どものギルド、道徳屋、愛国者ども……パクリ! パクリ! パクリ!」彼は大理石のヌードに何回も手のひらを打ちつけた。像は台座から墜落し、こなごなに砕けた。

「頭を使いなさいよ、ばかね」ダフィが首に巻きついた。

「どうしてそんなに貴重な暴力を浪費するの？　すこし、あたしのほうも殴って」

ライクは、彼女を抱きあげると、泣きだすまで振りまわした。「そして、この世界は、ダフィ……きみみたいにすばらしいところと、悪臭が天まで昇るところができる……それをおれは全部手に入れるんだ」彼は笑うと、彼女を力いっぱい引きよせた。「神がどんな仕事をするのかよく知らないが、自分がなにかは知ってる。ダフィ、この世界を粉砕して、二人に合うように作りかえるんだ……おれときみと王朝だ！」

ライクは彼女を抱いたまま窓に近づくと、カーテンを引き裂き、窓わくを思いきり蹴とばした。ガラスの割れるすさまじい音といっしょに、窓がひらいた。はるかにひろがる都市は、ビロードの闇に包まれていた。明るいのは、空中ハイウェイと街路だけ。ときどき、跳躍艇《ジャンパー》の赤い眼玉が漆黒の空にとびあがる。雨はやみ、ほっそりした月が青白く空にかかっていた。夜風がささやきながら、こぼれた香水のむっとするにおいの中を突き抜けていく。

「きさまたち、みんな！」ライクが大声をあげた。「聞こえるか！　ベッドにもぐりこんで、夢を見ている、きさまたちみんな。これから見る夢は、全部おれの夢だぞ。きさまたちは――

――」

ふいにライクは黙った。彼はダフィを抱いていた手を離すと、フロアにそっと立たせた。そして、窓のへりをつかむと、闇の中に頭を思いきり突きだし、首をねじって空を見あげた。ふたたび部屋に体をもどしたとき、その顔には当惑の表情がうかんでいた。

「星」彼はもぐもぐといった。「星は、どこへ行ったんだ？」

「なにがどこへ行ったんですって？」ダフィがききかえした。

「星だ」ライクは繰りかえした。「空を見ろ。星がない。星座が消えてしまった！　大熊……小熊……カシオペア……竜……天馬……みんななくなっている！　月しかない！　見ろ！」

「いつもそうよ」

「ちがう！　星はどこへ行ったんだ？」

「どんな星？」

「名前は知らん……北極星と……ヴェガ……それから……おれがそんな名前を知るか？　天文学者じゃないんだ。おれたちはどうなったんだ？　星はどうしたんだ？」

「星ってなあに？」

ライクは荒々しく彼女をつかんだ。「いくつもの太陽だ……沸きたち、目もくらむ光を出す。何千、何兆とあって……夜のあいだじゅう輝いてる。いったいどうしたんだ？　わからないのか？　宇宙に異変が起こったらしい。星がないんだぞ！」

ダフィは首を振った。その顔は怯えていた。「なにをいってるのか、あたしにはわからないわ、ベン。ぜんぜんわからないわ」

ライクは彼女を押しのけると、向きを変えて浴室へかけこみ、中から錠をおろした。ドアをたたき、懇願するダフィを尻目に、彼は急いで体を洗い、身支度を整えた。やがて、ドアをたたく音がやみ、数秒後用心深い声でキングストン病院を呼び出しているのが聞こえた。

「星のことをいうなら、いわせておけ」なかば怒り、なかば怯えながら、ライクはつぶやいた。用意がすむと、寝室へ踏みこんだ。ダフィは慌てて映話を切り、彼のほうを向いた。

「ベン」彼女は口をひらいた。

「ここでおれを待っていろ」彼はうなり声でいった。「わけを調べてくる」

「なにを調べてくるの?」

「星だ!」彼は叫んだ。「神さまが、星を消してしまったんだぞ!」

身をひるがえしてアパートメントをとびだすと、彼は通りに出た。人っ子一人いない歩道で、彼は立ちどまり、もういちど空を見あげた。月が見えた。赤く輝く光点がひとつ……火星だ。もうひとつ……木星。そのほかには、なにもなかった。闇。闇。闇。闇は、不可解に、不気味に、動く気配もなく彼の頭上におおいかぶさっていた。眼の錯覚からか、それは彼を押しつぶし、窒息させるように圧倒的に降下してくる。

彼は上を見あげたまま、走りだした。角をまがった瞬間、一人の女と衝突した。彼女は歩道にころがった。ライクは、女を起こした。「気をつけな、ぼけなす」帽子の羽根をなおしながら、女はかなきり声をあげた。そして、今度はとろっとした声で、「あたしと遊ばない?」

ライクは彼女の手をつかむと、空を指さした。「見ろ。星がない。気がつかないのか?星がないんだ」

「なにがないの？」

「星だ？　わからないのか？　消えてしまったんだ！」

「あんた、なにいってんの？　おいでよ。二人っきりでいいことしない？」

彼は女の爪をふりはなすと、かけだした。歩道を半区画ほどいったところに、公衆映話のアルコーブがあった。彼は中へ入って、相談係をダイアルした。スクリーンが明るくなり、ロボットの声がいった。「質問ですか？」

「星はどうなったんだ？」ライクはきいた。「いつ、こんなになった？　もう誰かが気がついているはずだ。説明をきこうじゃないか」

カチリという音。そして沈黙。また、カチリ。「綴りをいってくださいますか？」

「スターだ！」ライクはどなった。「S―T―A―R。スターだ！」

カチリ、沈黙、カチリ。「動詞ですか、名詞ですか？」

「くそったれ！　名詞だ！」

カチリ、沈黙、カチリ。「その見出しでは、なんの情報も載っておりません」録音された声がいった。

ライクは悪態をつくと、必死に自制した。「この市《まち》からいちばん近い天文台はどこだ？」

「失礼ですが、都市の名を」

「この市《まち》、ニューヨークだ」

カチリ、沈黙、カチリ。「クロトン公園の月観測所が、北五十キロの地点にあります。

跳躍艇《ジャンパー》を北方座標二二七にとれば到着します。月観測所の設立は、二千——」

ライクは映話をたたきつけるようにおろした。「その見出しに情報がないだと？　くそ！　みんなおかしくなっちまったのか？」彼は通りへとびだすと、公共跳躍艇《ジャンパー》を探した。運転手つきのが近くを通った。彼は合図した。それは急降下すると、彼を拾いあげた。

「北座二二七」キャビンに入るとすぐ彼はいった「ここから五十キロ。月観測所だ」

「先払いです」運転手がいった。

「そんなものは払う。早くやれ！」

艇は速力をあげた。ライクは五分間自制してから、なにげない調子で口をひらいた。「空を見たか？」

「どうかしましたか？」

「星がない」

へつらうような笑い。

「これは冗談じゃないんだ。星がないじゃないか」

「それが冗談でなかったら、説明を願いたいですね」運転手はいった。「いったい。ホシっていうのはなんですか？」

激怒した返事が、ライクの口の先まで出かかった。しかし、それが爆発する前に、艇はドームに近い天文台の地所に着陸した。「待っていろ」とひとことというと、彼は芝生を越えて、小さな石造の入口にむかった。

ドアは半開きになっていた。内部に入ると、ドームのメカニズムの低い唸りと、天文台の時計の静かな時を刻む音が耳に入った。時計のライトの薄暗い光を除いては、部屋はまっ暗だった。三十センチの屈折望遠鏡が動いている。誘動鏡のアイピースの上にかがみこんでいる観測員のぼんやりした輪郭が眼に入った。

静けさを破る大きな靴音に辟易《へきえき》しながら、彼は体をこわばらせ、おそるおそるその男のところへ歩いていった。空気は肌寒い。

「あの」ライクは、低い声でいった。「邪魔をしてすまないが、もう気がついたんじゃないかと思って……。きみの仕事は星だろう。気がつかないか？　星だよ。消えてしまった。全部だ。いったい、どうしたんだ？　なぜ警報が出ないんだ？　なぜみんな、知らんふりをするんだ？　おい！　星だぞ！　いつも、あたりまえのようにして見ていた。ところが、いまはない。どうしたんだ？　いったい、どこへ行ってしまったんだ？」

人影はゆっくり体を起こすと、ふりむいた。「星はない」それがいった。

それは〈顔のない男〉だった。

ライクは悲鳴をあげ、一目散に逃げだした。ドアをとびだすと、階段をかけおり、待っている跳躍艇《ジャンパー》にむかって芝生をつっ走った。彼はクリスタルのキャビンの壁にぶつかって、膝をついた。

運転手が起こした。「だいじょうぶですか、お客さん？」

「わからん」ライクは呻いた。「おれもそれを知りたいんだ？」

「あたしが首をつっこむ筋合いじゃないかもしれませんがね」運転手はいった。「お客さん、エスパーに診てもらったほうがいいんじゃないですか？　おかしなことばかりいってる」

「星のことか？」

「そうですよ」

ライクは男の胸ぐらをつかんだ。「おれはベン・ライクだ。モナーク産業のベン・ライクだ」

「ああ、お客さん。すぐわかりましたよ」

「よし。おれの頼みをきいてくれたら、そのおかえしはどんなものかわかってるな？　カネでも……新しい仕事でも……ほしいものはなんでもだ……」

「お客さん、そんなことをいってもしようがないですよ。あたしはキングストン病院で再調整されたばかりなんだから」

「じゃ、なおいい。正直だからな。礼はあってもなくても、おれの頼みを聞いてくれるな？」

「いいですよ」

「あの建物へ入って、望遠鏡のうしろにいる男を見てきてくれ。よく見るんだ。もどったら、おれに説明してくれ」

運転手は出ていった。五分ほどして、彼はもどった。

「どうだった？」

「ふつうの男ですよ。六十がらみで、はげ頭で、ちょっとばかし深いしわが顔によってる。耳が出っぱってて、よく人がいう、顎がないっていう顔です。わかるでしょう？　奥へ引っこんでるんです」

「あいつは誰でもない……誰でもないんだ」ライクはつぶやいた。

「え？」

「星のことだが？　ほんとに聞いたことないのか？　見たこともないのか？　おれがなにをいってるかわからないのか？」

「ぜんぜん」

「ああ、神さま……」ライクは悲痛な声をあげた。「慈悲ぶかい神さま……」

「ま、お客さん、そう驚くことはないですよ」運転手は彼の肩を力強くたたいた。「いい話があったな。キングストンじゃ、いろいろ教えてもらいましたからね。その中のひとつで……ええと、人っていうのは、ときどきおかしなことを考えるでしょう？　とんでもないこと。だが、自分は前からそう思ってたみたいな気がするんですよ。つまり……そう……たとえば、人間ははじめ〈一つ眼〉だったけれど、いまは〈二つ眼〉だというようなことです」

ライクはまじまじと見つめた。

「で、大声で知らせる。〝おい、みんないったいどうして急に〈二つ眼〉になったんだ？〟すると、人は〝前からそうだったぜ〟といいます。だから、あなたは〝そんなばかなことがあるもんか。おれは〈一つ眼〉だったときのことを、はっきり憶えてる〟そういって、自説を曲げない。というわけで、あなたの頭の中からその考えをたたきだそうと、人はありとあらゆることをするんですよ」運転手はもういちど肩をたたいた。「あたしにゃ、〈一つ眼〉の話にひっかかってるみたいに見えるな、お客さんは」

「〈一つ眼〉」ライクはつぶやいた。「〈二つ眼〉。緊張と窮境と紛糾のはじまりや」

「え?」

「わからん。わからん。この一ヵ月、おれはひどい目にあってる。たぶん……たぶん、あんたのいうとおりだろう。だが——」

「キングストンへ行きたいですか?」

「いやだ!」

「ここにいて、星のことを考えてふさぎこんでいたいですか?」

ふいに、ライクは叫んだ。「おれが星なんかにくよくよすると思ってるのか!」恐怖は、煮えたぎる怒りに変わった。体組織にアドレナリンが満ち溢れ、勇気と高揚が押しよせた。彼は艇にとびこんだ。「この世界はおれのものだ。幻覚がすこしばかりあったって、それがなんだ?」

「そうですよ。どこへ行きます?」

「王宮へやれ」

「え?」

ライクは笑った。「モナーク産業だ」そういうと、暁の都市の上空を、屹立するモナーク

・タワーにむかう艇の内部で、彼はいつまでも笑いつづけた。しかし、その笑いは、なかばヒステリックだった。

オフィスは二十四時間操業で、夜間社員たちは、十二時から八時までの勤務時間のいちばん眠いころにさしかかっていた。そこへライクが踏みこんだ。この一カ月、彼らはほとんど社長の姿を見ていなかったが、こういう訪問には慣れていたので、ギアはスムーズに全速に入った。デスクへむかうライクのうしろから、その日の緊急議題を抱えた秘書や秘書補佐がつづいた。

「それはあとだ」彼はぴしっといった。「みなをここに呼べ……課長も部長もみんなだ。話すことがある」

ざわめきが彼をなぐさめ、理性を取りもどさせた。生気が、現実感がよみがえった。これが唯一の現実なのだ……喧騒、表示器のベルの音、かすかに聞こえる命令、彼のオフィスにつぎつぎと流れこむ恐れをなした顔、顔……。このすべてが、未来を予告する一場面なのだ。やがて、惑星に、衛星にベルが鳴りわたり、惑星担当役員がびくびくしながら、彼のオフィスへかけこむ日が来る。

「すでに知られているように」ゆっくりと部屋を往復し、ときおり彼を見つめる顔に鋭い視線をはしらせながら、彼は話しはじめた。「われわれモナーク産業は、長年のあいだドコートニイ・カルテルと死闘を演じてきた。しかし、クレイ・ドコートニイはしばらく前に殺された。複雑な問題はいろいろとあったが、それもつい先ごろ片づいた。喜べ。道は開けている。われわれはこれから、ドコートニイ・カルテルを乗っ取るAA計画を実施する」

彼は口をとじて、いまの通告によって生じるはずの興奮したささやき声を待った。反応はなかった。

「おそらく」彼はいった。「中には、この仕事の大きさ、この仕事の重要さが、はっきりわかっていない者がいるだろう。じゃ、こういいかえてみよう……きみたちにわかる言葉で。都市担当役員であるものは、大陸担当役員に昇格する。大陸担当役員は、衛星本部長になる。今後、モナークは太陽系を支配するのだ。今後、われわれはすべてを太陽系単位で考えねばならない。今後……」

周囲の空《うつ》ろな視線に気づいて、ライクは黙った。彼は見まわすと、主任秘書に合図した。

「どうしたんだ?」彼はうなるようにいった。「おれがまだ聞いてない報告でもあるのか? なにか悪い報告でも?」

「ち——ちがいます、ミスタ・ライク」

「じゃ、いったいなんだ、その顔は? われわれはこれを待っていたじゃないか? それがどうかしたのか?」

主任秘書はどもった。「その……たい——たいへんぶしつけですが、わたくし……わたくしには……その……あなたのおっしゃっていることがわかりません」

「おれはドコートニイ・カルテルのことをいってるんだ」

「そんな……そんな会社の名は聞いたことがございません、ミスタ・ライク。その……つまり……」主任秘書は助け船を期待してうしろをふりかえった。それに応えて、全員が、半信半疑のライクの眼の前で、わからないというように首をふった。

「火星のドコートニイだ！」ライクは叫んだ。

「どこの？」

「火星！　火星だ！　M—A—R—S！　十個の惑星のうちのひとつ。太陽から四番目だ」再びよみがえった恐怖にがんじがらめにされて、ライクは支離滅裂にどなりちらした。「水星、金星、地球、火星、木星、土星、火星だ！　火星だ！　火星だ！　太陽から、二億二千八百万キロ離れた火星だ！」

再び全員が首をふった。きぬずれの音がして、彼らはわずかにライクから遠のいた。彼は秘書たちに突進すると、彼らの手から書類の束をもぎとった。「きさまたちは、火星のドコートニイに関するメモを何百と持っているはずだ。それであたりまえだ。この十年、おれたちはドコートニイと闘ってきたんだ。おれたちは——」

彼は書類をかきまわし、それをあらゆる方向に気ちがいみたいにほうりなげ、オフィス全体をひらひらと舞う雪でいっぱいにした。ドコートニイ、あるいは火星に言及した書類はなかった。金星、木星、月、そのほかの衛星への言及もなかった。

「おれのデスクの中にメモがある」ライクは叫んだ。「何百枚とあるはずだ。くたばりそこないの嘘つきどもめ！　おれのデスクをあけろ……」

彼はデスクに突進すると、力まかせに引き出しをあけた。目のくらむ爆発。デスクが真二つに割れた。とびちった破片が全員を傷つけ、ライクは巨人の手のようなデスクの台にはりたおされて、窓ぎわまでふっとんだ。

「〈顔のない男〉の仕業だ！　くそったれの神め！」彼は熱にうかされたように首をふると、あくまでも〝星は存在する〟という考えに執拗にしがみついた。「ファイルはどこだ？　ファイルをあけて、きさまたちに見せてやる……ドコートニイも火星も、そのほかありとあらゆるものをな。それから、あいつにもだ。〈顔のない男〉め……来るならこい！」

彼はオフィスをとびだすと、ファイル保管室にかけこんだ。引き出しを次から次へとあけ、書類、圧電気クリスタル、大昔のテープ、マイクロフィルム、分子複写などを手あたりしだいほうりだした。ドコートニィ、あるいは火星に言及した資料はなかった。金星、木星、水星、小惑星《アステロイド》、衛星への言及もなかった。

いまや、オフィスは喧騒と表示器のベルの音と耳障りな命令の声で、完全に生気を取りもどしていた。すさまじい足音が響いて、〈娯楽〉から三人のごつい男が、血だらけの秘書の案内でファイル保管室へとかけこんできた。彼女は叫んでいた。

「いうとおりしてください！　いうとおりしてください！　わたしが責任をとります」

「さあ、おちついて、おちついて、ミスタ・ライク」彼らは、厩務員が荒れ狂う種馬をなだめるような調子で、ライクにささやいた。「さあ……静かに……静かに……」

「手を離せ、くそったれめ！」

「静かに。静かに。もうだいじょうぶです」

彼らは戦略的に展開した。そのあいだにも、喧騒はしだいに大きくなり、ベルは絶えまなく鳴り響いた。遠くから、声が叫んでいた。「彼の医者は、誰だ？　医者を呼んでくれ。誰かキングストンを呼びだすんだ。警察に知らせたか？　してなかったら、するな。スキャンダルは起こしたくない、法律課を呼べ！　〈保健〉はまだあかないのか？」

ライクの鼻孔を、唸りをあげて空気が出入りした。彼はごつい男たちの前にファイルをほうりだし、頭を低くして、彼らのあいだを通り抜けた。そして、オフィスをかけぬけると、外の廊下にある社内連絡《プヌマティック》気送《エア・シャ》車《トル》の前に出た。ドアがあいた。彼は科学区五七を押した。気送車に入ってまもなく、科学区に到着した。外へ出る。

そこは研究所の内部だった。あたりは闇に包まれている。たぶん彼らは、ライクが通りにおりると予想したのだろう。時間はかせげる。まだ重い息づかいで、研究所の図書室にかけこむと、明かりをつけ情報アルコーブにむかった。デスク椅子《チェア》の前には、一枚のつや消しクリスタルが、画板のように取り付けられていた。そのわきに操作ボタンの複雑なパネルがあった。

ライクは腰をおろすと、**準備完了**のボタンを押した。クリスタルに明かりがつき、録音された声が頭上のスピーカーから聞こえた。

「題目は？」

ライクは**科学**を押した。

「項目は？」

ライクは天文学を押した。

「質問は？」

「宇宙だ」

カチリ、沈黙、カチリ。「宇宙という用語は、その物質的な意味全体を考える場合、存在するすべての物質をいう」

「なにが存在するんだ？」

カチリ、沈黙、カチリ。「物質は集合し、極微の原子から、天文学者たちによって知られる最大の集積物にいたるすべてのものとなる」

「天文学者の知ってる最大の物質はなんだ？」ライクは図表を押した。

カチリ、沈黙、カチリ。「太陽である」クリスタルのプレートは、高速回転する太陽のめくるめく像をうつしだした。

「だが、ほかのはどうなんだ？　星は？」

カチリ、沈黙、カチリ。「星はない」

「惑星は？」

カチリ、沈黙、カチリ。「地球がある」自転している地球の像が現われた。

「ほかの惑星は？　火星は？　木星は？　土星……」

カチリ、沈黙、カチリ。「そのほかの惑星はない」

「月は？」

カチリ、沈黙、カチリ。「月はない」

ライクは、震えながら息を深く吸いこんだ。「もういちどやる。太陽にもどれ」

クリスタルに再び太陽が現われた。「太陽は、天文学者たちに知られる、物質の最大の集積物である」録音された声が話しだした。ふいに、それがやんだ。カチリ、沈黙、カチリ。太陽の像がしだいに薄れはじめた。声がいった。「太陽はない」

　太陽の模型が消え、そのあとにライクを見あげる残像が残った……闇にぼんやりとうかび、沈黙したままの、おそろしい……〈顔のない男〉。

　ライクは怒号すると、デスク椅子《チェア》をうしろに倒してとびあがった。彼はそれを拾いあげて、恐ろしい像に投げつけた。そして、背をむけると、つまずきながら実験室に入り、通路へと足をむけた。垂直気送車《バーティカル・プヌマティック》の前で、彼は**通り**のボタンを押した。ドアがあいた。彼はよろめく足でころがりこむと、モナーク科学区のメイン・ホールめざして五十七階を降下した。

　そこは、それぞれのオフィスへと急ぐ早出《はやで》の会社員でいっぱいだった。押し分けて進むライクの傷つき、血にまみれた顔に、彼らは驚きの眼を向けた。そのとき、制服を着たモナーク産業の警備員が近づいてくるのに、彼は気づいた。彼はホールをかけだすと、気ちがいじみた勢いで警備員をつきとばし、回転ドアにすべりこんで歩道へととびだした。しかし、そこで白熱した鉄に出くわしたかのように立ちどまってしまった。太陽がなかったのだ。

　街路灯は輝き、空中ハイウェイはきらめき、跳躍艇《ジャンパー》の眼は思い思いの方向にさまよい、商店街は光に満ちている……しかし、空にはなにもないのだった……ただ深い、果てしない、暗黒の空虚だけ。

「太陽が！」ライクは叫んだ。「太陽が！」彼は空を指さした。人々はいぶかしげに見ながら、先を急いでいる。誰も見上げる者はない。

「太陽は！　太陽はどこなんだ？　わからないのか？　まぬけ！　太陽が！」ライクは彼らの腕をつかむと、自分のこぶしを空に向けてふった。そのとき、警備員の先頭が回転ドアから現われた。彼は踵《きびす》をかえした。

　歩道を走る途中で、彼は右に急カーブし、光に満ちあふれた、忙しい商店街のアーケードをかけ抜けた。アーケードを出たところには、空中ハイウェイへとむかう垂直気送《バーティカル・プヌマティック》車の入口があった。ライクは中にとびこんだ。しまりかけたドアの隙間から、あと二十メートル足らずに迫った警備員の姿が見えた。彼は七十階をあがりきると、空中ハイウェイに出た。脇に、モナーク・タワーに橋わたしされた小さな駐車場がある。そこから、空中ハイウェイへと引きこみ道路がついていた。ライクはかけこんで、係員にクレジットを何枚かほうると、車に乗りこんだ。彼は**進め**《ゴー》のボタンを押した。引きこみ道路の出口で、**左**のボタンを押し、車は左にまがって疾走をつづけた。操縦装置といえるものは、それだけ。右、左、とまれ《ストップ》、進め《ゴー》。ほかはすべて自動的で、しかも空中ハイウェイ以外は走らないのだ。ぐるぐるまわる檻に閉じこめられた犬のように、そのままでいれば何時間でも都市上空を円を描いて走っている。

　車の運転に注意する必要はなかった。彼は肩越しにうしろの空を、それから前の空をかわるがわる見上げた。太陽はない……しかし、人々は太陽など知らぬげに仕事に精をだしている。彼はぶるっと身震いした。これも〈一つ眼〉式のたくらみのつづきなのか？　突然、車の速度が遅くなり、停止した。彼はモナーク・タワーと巨大な映信映話ビルの中間の空中ハイウェイに取り残されてしまった。

ライクは操縦ボタンを力まかせに殴りつけた。反応はなかった。彼はとびおりると、後部の覆いをあげて、エネルギー受信機を調べようとした。そのとき、遠くの空中ハイウェイをこちらへかけてくる警備員の姿が眼に入った。彼は故障の原因に気づいた。この種の車は、送信されたエネルギーで走っているのだ。彼らは駐車場のエネルギー発信機を切って、追いかけてきたにちがいない。ライクは身をひるがえすと、映信映話ビルをめざして走った。

空中ハイウェイがビルを貫通しているあたりは、商店や劇場、レストランが軒を並べていた……そこには、旅行案内所もあった！　確かな高とびの道。切符を買って、一人用カプセルに入り、お望みの発着場に急行するのだ。再組織し……再適応する時間がすこしいる。そこで、パリに家があったことを思いだした。彼は中央の安全地帯を飛び越えると、車の流れをよけて、案内所にとびこんだ。

内部は、ミニアチュアの銀行のようだった。短いカウンター。泥棒よけのプラスチックで保護された格子窓。ライクは窓口に近づくと、ポケットからクレジットを取りだした。そして、カウンターにたたきつけ、格子の奥に押しやった。

「パリ行き。小銭は取っておけ。カプセルへはどう行くんだ。早くしろ！　早く！」

「パリ？」返事がかえってきた。「パリはない」
曇ったプラスチックの奥をすかしたライクの眼にうつったものは……闇にぼんやりとうかんで見つめている、おそろしい……〈顔のない男〉。彼は二回体をひねると、ドアをさがしあて、外へとびだした。心臓が早鐘のように打ち、頭がガンガン鳴っている。やみくもに空中ハイウェイへとびだした彼は、むかってくる車を力なくよけようとし、そのままはねとばされて、闇のとばりの中へ落ちていった——

廃《はい》せ。
壊せ。
消せ。
分解しろ。
（鑑物学、岩石学、地質学、地文学）
分散させろ。
（気象学、水文学、地震学）
抹消しろ。
（$X^2 \phi Y^3 d$：空間／t：時間）
消滅させろ。
事項は——

「――なんだ？」

事項は――

「――なんだ？　なんだ？　なんだ？」

口に手が置かれた。ライクは眼をあけた。そこは小さなタイル張りの部屋、ニューヨーク市警の緊急出動隊の詰め所の中だった。彼は白いテーブルの上に寝かされていた。周囲には、一団となった警備員と、制服を着た三人の警官、どこの誰ともわからぬ人々がいる。誰もかれも、当惑したようにもじもじしながら、何事かつぶやいて報告書に注意ぶかく書きこんでいる。

見知らぬ男は、ライクの口に置いた手を離すとかがみこんだ。「だいじょうぶです」彼はそっといった。「静かに。わたしは医者の……」

「のぞき屋か？」

「え？」

「あんたはのぞき屋か？　おれにはのぞき屋が要るんだ。頭の中に入って、おれが正しいと証明してくれる人間がほしい。たのむ！　正しいかどうか、おれは知りたいんだ。カネはいくらでも出す。おれは――」

「なにをいってるんですか？」一人の警官がきいた。

「わからん。のぞき屋とかいってる」医師はライクをふりかえった。「それはどういう意味ですか？　話してください。のぞき屋ってなんですか？」

「エスパーだ！　読心者で――」

医師は微笑した。「彼は冗談をいってるんだ。高揚してるところを見せるのさ。こういうことをする患者は多い。ぼくらは〈絞首台ユーモア〉といってるが……」

「おい」ライクは必死になっていった。「起こしてくれ。話したいことがある……」

彼らはライクを起こした。

警官にむかって、彼はいった。「おれの名は、ベン・ライク。モナークのベン・ライクだ。知ってるだろう。告白したいことがある。心理捜査局総監のリンカーン・パウエルに会って告白したい。パウエルのところへ連れていってくれ」

「パウエルっていうのは？」

「いったいなにを告白したいんです？」

「ドコートニイ殺人事件だ。おれは先月、クレイ・ドコートニイを殺した。マリア・ボーモントの屋敷で……パウエルにいってくれ。ドコートニイを殺したんだ」

警官たちは驚いた顔でおたがいを見た。そのうちの一人が部屋の隅へ行くと、旧式の電話器をとりあげた。「警部ですか？　おもしろい男がいます。モナーク産業のベン・ライクだと自称していて、パウエルとかいう総監に告白したがっているんです。なんでも、先月、あるパーティでクレイ・ドコートニイなる男を殺害したとかで……」ややあって、警官はライクを呼んだ。「名前の綴りは？」

「D'Courtney だ！　大文字のD、アポストロフィ、大文字のC―O―U―R―T―N―E―Y」

警官は綴りをいって待っていた。かなりたってから、彼はぶつぶつつぶやくと、電話を切った。「おかしいな」そういって、ポケットにノートを押しこんだ。

「頼む――」ライクは口をひらいた。

「だいじょうぶですか、彼？」ライクに目を向けもせず、警官は医師にきいた。

「すこし動揺してるだけだ。だいじょうぶだよ」

「聞いてくれ！」ライクは叫んだ。

警官は彼を起こすと、市警本部の入口へと連れていった。「もういいだろう。出ていきな！」

「おれの話をきいてくれ！　おれは――」

「こっちの話を聞くんだな。ここに、リンカーン・パウエルなんていう警察官はいない。ドコートニイという男が殺された記録もない。それに、こっちはあんたみたいなのにかまってる暇がないんだ。さあ……出ていくんだ！」彼はライクを通りにほうりだした。

舗道は奇妙にでこぼこしていた。ライクはつまずき、平衡を取りもどすと、途方にくれ、麻痺したように立ちつくしていた。あたりはさらに暗さを増し……永遠とも思える闇が覆いかぶさっている。街路灯は二つ三つ輝いているだけ。空中ハイウェイの明かりも消えている。跳躍艇《ジャンパー》はどこにも見えない。空には、はぎとられたような空虚があった。

「おれは病気なんだ」ライクは悲痛な声でいった。「病気なんだ。助けてくれ……」

彼は両手で腹をつかみながら、でこぼこの通りをよろよろと歩きはじめた。

「跳躍艇《ジャンパー》！」彼は大声をあげた。「跳躍艇《ジャンパー》！　この神に見捨てられた市《まち》には、なんにもないのか？　みんなどこにいっちまったんだ？　跳躍艇《ジャンパー》！」

跳躍艇《ジャンパー》はどこにもなかった。

「おれは病気……病気なんだ！　家へ帰らなくては。病気なんだ……」彼はもういちど、どなった。「誰か聞こえたら返事してくれ！　おれは病気なんだ。助けがいるんだ……助けてくれ……助けてくれ！」

返事はなかった。

彼は再び悲痛な声をあげた。それから、弱々しく、気の抜けたように……くすくすと笑うと、めちゃめちゃな声で歌いだした。「日月……木……火……緊張と張筋が……緊張と……境と……絆のはじまりや……」

彼は訴えるように呼んだ。「みんなどこへ行ったんだ？　マリア！　明かりだ！　マリイアアア！　こんな気ちがいじみた〈サーディン〉はやめてくれ！」

そして、つまずいた。

「もどってきてくれ！　頼むから、もどってくれ！　おれは一人ぼっちなんだ」

返事はない。

彼は、公園北九、ボーモント邸、ドコートニイの死んだ場所をさがし……マリア・ボーモントのかなきり声と頽廃と安息を求めた……。

なにもなかった。

ものさびしいツンドラ。黒い空。見知らぬ荒地。

なにもない。

ライクは、いちどだけ叫んだ……怒りと恐怖にうちひしがれた、言葉にもならないかすれた叫び。

返事はなかった。谺《こだま》さえ返って来なかった。

「どうしたんだ？　みんなどこへ行った？　もどしてくれ！　空間しかない……」

あたりを包む荒廃の中から、人影がしだいに形をなし、見慣れた、不気味な、巨大な姿へと成長していった。黒い人影……見つめている。闇にぼんやりとうかび、沈黙したまま……〈顔のない男〉だ。ライクは麻痺し、その場に釘づけになって見つめていた。

人影がいった。「空間はない。なにもない」

ライクの耳に聞こえる悲鳴は、彼自身の声だった。たたきつけるような鼓動は、彼自身の心臓の音だった。生命もなく、空間もなく、いたるところに亀裂をあけた見知らぬ道を、彼は一目散に走った。手遅れにならぬうちに、手遅れにならぬうちに、手遅れにならぬうちに……時間が残っているうちに、時間が残っているうちに、時間が――。

彼は、頭から黒い人影にとびこんでしまった。顔のない人影。それがいった。「時間はない。なにもない」

ライクはあとずさりした。そして、むきを変え、倒れ、永遠の空虚の中を這いまわり、叫びつづけた。「パウエル！　ダフィ！　クィザード！　テイト！　ああ、神さま！　みんなどこへ行ったんだ？　なにもないのか？　神さま、頼むから……」

そして、彼ははじめて〈顔のない男〉と正面から向きあった。人影がいった。「神はない。なにもない」

もはや、逃げ道はなかった。負の無限とライクと〈顔のない男〉だけ。鋳型の中に、なす術《すべ》もなく、凍りついたように閉じこめられて、ライクはついに視線をあげ、相手の顔をのぞきこんだ。宿敵……逃げることのできない男……悪夢の恐怖……彼の存在の破壊者……

それは……

彼自身。

ドコートニイ。

その両方だった。

ひとつに溶けあった二つの顔。ベン・ドコートニイ。クレイ・ライク。ドコートニイ―ライク。D・R。

音をたてることもできない。動くこともできない。時間も空間も物質も存在していないのだった。断末魔の思考だけが残っていた。

《おとうさん》

《息子よ》
《あなたはおれなのか？》
《われわれは、われわれだ》
《親子なのか？》
《そう》
《わからない……どうなってしまったんだ？》
《ベン、おまえはゲームに負けたのだ》
《〈サーディン〉にか？》
《〈宇宙《コズミック》のゲーム〉にだ》
《おれは勝ったんだ。勝ったんだ。おれはこの世界をそっくり手に入れた。おれは――》
《だから、おまえは失うのだ。われわれは失うのだ》
《なにを失うんだ？》
《生存を》
《わからない。わからない》
《ベン、わたしのほうにはそれはわかっている。おまえが、わたしを無理に遠ざけようとしなければわかるはずだ》
《おれがなんで遠ざけた？》
《おまえの心の中の腐りきった、ゆがんだ悪がそうさせたのだ》

《いったな？　きさま……裏切者。おれを殺そうとしたのは誰だ？》
《ベン、激情でしたことではない。われわれが崩壊するまえに、おまえを崩壊させるためだ。生存のためだ。世界を失わせて、おまえをゲームに勝たせるためだよ、ベン》
《なんのゲームだ？　なんの〈宇宙《コズミック》のゲーム〉だ？》
《迷路……迷宮……われわれが解くように創造されたこの宇宙のすべてだ。銀河、恒星、太陽、惑星……われわれの知っている世界だ。われわれが唯一の現実なのだ。そのほかはすべては見せかけさ……あやつり人形とその舞台セット……見せかけだけの激情なのだ。われわれはその見せかけの現実を解かねばならない》
《おれはそれを征服したんだ。おれのものにしたんだ》
《そして、解くのには失敗した。解法がどんなものかはわからない。だが、それは盗みや、恐怖、憎悪、欲情、殺人、略奪ではない。おまえは失敗した。そして、すべてが分解し、消滅したのだ……》
《だが、おれたちはどうなる？》
《われわれも存在をやめるのだ。わたしは、おまえに警告しようとした。とめようとした。だが、われわれは試験に落ちたのだ》
《だが、なぜだ？　なぜだ？　おれたちは誰なんだ？　おれたちはなんなんだ？》
《知るものか。肥沃な土を見つけるのに失敗した種に、自分が将来どんなものになるかわかるか？　われわれはなにかということが、そんなに重要か？　われわれは失敗したのだ。試

験は終わった。これが最期なのだ》
《ちがう！》
《もし、われわれが解いていたら、世界は現実のままだったろう。だが、すべては終わった。現実は、仮想の世界と化し、おまえはついにめざめたのだ……無に》
《引き返すんだ！　もういちど、やりなおすんだ！》
《引き返す道はない。すべては終わったのだ》
《道を見つけるんだ。どこかにあるはずだ……》
《ない。すべては終わったのだ》

すべては終わった。
そして……破壊。

17

翌朝、彼らはマンハッタン島をのぼりつめた、古いハーレム運河を見おろす庭の中で二人を発見した。どちらも夜どおし、無意識のまま、歩道や空中ハイウェイをさまよっていたが、二人とも雑草の密生した池にうかぶ磁力を帯びた針のようにおたがいから離れられずにいたのだった。

パウエルは、湿った芝生の上に足を組み合せてすわっていた。ひからび、その顔は生気を失っていた。呼吸はほとんどなく、脈搏もかすかだった。しかし、ライクをつかんだ手の力は抜いていなかった。ライクは、胎児のように固く体を丸めていた。

彼らはパウエルをハドソン・ランプの彼の家に送ると、ギルド研究所総がかりでかわるがわる彼の容態を看た。やがて、エスパー・ギルドの歴史はじまって以来最初の集団カセクシス法の成功を祝う声が湧きあがった。ライクのほうは、急ぐ必要はなかった。彼の不活発な体は、適当な手続きを経たあと、キングストン病院へと輸送された。

それから七日間は何事もなく過ぎた。

八日目、パウエルは起きあがり、入浴し、着換えると、看護人たちを単身で打ちまかし、家を出た。途中、シュクル菓子店に立ち寄った彼は、大きな謎の箱を持って現われると、市警本部長クラッブに直接報告をするため、市警本部へとむかった。彼は、その途中にあったベック警視のオフィスに、首をつっこんだ。
《よう、ジャックス》
《おめで（ちくしょう）とう、リンク》
《なにが、ちくしょうなんだ？》
《こんどの水曜まで、あなたはベッドから出られないって、五十クレジットも賭けたんですよ》
《負けたな。〈モーゼ〉は、ドコートニイ殺しの動機をバック・アップしてくれたかい？》
《いっさいがっさいですよ。裁判は一時間で終わりました。いまごろ、ライクは破壊されています》
《いいぞ。じゃ、おれは上へ行って、クラッブに一部始終を話してくる》
《その腋の下に抱えているのは？》
《プレゼントだ》
《わたしにですか？》
《今日はちがう。きみのも考えておこう》
パウエルはクラッブの黒檀と銀のオフィスの前まで来ると、ノックし、「入れ！」という尊大な声を聞いて中へ踏みこんだ。クラッブは礼儀正しく体のぐあいをたずねたが、その態度はぎこちなかった。ドコートニイ事件が、彼とパウエルの関係を改善した気配はいっこうにない。さらに事件の結末が、まさに追い討ちをかけたかっこうになっていたのだった。

「非常に複雑な事件でした」パウエルは、如才なくいった。「われわれのうち一人として、それを理解した者はいなかったのです。しかし、責任は誰にもありません。ご承知のとおり、本部長、ライク自身にすら、なぜドコートニイを殺したのかわからなかったのですから。〈長老モーゼ〉——起訴コンピューターだけが、この事件の真相をつかんでいたのですが、われわれはそれがふざけているとばかり思いこんでいたのです」

「あの機械が知っていたのか？」

「そうです。最終的なデータを最初に送りこんだとき、コンピューターは、激情動機の証拠不充分という回答を出しました。しかし、われわれは利害関係しか考えていなかったのです。これはライクも同様ですが……。そんなわけで、必然的にコンピューターが狂ったという結論を出し、利害関係を基《もと》とする計算に固執しました。われわれはまちがっていたのです……」

「では、あのろくでなしの機械が正しかったというのか？」

「そうです、本部長。正しかったのです。ライクは自分自身にも、財政的理由でドコートニイを殺すのだといいきかせました。それが、激情動機の心理的カムフラージュとなりました。しかし、それだけではけっきょく説明がつかなかったわけです。彼はドコートニイに合併を申し出ました。ドコートニイは承諾しました。しかし、ライクの潜在意識は強制的にその通知を見誤らせました。そうする必要があったのです。カネのために殺すのだと信じこむ必要が……」

「なぜだ？」

「彼は真の動機に面とむかうことができなかったのです」

「ということは……？」

「ドコートニイは、彼の父親なのです」

「なんだって！」クラッブはまじまじと見た。「父親？　血と肉を分けた？」

「そうです。証拠はすべて目の前にそろっていました。ただ、われわれにはそれが見えませんでした……その理由は、ライク自身がそれを見ようとしなかったからです。たとえば、カリストの不動産。ジョーダン博士を地球《テラ》からおびき出す餌《えさ》に、ライクが使ったものです。ライクはその土地を母親から受け継ぎましたが、実はそれはドコートニイが彼女に与えたものでした。われわれはみんな、ライクの父親がドコートニイからだましとって、それを母親名義で登録したと思いこんでいたのです。それはまちがいでした。ドコートニイがライクの母親にそれを与えたのは、二人が恋人同士だったからです。彼の息子を生んだ女への愛の贈り物が、それなのです。ライクはそこで生まれています。糸口をつかんでからは、$《ジャク》スン・ベックの手ですべてが明るみに出ました」

　クラッブは口をあけ、また閉じた。

「そのほかにもめじるしはたくさんありました。ドコートニイの自殺衝動。これは、なにかを見捨てたことに対する強い罪の意識からひきおこされたものです。彼は、息子を見捨てたのです。それが彼を自暴自棄にしました。それから、バーバラ・ドコートニイの意識の深層にあった、彼女とベン・ライクの半分の双生児のイメージ。なぜか、彼女は二人が母親ちがいの兄妹であることを知っていたのでしょう。それで、チューカ・フラッドのところで、ライクがバーバラを殺せなかったわけが説明できます。彼も知っていたのです。無意識の奥深くで……。彼は自分を拒絶した憎むべき父親を殺そうとする執念に燃えてはいましたが、妹を傷つける勇気はありませんでした」

「だが、いつこんなことがわかったのだ?」

「捜査を中止してからです。〈まぬけの罠《ブービィ・トラップ》〉をしかけられたといって、ライクがわたしを襲ったときに気がつきました」

「彼はきみがやったといってた。彼は――だが、きみでないとすると、パウエル、誰なのだ?」

「ライク自身ですよ」

「ライクが?」

「そうです。彼は父親を殺害し、憎しみを排出しました。しかし、彼の超自我……良心は、そのような恐ろしい罪をおかした彼を許さなかったのです。そして警察が事実上、手を出せなくなったため、良心がその代わりを引きうけました。それが、〈顔のない男〉……ライクの悪夢のイメージの意味です」

「〈顔のない男〉?」

「そうです、本部長。それは、ライクとドコートニイの真の関係を示す象徴でした。顔がないのは、ライクが真実を認めようとしなかったからです……父親として、ドコートニイを認めているということを。〈顔のない男〉は、彼が父親の殺害を決意したときから、夢に現われるようになりました。以来、それは執拗に彼につきまといました。はじめは、彼の犯罪計画に対する刑罰の警告として。やがて、それは殺人の刑罰そのものになりました」

「〈ブービイ・トラップ〉だな」

「そのとおりです。良心は、彼を罰さずにはおきません。しかしライク自身は、ドコートニイ殺害が、子供の自分を拒絶し、見捨てた父親への憎しみから出ていることを認めようとしないのです。そこで、刑罰は彼の無意識の層の中で与えられました。ライクはそれらの罠を、気づくことなく自分で仕掛けたのです……眠っているときは、夢遊病者のように……昼間は、軽い朦朧状態の中で……意識された現実から遊離するごく短いあいだにそれは起こっています。人間精神のメカニズムというのは、まったくとてつもないものですよ」

「だが、ライク自身がそれに気づいていないのなら……パウエル、きみにどうしてわかったのだ?」

「ええ。問題はそれでした。透視しても、それはわかりません。こういった種類のことを知るには相手の全面的協力が必要で、彼のように敵意を持っている場合は不可能なのです。そうでなくても、数カ月はかかります。しかも、もしライクがショックの連続から立ちなおったときには、彼は再調整し、再組織できるようになり、われわれの手の届かない存在となってしまいます。これは危険です。なぜなら、ライクは太陽系を震撼させる権力を持っているからです。ライクは、歴史上にごくまれにあらわれる巨人の一人といえるでしょう、彼らの持っている強迫観念はこの社会を引き裂き、われわれを永遠に狂気のパターンにおとしいれる危険をはらんでいるのです」

クラッブはうなずいた。

「彼はほとんど成功しかけました。彼のような男……過去と未来をつなぎとめる鎖の役割を果せる人間は、たまにしか現われません。もし、彼らがそのまま成熟したとしたら……鎖の溶接が完了したとしたら……世界は恐ろしい未来の奴隷と化してしまいます」

「それで、きみはなにをしたのだ？」

「集団カセクシス法を使いました。説明がむずかしいのですが、とにかくやってみます。人間の精神《サイキ》は、潜在エネルギーと資本化されたエネルギーから構成されています。潜在エネルギーは、そのうちの貯蔵用で……まだ開発されていない天然資源というところです。資本化されたエネルギーは、潜在エネルギーから、われわれが引き出し、利用するものです。多くの人間は、その潜在エネルギーのごく少量しか使いません」

「なるほど」

「エスパー・ギルドが、集団カセクシス法を実施するという通告が出ると、エスパーは一人残らず、いわば精神《サイキ》をあけはなしたという状態に入り、自分の潜在エネルギーを一カ所に送りこみます。そのエネルギーの溜《プール》りに、一人のエスパーが近づき、みずから潜在エネルギーの流路となり、それを資本化して実際面に応用するのです。それにより、厖大な仕事が可能になります……コントロールができさえすれば。困難であり、また危険でもあります。ダイナマイトを尻の——その——ダイナマイトに乗って、月へ行くぐらい……」

突然、クラッブの顔に微笑がうかんだ。「まったくエスパーはいいな。きみの心の中にどんなイメージが湧いたか知りたいものだ」

「あなたの思っているとおりですよ」パウエルも微笑を返した。はじめて、二人の心が通じあったのだ。

パウエルはつづけた。「ライクを〈顔のない男〉につきあわせることが必要でした。真実がわれわれの手に入る前に、彼を真実にめざめさせねばならないのです。わたしは潜在エネルギーのプールを利用して、ライクの精神に一般的な神経症の観念を植えつけました……この世界で自分だけが現実なのだという幻覚です」

「ほう、わたしは——それが一般的なのかね？」

「ええ。いちばんありふれた逃避のパターンですよ。生きることに疲れると、人はそのすべてが見せかけ……つまり、巨大な虚構だという考えに逃れようとします。ライクの心の中には、はじめからその弱さの種子《たね》が眠っていました。わたしはただそれにはたらきかけ、ライクが自滅するのをうながしただけです。彼は生きることに疲れはてていました。わたしは彼に、宇宙は作りもの……知恵の箱なのだと信じるように仕組みました。そして、その皮を一枚一枚はいでいき、最後に試験が終わり、箱は分解されたと思いこませたのです。あとに残ったのは、ライクと〈顔のない男〉でした。彼はその顔をのぞきこみ、父親と自分を発見しました……その瞬間、われわれのほしいものも全部そろいました」

パウエルは箱を取ると立ちあがった。クラッブもすぐ立ちあがって親しげに彼の肩に手を置き、ドアまでついていった。「パウエル、きみは大した仕事をした。真に画期的な仕事だ。どういったらいいかわからないが……エスパーに生まれるということはすばらしいだろうな」

「すばらしいと同時に、恐ろしいですね」

「きみたちはきっと幸福だろう」

「幸福？」パウエルはドアのところで立ちどまると、クラッブを見つめた。「もし病院にずっと住むしかないとしたら、あなたは幸福ですか、本部長？」

「病院とは？」

「われわれが住んでいるところですよ……われわれエスパーみんなが。隔離病棟です。逃げ道もなく……隠れる場所もない。エスパーじゃなかったことに、感謝したほうがいいです。外見の人間だけしか見られないのが、どんなにありがたいことか。激情も、憎悪も、嫉妬も、悪意も、病気も、なにも見えないんだから……人間の恐るべき真実を垣間見るのは、あなたたちにはほんのときたましかないでしょう。誰もがエスパーになり、適応したら、それはすばらしい世界になります……だが、それまでは自分が盲人なのを感謝したほうがいいと思いますね」

彼は市警本部を出ると、跳躍艇《ジャンパー》をひろい、キングストン病院のある北の空へとむかった。膝に箱を置き、キャビンの中にすわって調子はずれの歌を口笛で吹きながら、彼は眼下にひろがるハドスン渓谷の壮観を眺めた。そのあいだいちどだけにやりと笑うと、こうつぶやいた。「ワーオ！ たいへんなことをクラッブにいってしまった。だが、おれたちのあいだを固めるには、あれしかなかったんだ。これからは、彼もエスパーに同情するだろう……やっと、つきあいやすくなるぞ」

キングストン病院が視界に入ってきた……何エーカーにもわたる壮大な景観。日光浴場、プール、芝生、運動場、居住区、診療所……どれをとっても、精妙なネオ・クラシック・デザイン。高度がさがるにつれ、患者や付添人たちの姿が見分けられるようになった……誰もがブロンズ色に日焼けし、活発に笑ったり、遊んだりしている。キングストン病院が、第二のスペースランドとなるのを防ぐため、取締役会の作った水も漏らさぬ法案を彼は思いだした。すでに、病院の窓口は、入院を希望する上流社会の仮病人でいっぱいなのだ。

彼は案内所に入ってバーバラ・ドコートニィの居場所を調べると、構内を歩きだした。力はまだ回復していなかったが、むしょうに垣を飛び越え、門を乗り越えて、競走したかった。七日間の泥のような眠りのあとに、彼はひとつの質問——バーバラにきかねばならないひとつの質問を持ってめざめたのだ。気分は爽快だった。

二人は同時におたがいを見つけた。平らな石のテラスと豪華な庭に囲まれた広い芝生をへだてて……。彼女は手を振りながらかけてくる。彼も走りだした。しかし、距離が縮まるにつれて、二人ははにかんでしまった。

数メートル離れて立ちどまったときには、おたがいの顔も見られなかった。

「ヘロー」

「ヘロー、バーバラ」

「わたし……日蔭にはいらない」

二人はテラスの壁のほうへ歩きはじめた。パウエルは横目でちらっとバーバラを見た。生まれかわったようだった……こんな彼女を見たのははじめてだった。そして、彼女の子供っぽい表情——既経験感療法《デジャ・エプルヴェ》による成長の一局面だと彼が思いこんでいたその表情は、まだ顔に残っていた。彼女がお茶目で、上機嫌で、魅力的なことは、表情に出さなくてもはっきりわかる。しかし、いまの彼女はおとなだった。彼の知らないバーバラだった。

「今晩、退院するのよ」

「知ってる」

「あなたのしてくださったことに、どうお礼をいったらいいか——」

「そういわれると困るな」

「どうお礼をいったらいいかわからないくらい」バーバラは最後までいい終えた。二人は石のベンチに腰をおろした。彼女は、真剣な眼差しで見つめた。「どれくらい感謝しているか、その気持ちをお伝えしたいわ」

「よしてくれよ、バーバラ。きみがこわくなった」

「わたしが？」

「ぼくがよく知っているきみは、子供だった。いまは――」

「いまは、むかしのようにおとなよ」

「うん」

「もっとわたしを知ってもらう必要があるわ」彼女はしとやかに笑った。「それで……あしたの五時に、いっしょにお茶でもいかが？」

「五時にね……」

「非公式よ。正装してきてはいや」

「いいかい」パウエルは途方にくれていった。「ぼくがきみに服を着せてやったのは、一度や二度じゃないんだぜ。髪をとかしてやったのも。歯を磨いてやったのも」

彼女は軽く手を振って、パウエルをなだめた。

「きみのテーブル・マナーはたいへんだった。魚は好きだが、マトンは嫌い。チョップでぼくの眼をなぐったこともある」

「それは何年も前でしょ、ミスタ・パウエル？」

「二週間前ですよ、ミス・ドコートニイ」

彼女はつんとして優雅に立ちあがった。「そうですか、ミスタ・パウエル。このへんでインタービュウを終えたほうがよさそうだわ。あなたがそんなふうに記秒時計《クロノグラフィカル》みたいな中傷をおっしゃるなら……」そこで言葉をきると、彼を見た。子供っぽさが、再び顔に現われた。

「クロノグラフィカルね？」彼女はきいた。

彼は包みを落とすと、彼女を腕の中に抱きしめた。「ミスタ・パウエル、ミスタ・パウエル、ミスタ・パウエル……」彼女はつぶやいている。「ヘロー、ミスタ・パウエル……」

「おどろいたよ、バーバラ……ババちゃん。いま、本気でいったかと思ったぜ」

「大きくなったからおかえしをするのよ」

「きみは復讐心旺盛だからな」

「あなたはいつもわるいパパだったわ」彼女は体をうしろにそらすと、パウエルを見つめた。

「あなたはどんな人？　それから、わたしたちは？　それを見つける時間があるかしら？」

「時間？」

「その前に……のぞいてほしいわ。どうしてもいえないの」

「いや。いわなければだめだ」

「メアリ・ノイスに聞いたわ。みんな」

「へえ。ほんとう？」

バーバラはうなずいた。「でも、そんなことといいわ。どうでもいい。あの人のいうとおりですもの。我慢するわ。たとえ、結婚できなくても……」

彼は笑った。喜びが体じゅうから泡のように湧きあがってきた。「我慢しなくてもいいんだ。すわりたまえ。ひとつだけ、きみにききたいことがある」

彼女はすわった。彼の膝へ。

「あの夜のことまでさかのぼらなくてはいけない」

「ボーモント邸の?」

彼はうなずいた。

「あまり話したくないわ」

「時間はかからない。いいかい……きみはベッドでぐっすりと眠っていた。そのとき、突然目がさめて、きみは蘭の間へかけていった……あとはおぼえているはずだ」

「おぼえているわ」

「そこで質問。きみの目をさました叫びというのはなんだ?」

「知っているはずよ」

「知っている。だけど、きみの口から聞きたいんだ。大声でいうんだ」

「それで……それでまたヒステリーにならない?」

「ならない。いうだけでいいんだ」

長い沈黙のあと、彼女は低い声でいった。「助けてくれ、バーバラ」

彼はまたうなずいた。「叫んだのは誰だい?」

「それは――」突然、彼女は口をつぐんだ。

「ベン・ライクじゃない。彼が助けを呼ぶはずはない。助けなんかいらないんだから。誰だ?」

「わたしの……わたしの父よ」

「だが、きみのおとうさんは話すことができなかったね、バーバラ。喉が駄目になっていた……ガンで。声を出せなかったんだ」

「でも、聞いたわ」

「きみは透視したんだ」

彼女はまじまじと見つめた。そして、首を振った。「ちがうわ。わたし――」

「透視したんだよ」パウエルはそっと繰りかえした。「きみは潜在エスパーなんだ。きみのおとうさんは、テレパシー・レベルで助けを求めたんだよ。もし、ぼくがこんなまぬけじゃなくて、ライクのことばかり考えていなかったら、とうの昔にそれに気づいていたはずだ。きみはぼくの家にいるあいだ、無意識にぼくとメアリをのぞいていたのさ」

彼女には理解できないようだった。

《ぼくを愛してる?》パウエルはきいた。

「もちろん、愛してるわ」彼女はつぶやいた。「でも、あなたは屁理窟をこしらえて――」

「誰がそんなことときいた?」

「なにをきいたっていうの?」

「ぼくを愛してるかどうか」

「あなた、いま――」彼女は口ごもり、またつづけようとした。「いま……あ――あなたは……」

「口にだしてはいわなかったよ。もうわかっただろう？　もう我慢できないことを我慢しなくてもいいんだ」

二人にとっては数秒後、実はそれから三十分もたってからだったが、彼らは上のテラスから聞こえてきた物のこわれるすさまじい音に、あわてて体を引き離した。二人はびっくりして上を見あげた。

石の壁の上に、ぴくぴくうごめきながら、叫び声をあげ、わけのわからないことをしゃべっているはだかの肉塊が現われた。それはへりから墜落すると、花壇をつぶしながらころがり、芝生のところでとまった。神経系に高圧電流を絶えまなく送りこまれているかのように、泣き叫び、暴れている。ほとんど見分けはつかないが、それは、なかば破壊されたベン・ライクだった。

パウエルは、バーバラがライクを見ないように彼女をふりむかせた。そして、彼女の顎に手をおいて言った。「きみはまだぼくのババだろう？」

彼女はうなずいた。

「これを見せたくないんだ。別にあぶないことはないが、きみのためによくない。病棟にもどって、ぼくを待っていてくれないか？　いい子ちゃんにして。そら……急いで！」

バーバラは彼の手をとってすばやくキスすると、いちどもふりかえらずに芝生をかけていった。パウエルはその姿が小さくなるのを見届けると、ふりかえってライクを調べた。

キングストン病院で行なわれている破壊は、その人間の全精神《サイキ》の粉砕を目的としている。

連続的な浸透注射は、皮層シナプスの先端から徐々に内部へと下り、その人間が生まれてから築きあげたすべての回路を切断し、すべての記憶を消去し、すべてのパターンの微粒子を破壊してしまう。そして、パターンがしだいに失われていくあいだ、微粒子は内蔵するエネルギーを解放し、肉体を分裂の戦慄すべき混乱《メイルストロム》に変貌させるのだ。

しかし、それは苦痛ではない。破壊の恐ろしさは、それではない。恐怖は、意識が決して失われないことにある。精神《サイキ》が消去されるあいだじゅう、心はその遅々とした後退的な死に気づいているのだ。最後には、それも呑みこまれ、肉体は復活の準備に入る。思考はかぎりなく別れの言葉を告げ、果て知れぬ葬儀の悲しみを味わう。パウエルは、ライクのまばたき、ぴくぴくとけいれんする眼の中に、死の意識と……苦痛と、悲壮な絶望を見たのだった。

「どうしてここから落ちたのかな？　つないでおく必要がありそうだ」ジームズ博士がテラスから首をつきだした。「ああ、こんにちは。それは、あなたのお友だちですよ。おぼえてますか？」

「はっきりとね」

ジームズは、目をあげて、いった。「芝生のところへ行って、連れてきてください。わたしがここから見張っています」そして、パウエルを見ると、「元気なやつですよ。わたしたちも、これからに大きな期待をかけています」

ライクは叫び声をあげ、ぴくぴくとうごめいた。

「具合はどうですか？」

「好調です。彼にはなんでも受けいれるスタミナがあります。治療は進んでいますから、あと一年もたてば生まれかわる準備ができるでしょう」

「待ちどおしいですね。ライクのような人間は必要です。失いでもしたら、たいへんだった」

「失う？　どうしてそんなこと考えるんです？　これぐらい落ちただけで――」

「いや。別の意味で……。三百年か四百年前には、警察はライクのような人間を殺すために捕まえていたんですよ。極刑と、彼らは呼んでいたようですが……」

「まさか」

「ほんとうですよ」

「だけど、それじゃおかしいでしょう。社会にはむかうほどの才覚と度胸があるなら、その人間は人並以上のはずです。彼を拘留して矯正し、利用価値をプラスの値に変えるのがあたりまえじゃないですか。なぜ、捨ててしまうのです？　そんなことをすれば、残りは羊ばかりになってしまう」

「ぼくもそう思いますがね。たぶんそのころは、羊だけしかほしがらなかったんじゃないかな」

係員たちが芝生を走ってきて、ライクをつかみあげた。ライクは悲鳴をあげて、抵抗した。彼らは巧みな、おだやかなキングストン式柔道で彼を押さえながら、骨折や捻挫を調べた。そして、うなずくと、彼を連れて立ち去ろうとした。

「ちょっと待ってください」パウエルはそういって、石のベンチに引き返すと、謎の箱を取って包装をといた。それはシュクル菓子店特製の豪華な菓子箱だった。彼は破壊された男に近づいて、それをさしだした。「ベン、プレゼントだ。とりたまえ」

赤んぼうはパウエルを見、それから箱に眼をうつした。やがて、無器用な手がのびて贈りものをつかんだ。

「やれやれ、まるでベビーシッターみたいだな」パウエルはつぶやいた。「おれたちはみんな、この狂った世界のベビーシッターというわけか。その価値があるかな？」

ライクの意識の内部から、爆発の破片がとびこんできた。

《パウエル―エスパー―パウエル―ともだち―パウエル―ともだち……》

それがあまりにも突然で、意外で、強烈であったため、パウエルは内からこみあげてくる感激と涙に圧倒されてしまったほどだった。彼は急いで笑い声をつくると、バーバラのいる病棟にむかって芝生をふらふらと歩きだした。

《聞け》歓喜に震えながら、彼は叫んでいた。《聞け、正常人《ノーマル》たち！　これがなにか、これがどんなものか、きみたちは学ぶのだ。障壁を倒し、ベールをはぎとるのだ。われわれは、きみたちの知らない真実を知っている……人間の心には、愛と信頼、勇気と思いやり、寛容と犠牲しかないことを。そのほかのすべては、きみたちの無知がつくりだした障壁なのだ。進もう。すべての人々が心と心を結びあうその日をめざして……》

果てしない宇宙。そこに新しいもの、類《たぐい》ないものは、なにひとつなかった。人間の取るに足らぬ心に、どれほど奇異にうつる森羅万象も、すべてを見通す神の眼には、必然のものでしかなかったのだ。人生の、この奇妙な一瞬、あの異常な出来事、偶然の織りなす驚くべき状況、機会、邂逅《かいこう》……そのすべてが、二億年の周期をもって回転し、すでに九周目を終えたある銀河系の、一太陽をめぐるこの惑星上で、何回となく再現されてきたのだ。喜びはあった。それがふたたびめぐってくる日も、遠くあるまい。

Bester, Bester!

SF評論家
高橋良平

お待たせしました！　名作『破壊された男』の半世紀ぶりの復活です。

二〇一六年、〈S-Fマガジン〉八月号の「ハヤカワ・SF・シリーズ総解説」特集を記念して行なわれた、〝いま読まれるべき銀背〟を選ぶ「ハヤカワ・SF・シリーズ発掘総選挙」の投票結果、首位とわずか二ポイント差で、第二位に選ばれたのが、この『破壊された男』です。そのリクエストに応えて早くも、待望の復刊・文庫化です。

SF史上に燦然《さんぜん》と輝く『虎よ、虎よ！』（本文庫既刊）のアルフレッド・ベスターの長篇デビュー作――ちなみに、原作にシビレて惚れこんだ訳者の伊藤典夫さんにとっても、長篇SFの初翻訳――で、一九五三年、フィラデルフィアで開催された第十一回世界SF大会（通称フィルコンII）において、初めて企画されたSFファンによる人気投票、ヒューゴー賞を受賞した必読の傑作です。

フィルコンIIは、同賞でナンバー1ファン賞に選ばれたフォレスト・J・アッカーマンに招かれて初渡米した〝SFの鬼〟の矢野徹さんが、日本SF紹介の講演をしたことでも知られていますが、この第一回ヒューゴー賞の小説関係は、最優秀長篇賞と、フィリップ・ホセ・ファーマーが受賞した最優秀新人賞の、わずか二部門の厳しい関門でした。

余談になりますが、いまではすっかりおなじみのヒューゴー賞も、いろいろな紆余《うよ》曲折がありました。翌年五四年のサンフランシスコで開かれた世界SF大会では、ヒューゴー賞企画は継承されず、それを惜しむファンや識者の声を受けて、次のクリーヴランドの大会から常設されたのです。一九五七年、初めて大西洋を渡ってロンドンで開かれたロンコンIでは、最優秀アメリカSF商業誌、最優秀イギリスSF商業誌、最優秀ファンジンの雑誌関係の三部門しか設けられませんでした。アメリカより一年早く『虎よ、虎よ！』をハードカバー出版した英国のことですから（アメリカ版『わが赴くは星の群』*The Stars My Destination* は、シグネットのペイパーバックでした）、その年に最優秀長篇部門があったなら、きっと『虎よ、虎よ！』も受賞に輝いたことでしょう。

『破壊された男』はまた、一九五四年の第四回国際幻想文学賞の第二位に選ばれていますが、面白いことに、対象が違うのです。ヒューゴー賞は、多くのSFファンが読んだ〈ギャラクシイ〉誌の連載分が対象でしたが、国際幻想文学賞の対象は、五三年に、シカゴのSFファンが設立したSF&ファンタジー専門の小出版社シャスタ・パブリッシャーズから出た単行本でした。両書の明らかな違いについて、訳者の伊藤さんは、「雑誌連載のときについていた『虎よ、虎よ！』のプロローグばりの序章は、わずかな断片を残して、十ページばかりあっさり削られている。ぼく個人としては、これがあったほうがおもしろいと思うのだが」と述懐されていますが、この三千語のプロローグが削除されたのは、徹底改稿の結果とばかりは言いきれません。第二次世界大戦が終わっても、戦中と同じように印刷用紙不足がつづいていて、印刷製本の都合によるページ削減のため、バッサリ切らざるをえなかったというのが真相のようです。以後、シャスタ版が定本となったわけですが、いつの日か、このプロローグも伊藤さんに訳してもらって、〈ギャラクシイ〉連載版（完全版？）『破壊された男』が読めたらと、ささやかに願っています。

時は、二三〇一年。二十四世紀を迎えた人類文明はすでに、反重力《ナルジー》エンジンの発明によって、太陽系の隅々まで拡がっていますが、社会は停滞し、退廃の兆しが見えています。というのも、二十二世紀の初頭から、人類の中から心を読めるエスパーが生まれてきて、いまや、その能力の等級別に、三級エスパーが十万人、二級エスパーがその十分の一の一万人、深層意識まで透視できる一級エスパーがそのまた十分の一の千人がエスパー・ギルドに属し、社会の実権を握るようになっています。さらにギルドは、エスパー同士の結婚しか許さない〈優生計画〉を押し進める一方、普通人《ノーマル》の中から潜在的エスパーの発見・育成にも積極的です。逆に、透視遮蔽能力のない普通人《ノーマル》にすれば、いつでものぞき屋《ピープス》から心を盗み見られている不安があります。つまり、街頭カメラなどなくても、エスパーによる完璧な監視社会でもあるのです。

そうしたエスパーたちで組織された心理捜査局が創設されて以来、計画犯罪は成立しなくなり、ここ七十年以上殺人事件は起きていません。しかし、ここに、不可能なはずの殺人を企てる男がいます。太陽系を二分する大企業のモナーク産業資源開発会社の社長ベン・ライクは、宿敵のドコートニイ・カルテルのために財政的危機に追いこまれ、もはや、残された手段はただひとつ――ドコートニイ社長の殺害しかないと思い定めます。

ラジオやテレビで多くの犯罪ドラマを手がけてきたベスターは、その構成手法を〝クローズド・ストーリイ〟と〝オープン・ミステリ〟に大別していました。〝クローズド・ストーリイ〟は、いわゆる本格探偵小説と同じで、最後に謎が解かれ、犯人が明かされます。一方、〝オープン・ミステリ〟のほうは、劇中の探偵や刑事にはついに犯人が不明のまま幕を閉じるのですが、視聴者には判ってしまう、いわば完全犯罪の物語です。

『破壊された男』は、その〝オープン・ミステリ〟の手法を下敷きに、一級エスパーの心理捜査局総監リンカーン・パウエルが、ベン・ライクを追いつめる二十四世紀のマンハント、“whydunit?”の傑作SFミステリに仕上がっています。

では、ベスターはどうして、訳者のいう「斬新な手法と奇抜な着想を駆使して展開することの迫力のこもったSFミステリ」を書けたのでしょうか？

作者本人はこう語っています。

『『破壊された男』を魅力ある本にしているものはなんだろう？　一方、その十年前に書いた私の小説が、救いようのない愚作だったのは、なぜだろう？　答えは、十年間である。私は十年、歳をとったのだ。十年、余分に経験を積んだのだ。きびしい現実と四つに組んだ十年間の重労働が、私の内部で何かに結晶し、私に一つの姿勢を与えたのだ」（ベスター「SFとルネッサンス人――異色SF作家の異色SF論――」伊藤典夫訳・〈S-Fマガジン〉一九六六年二月号）

ニューヨークっ子たちが〝ザ・ロック〟と呼んでいたマンハッタン島で生まれたベスターは、大学はお隣のフィラデルフィアにあるアイヴィー・リーグ校、ペンシルヴェニア大学に入り、文武両道、文系も理系もがむしゃらに学びます。一九三五年に文学士号と理学士号を取得して卒業すると、ニューヨークに戻ってコロムビア大学のロウ・スクールに通います。ダ・ヴィンチを範とする多芸多才な現代のルネッサンス人たらんとしていたベスターが、弁護士を目指したのは、どうも腑に落ちません。親の意向だったのでしょうか。

翌三六年には、学部学生のときからのデート相手、ローリイ・グールコと結婚し、学校もやめて広告業界の仕事をはじめます。ベスターは、「学校を出ると、私はなんということもなく、物を書きはじめた。なんということもなく、としかいいようがない。何をやってもうまくいかない人間というものは、必ず本を書きはじめるものだ」（同前）

ベスターが書いたのはSFでした。アメリカ初のSF専門誌〈アメージング・ストーリーズ〉の創刊号を見つけたのは、ベスターが十二歳のとき。お小遣いがなく、立ち読みを繰り返して創刊号を読み終えて以来、SFとの蜜月がつづきますが、三〇年代にはいると、安手のスペース・オペラが大流行して憤慨し、大学時代には疎遠になっていました。SFに対して愛憎なかばでしたが、やはりSFは心の故郷だったのです。書き上げた短篇〝Diaz-X〟を、以前感銘を受けたスタンリイ・G・ワインボウムの「火星のオデッセイ」を掲載したスタンダード・マガジン社に持ちこみます。それが、二歳年下の編集長モート・ワイジンガーとジャック・シフ、ふたりの編集者の指導よろしき改稿のすえ、アマチュアSFコンテストの入選作として〈スリリング・ワンダー〉誌の一九三九年（SFファン出身のワイジンガーも噛んでいた第一回世界SF大会が開かれた年でもあります）四月号でデビューした経緯は、『虎よ、虎よ！』の解説に詳しいので、そちらをご覧ください。

このコンテストには、こぼれ話があります。業界誌〈パブリッシャーズ・ウィークリイ〉（一九七三年七月二日号）で、『愛に時間を』を出したばかりのハインラインにインタビュウした際、ベスターがハインラインにSFを書き出したきっかけを質問すると、

「一九三九年、小説を書きはじめるとすっかり夢中になり、これまでの知識をいかしてなんでも書いた。初めてのSF「生命線」を書き上げたとき、〈スリリング・ワンダー〉の賞金五十ドルの新人コンテストの広告を見たんだが、〈アスタウンディング〉誌が一語一セントの原稿料を払うことを知ってね、私の小説は七千語あったから、そっちに投稿すると採用されたわけだ」

「ちきしょう」とベスターは歯をくいしばり、「そのコンテストの勝者は私だったんだけど、二十ドル負けてたわけか」と告白、ふたりは大笑いしました。

一九四一年、ワイジンガー編集長は、ナショナル・コミックス（のちのDCコミックス）社に引き抜かれて〈スーパーマン〉誌の編集者に就くと、アメリカン・コミックのゴールデン・エイジを築くのですが、スクリプトを書くライターがたらず、知り合いのSF作家に片

っ端から声をかけます。ベスターもそのひとりでした。当時ベスターの著作エージェントだったジュリアス・シュワーツ（彼もまたファースト・ファンダムの立て役者のひとりで、おない齢《どし》の竹馬《ちくば》の友、ワイジンガーが抜けたあとのSFエージェントを切りまわしていたが、ベスターにそそのかされてコミック界入りし、のちにDCの編集者として戦後のシルバー・エイジを築く）によれば、マンハッタンのおしゃれなサットン・プレイスの高級アパートメントに女優の妻と暮らすベスターは、戦争中でSF雑誌も減少しており、SF以外の生計の手段を求めていた折り、ワイジンガーの誘いがあったということです。まったく未知の分野でしたが、ベテラン・ライターから手ほどきを受けるとすぐにコツを覚え、水をえた魚のようにベスターは書きまくります。〝グリーン・ランタンの誓い〟の言葉をはじめ、ベスターがコミック界に残した遺産は数々あります。シュワーツはまた、コミック作家時代の文体と『虎よ、虎よ！』の切れのいい文章との酷似を指摘しています。

　それほど馴染んだコミック界でしたが、戦後の一九四六年、妻の紹介でラジオ・ドラマの台本作家に転向します。一九五〇年には台頭してきたテレビ界にも進出します。すべてが生放送で、スポンサーの横槍やら内容の規制やら無理解で神経を磨り減らす放送業界に疲れてくると、ベスターはふたたび、心の故郷であるSFをぽつぽつ書きだします。

　そこに運命の電話がかかります。昔のコミック作家仲間で、いまは〈ギャラクシイ〉の編集長、ホーレス・ゴールドからの電話でした。ゴールドは従軍による心的外《P》傷後ス《T》トレス障《S》害《D》で広場恐怖症にかかり、自分のアパートメントから一歩も出ず、作家との交渉も電話ですましていました。顔を合わす必要があれば、自宅に招きました。係りつけの精神科医も自宅に来てもらっていたといいます。電話魔のゴールドは、さりげなく電話してきたあげく、とうとうベスターに連載長篇を書くことを承諾させます。それから何度も長篇のアイデア交換がおこなわれ、半ダースほどのアイデアから残ったのが二本。一本は、過去をのぞけるタイムスキャナーが発明された未来、犯罪が発生した時点を探れる警察に対し、完全犯罪を企てる犯人というものでした。もう一本は、人類のESP能力を訓練できるエスパーたちがいる未来、心からの相互理解ができない世界の人々とどう向きあうかというもの。ゴールドがそのふたつのアイデアを組み合わせる指示に従い、ベスターは書きはじめます。

　初めて挑んだ長篇にベスターは苦労しますが、都会のパーティで飛びかう会話にまごつく田舎者を思い出し、コミック的なタイポグラフィ処理でエスパー同士のパーティ場面を描いたり、タイプライターのアルファベット以外のキイを@《アト》キンズやワイ&《ガンド》などの人名に使いテンポを出したりと、これまで培《つちか》ってきたテクニックを駆使して危機をのりこえながら、ゴールドと絶えず意見を戦わせつつ、『破壊された男』を書きあげました。

　ベスターが付けた題名 *The Demolition* を *The Demolished Man* に変えたのもゴールドで、ある意味、二人三脚で完成した本作は、そのゴールドに捧げられています。

　連載中から読者の圧倒的支持を受け、書評でも、「現代の都会生活がもたらす神経症を遠い未来にエクストラポレートしたサイコロジカル・シュールレアリズム」（グロフ・コンクリン〈ギャラクシイ〉一九五三年九月号）、「ミステリと未来設定の最高の組み合わせに感銘、間違いなく古典となるだろう」（P・スカイラー・ミラー〈アスタウンディング〉同年十二月号）など、プロからも絶賛の嵐でした。のちに出版されたニール・バロン編のSFガイドブック *Anatomy of Wonder*（2nd Edition, R.R.Boeker, 1981）では、「二十四世紀のオイディプースの悲劇を描く現代SF最上の長篇の一作」と評しています。

ところで、『破壊された男』が出版された一九五三年、ベスターはもう一冊、長篇を書き下ろしています。ダイアル・プレスからハードカバーで刊行された *Who He?*（一九五六年に *Rat Race* と改題され、ペイパーバックのバークリイ・ブックスから再刊）です。

タイトルは、主人公が構成作家を担当しているバラエティの番組名です。その番組あてに"Guess Who"と名のる人物から脅迫状がたび重なり、ついにクリスマスには殺害予告が送られてきます。猶予は次の番組放送当日の日曜まで、主人公は犯人探しに奔走します。ロマンスあり、ベスターらしいタイポグラフィのお遊びも少々、面白い小説ですが、興味深いのは、主人公のキャラクターやプロットが、『破壊された男』に類似していることです。どうやら、ベン・ライクは、ベスターにとってただの登場人物ではなさそうです。

Who He? の売れ行きはともかく、業界の内幕がビビッドに描かれていることから、〈サタデイ・イヴニング・ポスト〉誌の姉妹誌、旅行雑誌〈ホリデイ〉から記事を依頼されます。その記事"Inside TV"が同誌の一九五四年十月号に掲載され、これがきっかけとなって、ベスターに新たな人生の道が拓けることになるのですが、*Who He?* はもうひとつの果実をもたらします。映画化権が売れて、それを元手にベスター夫妻はヨーロッパに旅立ちました。

そして、海の向こうで、第二長篇の『虎よ、虎よ！』が書かれることになります。

最後に私事を少々。一九八七年、イギリスのブライトンで開かれた世界ＳＦ大会に参加しました。二十ウン時間かかる南まわりの飛行機便で、まだ編集者だった大森望と、のちに彼と結婚するぼくの元部下の斎藤芳子との三人旅。目的はゲスト・オブ・オナーのひとりのベスターに会うことでした。ベスターが体調を崩して不参加だとは知っていましたが、十年前に同地で開催された同大会に出席したベスターのことだから、もしや、の気持ちもありました。大会では、新人作家ジェフ・ライマン脚色・演出による“Disappearing Act: Bester Short Plays”という演目があり、ベスターの短篇「昔を今になすよしもがな」「ピー・アイ・マン」「花で飾られた寝室用便器」を基にした三幕劇を観劇しました。

それからひと月もたたず、ロンドンでＳＦを漁りまくった興奮もさめやらぬ九月三十日、ベスターは永眠しました。行年七十三でした。

（二〇一六年十二月　記）

本書には、今日では差別的ともとれる表現が使用されている箇所があります。しかし作品が書かれた時代背景やその文学的価値、著者が差別の助長を意図していないことを考慮し、原文に忠実な翻訳を心がけました。その点をご理解いただけますよう、お願い申し上げます。

（編集部）

本書は、一九六五年五月にハヤカワ・SF・シリーズより刊行された『破壊された男』を文庫化したものです。

ソラリス

Solaris

スタニスワフ・レム
沼野充義訳

惑星ソラリス——この静謐なる星は意思を持った海に表面を覆われていた。ステーションに派遣された心理学者ケルヴィンは、変わり果てた研究員たちを目にする。人間以外の理性との接触は可能か？　知の巨人による二度映画化されたＳＦ史上に残る名作。レム研究の第一人者によるポーランド語原典からの完全翻訳版！

ハヤカワ文庫

デューン　砂の惑星〈新訳版〉（上・中・下）

Dune

フランク・ハーバート

酒井昭伸訳

〈ヒューゴー賞／ネビュラ賞受賞〉アトレイデス公爵が惑星アラキスで仇敵の手にかかったとき、公爵の息子ポールとその母ジェシカは砂漠の民フレメンに助けを求める。砂漠の過酷な環境と香料メランジの摂取が、ポールに超常能力をもたらし、救世主の道を歩ませることに。壮大な未来叙事詩の傑作！　解説／水鏡子

ハヤカワ文庫

フィリップ・K・ディック

アンドロイドは電気羊の夢を見るか？
浅倉久志訳
火星から逃亡したアンドロイド狩りがはじまった……映画『ブレードランナー』の原作。

偶然世界
小尾芙佐訳
くじ引きで選ばれる九惑星系の最高権力者をめぐる恐るべき陰謀を描く、著者の第一長篇

ユービック
浅倉久志訳
予知超能力者狩りのため月に結集した反予知能力者たちを待ちうけていた時間退行とは？

〈ヒューゴー賞受賞〉
高い城の男
浅倉久志訳
日独が勝利した第二次世界大戦後、現実とは逆の世界を描く小説が密かに読まれていた！

〈キャンベル記念賞受賞〉
流れよわが涙、と警官は言った
友枝康子訳
ある朝を境に〝無名の人〟になっていたスーパースター、タヴァナーのたどる悪夢の旅。

ハヤカワ文庫

ディック短篇傑作選

フィリップ・K・ディック／大森 望◎編

変数人間

すべてが予測可能になった未来社会、時を超えてやって来た謎の男コールは、唯一の不確定要素だった……波瀾万丈のアクションＳＦの表題作、中期の傑作「パーキー・パットの日々」ほか、超能力アクション＆サスペンス全10篇を収録した傑作選。

変種第二号

全面戦争により荒廃した地球。“新兵器”によって戦局は大きな転換点を迎えていた……。「スクリーマーズ」として映画化された表題作、特殊能力を持った黄金の青年を描く「ゴールデン・マン」ほか、戦争をテーマにした全９篇を収録する傑作選。

小さな黒い箱

謎の組織によって供給される箱は、別の場所の別人の思考へとつながっていた……。『アンドロイドは電気羊の夢を見るか？』原型の表題作、後期の傑作「時間飛行士へのささやかな贈物」ほか、政治／未来社会／宗教をテーマにした全11篇を収録。

ハヤカワ文庫

訳者略歴　1942年生，英米文学翻訳家　訳書『2001年宇宙の旅〔決定版〕』クラーク，『猫のゆりかご』ヴォネガット・ジュニア，『黒いカーニバル〔新装版〕』『十月の旅人』ブラッドベリ（以上早川書房刊）他多数

HM=Hayakawa Mystery
SF=Science Fiction
JA=Japanese Author
NV=Novel
NF=Nonfiction
FT=Fantasy

破壊《はかい》された男《おとこ》

〈SF2111〉

二〇一七年一月十日　印刷
二〇一七年一月十五日　発行

（定価はカバーに表示してあります）

著者　アルフレッド・ベスター
訳者　伊《い》藤《とう》典《のり》夫《お》
発行者　早川　浩
発行所　株式会社 早川書房
郵便番号　一〇一 - 〇〇四六
東京都千代田区神田多町二ノ二
電話　〇三 - 三二五二 - 三一一一（大代表）
振替　〇〇一六〇 - 三 - 四七七九九
http://www.hayakawa-online.co.jp

乱丁・落丁本は小社制作部宛お送り下さい。
送料小社負担にてお取りかえいたします。

印刷・中央精版印刷株式会社　製本・株式会社川島製本所
Printed and bound in Japan
ISBN978-4-15-012111-2 C0197

本書のコピー、スキャン、デジタル化等の無断複製は著作権法上の例外を除き禁じられています。

本書は活字が大きく読みやすい〈トールサイズ〉です。